写给孩子的美丽唐诗

林画 著

华龄出版社
HUALING PRESS

责任编辑： 林欣雨
责任印制： 李未圻
封面设计： 曹柏光

图书在版编目（CIP）数据

写给孩子的美丽唐诗 / 林画著. --北京：华龄出版社，2019.3
ISBN 978-7-5169-1376-5

Ⅰ. ①写… Ⅱ. ①林… Ⅲ. ①唐诗－少儿读物 Ⅳ. ①I222.742

中国版本图书馆CIP数据核字（2019）第001038号

书　　名： 写给孩子的美丽唐诗
作　　者： 林画　著

出 版 人： 胡福君
出版发行： 华龄出版社
地　　址： 北京市东城区安定门外大街甲57号　**邮　编：** 100011
电　　话： 010-58122246　**传真：** 010-84049572
网　　址： http://www.hualingpress.com

印　　刷： 三河市东兴印刷有限公司
版　　次： 2020年10月第1版　2020年10月第1次印刷
开　　本： 710mm × 1000mm　1/16　**印　张：** 14
字　　数： 151千字
定　　价： 39.80元

如出现印装质量问题，调换联系电话：010-59625116

序言
Preface

跟孩子一起背唐诗

我一位多年的好朋友，家里有个11岁的女孩。她本身是个很要强的女性，对孩子的教育一向抓得很紧，大家在一起的时候，每天就听她念叨“不能让孩子输在起跑线上”。对此，我们也都习以为常了。不过，她最近有一个举动，还是让我有些吃惊。

“知道吗？我刚给我家闺女报了一个诗词培训班。”她说话的语气中带着兴奋。

“哦，挺好的，怎么想起给孩子报这种班？”虽然这样问，但其实我心里早已有答案了。

果然，她的回答和我预想的一样。最近这两年兴起的诗词类电视节目，让这位妈妈发现了“腹有诗书气自华”的真谛。一个女孩在谈吐中能够随口引用几句诗词，确实能够提升不少气质。随后，在朋友期待的眼神中，我问了这个培训班的费用。虽然已经有了心理准备，但她报出的价格还是让我心中一颤。朋友和她丈夫都不是高收入人群，这个费用显然超出了他们的平均消费水准。

大概是猜到了我的心思，朋友立即搬出了她那一套老生常谈：“我和她爸爸苦一点、省一点都没关系，在孩子的教育上可是不能省。”

我无言以对，只能默默祝她好运。然而，我的祝福似乎并没有什么用。几天之后，我便见她苦着一张脸。原来，那个培训班她女儿只去了几次，便再也不想去了，说是老师让她当堂背诵时，她总是背不上来，感觉压力很大。花了那么多钱，怎么能说不去就不去呢？结果，母女俩的关系搞得很僵。

“兴趣是最好的老师，你想让她学进去，首先得让她产生兴趣。”我提议道。

“这我当然懂，可是怎样才能……”话说一半，她的眼睛突然亮了一起来，“你是学中文的，诗词一向很棒，当时你是怎么背诗的？”

“我当年每学一首诗之前，首先会了解一下这个诗人的生平，然后弄清楚这首诗写作的背景，在理解的基础上背诵，很容易就记住了。”

“对对对，你这个方法好。”朋友点头道，“可是，这孩子说什么也不去那个培训班了。”

“如果你真想让她学的话，怎么不自己教呢？”我提议道。

朋友面露难色道：“我和她爸爸都是学理科的，诗词功底都是中学课本里那几首，而且基本上也都还给语文老师了。”

“我以前整理过一些材料，你可以先拿去看看，或许会有些帮助。”

就这样，我把自己以前整理的关于唐诗的材料复印了一份，交给了朋友。起初，我和她都不抱什么希望，但几天之后我便收到了她的感谢电话。据说，她女儿现在学习唐诗的热情高涨，尤其对隐藏在写作背景里的那些小故事、小典故十分感兴趣。而且，她们母女俩还展开了比赛，同一首诗看谁先记住，她们甚至约定一个月之后来一次比赛，看谁记住的诗多。

“我现在也成了唐诗发烧友了，跟闺女一块背唐诗，这感觉真是太好了。”朋友感叹道，“我觉得，你这些材料只给我们太浪费了，最好是能把它出版，让所有像我这样的妈妈都能感受到和孩子一起背唐诗的快乐。”

我接受了朋友的建议，把以前杂乱的材料拿出来重新进行了系统性的编排，然后又增补了一些内容，于是便有了这本书。

就像朋友说的那样，希望看到这本书的妈妈们，能够享受和孩子一起背唐诗的快乐。

目录

Contents

李白

诗仙是怎样炼成的 .... / 002
李白的身世之谜 .... / 007
李白同学的朋友圈 .... / 012
我辈岂是蓬蒿人 .... / 019
写给大美人杨贵妃的诗 .... / 023
赐金还山后的日子 .... / 026

杜审言 杜甫

一个老友的思念 .... / 034
老杜也曾是优游少年 .... / 039
杜甫当了多大的官 .... / 043
写给家人的诗 .... / 049
战地记者杜甫 .... / 055
浣花溪畔建草堂 .... / 061

王维
色艺双绝的天才诗人 .... / 070
边塞诗人里的佼佼者 .... / 076
一个大别墅的主人 .... / 082
诗佛的名头不是盖的 .... / 090
令人心醉的抒情小诗 .... / 094

孟浩然
一首诗把皇帝得罪了 .... / 102
隐居鹿门山的年轻人 .... / 106
一杯酒要了他的命 .... / 110

高适 王昌龄 岑参 王之涣
写边塞诗最牛的四个人 .... / 116
边塞诗人都喜欢写送别诗 .... / 123
铁汉也有柔情时 .... / 130

白居易
长安米贵，居大不易 .... / 136
千古名篇《卖炭翁》 .... / 141
宦海浮沉诗相伴 .... / 144
白居易和他的朋友们 .... / 151

刘禹锡

二十三年弃置身 .... / 160
《金陵五题》 .... / 164
因一首诗而遭贬逐 .... / 167

杜牧

宰相之孙“杜十三” .... / 172
赢得青楼薄倖名 .... / 175
白云生处有人家 .... / 180
山水之中忧家国 .... / 183
写古代美人的两首诗 .... / 187
写古代英雄的两首诗 .... / 190

李商隐

佣书贩舂的少年 .... / 194
牛李党争夹缝中生存 .... / 199
情圣李商隐的爱情 .... / 202
小李为啥爱写无题诗 .... / 207
美景中的淡淡哀愁 .... / 212

李白

诗仙是怎样炼成的

李白的身世之谜

李白同学的朋友圈

我辈岂是蓬蒿人

写给大美人杨贵妃的诗

赐金还山后的日子

诗仙是怎样炼成的

李白和杜甫，一个诗仙，一个诗圣，分别代表着唐诗浪漫主义和现实主义的两座高峰。小朋友们想要学习唐诗，这两位绝对绕不开。

如果我们来做一个问卷调查：唐代诗人当中，你最喜欢的是谁？相信排在前两名的一定是这二位。如果把一群诗词爱好者组织起来，开一场辩论会，题目是：李白和杜甫谁更伟大？相信场面一定非常激烈，甚至可能会失去控制。事实上，这种争论从唐朝便开始了，一直持续到了现在。

在这本书里，我们并不想评判哪位诗人更伟大，只想把他们优美的作品介绍给大家。小朋友们在读完他们的作品之后，可以问一问自己，是喜欢李白多一点，还是喜欢杜甫多一点？我们之所以把李白放到前面讲，只是因为他的年纪比杜甫大，相比之下是长者。

有些同学看到这里可能会产生疑惑：李白比杜甫大？不可能吧？有这种疑惑其实也正常，因为在我们的意识中，李白是一个风流倜傥的翩翩公子，而杜甫则是一位历尽沧桑、温良淳厚的长者。然而，这只不过是文学作品造成的一种错觉罢了。

李白出生于8世纪的第一个年头，即701年。大家不妨先记下这个年份，因为在这本书里我们将把它当成一个坐标，后面要讲的诗人都将以此为参照，这样更便于大家记住诗人生活的时代背景，从而加深对诗文的理解。杜甫出生于712年，比李白小11岁，也就是说，差1岁李白就比杜甫大一轮了。按生肖来算的话，杜甫属鼠，同学们可以推算一下，李白是属什么的？

618年，唐国公李渊建立唐朝，定都长安。之后，唐朝经历了唐太宗的“贞观之治”，以及唐高宗的“永徽之治”。到了690年，武则天以周代唐，定都洛阳，史称武周。李白出生这一年，正是一代女皇武则天主政的时期。不过，等李白长到5岁（古人说的都是虚岁）

的时候，也就是705年，唐中宗李显通过神龙政变，迫使武则天退位，恢复了大唐国号。没过多久，武则天便去世了。后来，又经过一系列的宫廷斗争，712年李隆基即位，他就是大名鼎鼎的唐玄宗。这一年，李白12岁，杜甫刚出生。唐玄宗在位44年，直到756年，也就是“安史之乱”爆发的第二年，才被迫传位给太子李亨，李亨就是唐肃宗。这一年李白56岁，离他去世还有6年时间。

可以说，李白一生的主要活动都发生在大唐王朝的鼎盛时期，社会安定，政治清明，经济空前繁荣。到了晚年，由于安史之乱，社会剧烈动荡，诗人不仅饱受颠沛流离之苦，还卷进了永王与肃宗争夺帝位的斗争，差一点被杀头。所有这些，都对李白的诗歌创作产生了巨大影响，同学们可以广泛了解一下。

那么，李白这个“诗仙”的封号到底是怎么来的呢？后人给取的吗？还真不是。其实，它和与李白亦师亦友的大诗人贺知章有关。

贺知章，字季真，出生于659年，比李白大42岁，唐代著名的诗人、书法家，武则天证圣元年（695）状元，先是被授予国子四门博士，后来又历任太常博士、礼部侍郎、秘书监、太子宾客等职。他的诗以绝句见长，其写景、抒怀之作风格独特，清新潇洒，其中《咏柳》《回乡偶书》等脍炙人口，千古传诵。

742年，李白自南陵奉诏来到京城长安，住在一家小客店里，等待唐玄宗召见。有一天，他为了排遣焦虑的情绪，溜溜达达来到城东北的大宁坊紫极宫，看到一位鹤发童颜的老翁，便上前攀谈。一问之下才知道，这人竟是大名鼎鼎的贺知章。

这时的贺知章已经84岁了，他对李白也是慕名已久，便拉着李白去酒馆喝酒。席间，贺知章向李白索要新作的诗文，李白此时恰好将《蜀道难》带在身上，便拿出来请前辈指点。不料，贺知章刚读了一半便拍案叫绝，指着李白大呼：“你不是凡人，你是谪仙人啊！”两人由此相见恨晚，成为莫逆之交。从此，李白便有了“诗仙”这个名号。

关于这件逸事，还有一个小插曲。很不巧，那一天贺知章身上恰好没有带钱，于是他便从腰间解下金龟（当时官员的佩饰物），当作酒钱付给店家，与李白开怀畅饮，一醉方休。这件“金龟换酒”的趣事，也同两位大诗人一起，被传为千古美谈。

这件事绝不是后人杜撰出来的，因为李白自己在回忆贺知章的诗中便有详细记录。下面，我们就来给大家介绍一下这首诗。

duì jiǔ yì hè jiān èr shǒu bìng xù
对酒忆贺监①二首并序（其一）

李白

太子宾客贺公，于长安紫极宫一见余，呼余为“谪仙人”，因解金龟，换酒为乐。没后对酒，怅然有怀，而作是诗。

sì míng yǒu kuáng kè, fēng liú hè jì zhēn
四明②有狂客，风流贺季真。
cháng ān yì xiāng jiàn, hū wǒ zhé xiān rén
长安一相见，呼我谪仙人。
xī hào bēi zhōng wù, fān wéi sōng xià chén
昔好杯中物，翻为松下尘③。
jīn guī huàn jiǔ chù, què yì lèi zhān jīn
金龟换酒处，却忆泪沾巾。

①贺监：即贺知章。唐肃宗做太子时，贺知章任太子宾客兼秘书监，故诗题及序中称其为“贺监”“太子宾客贺公”。②四明：旧浙江宁波府的别称，以境内有四明山得名。贺知章生于此，故自号“四明狂客”。③松下尘：已亡故的意思，古时坟墓上多植松柏，故云。

这是一首五言古诗，作于747年。此时，贺知章已去世3年。李白前往会稽凭吊，回首往事，对酒思人。昔日的欢乐，今日的悲伤，一时涌上心头，诗人不免“怅然有怀”，便写下了这首诗，以示悼念。

“四明有狂客，风流贺季真”这两句话的意思很明确，直接点明了所忆之人：四明山中曾出现过一个狂客，他就是久负风流盛名的贺季真。接下来是回忆当年：“长安一相见，呼我谪仙人。”此二句所言之事已见诗序。

“昔好杯中物，翻为松下尘”，一言昔，一言今。“昔好杯中物”概括了贺知章一生的嗜好——酒。杜甫在《饮中八仙歌》曾写道：“知章骑马似乘船，眼花落井水底眠。”

最后两句，“金龟换酒处，却忆泪沾巾”。“金龟换酒”，可以说是李白与贺知章交往中最难以忘怀的一幕。这里的“换酒处”与下句的“却忆”是倒装句，本应为“却忆金龟换酒处”，但诗人为了强调“金龟换酒”进行了倒装，以突出贺知章那豪爽的性格和对友情的倾心。今日对酒，使诗人想起昔日“长安一相见”的情形，在今与昔的对比与追忆中，诗人便更加思念这位曾对自己有知遇之恩的亡友，自然是泪盈满巾。

另外，再为大家介绍一首《月下独酌》。这同样是一组诗，由四首组成，这里介绍的是其中的第一首。这首诗作于744年。这一年正月，贺知章得了一场大病，病好后上表奏明皇上，请求回乡当道士。然而，贺知章返乡没过多久便去世了，享年85岁。此时的李白身在长安，朋友们纷纷离去，在政治上又得不到皇帝的信任，于是一个人在月下喝起了闷酒。

yuè xià dú zhuó

月下独酌（其一）

李白

huā jiān yì hú jiǔ dú zhuó wú xiāng qīn
花间①一壶酒，独酌无相亲②。
jǔ bēi yāo míng yuè duì yǐng chéng sān rén
举杯邀明月，对影成三人。
yuè jì bù jiě yǐn yǐng tú suí wǒ shēn
月既不解饮，影徒随我身。
zàn bàn yuè jiāng yǐng xíng lè xū jí chūn
暂伴月将影，行乐须及春。
wǒ gē yuè pái huái wǒ wǔ yǐng líng luàn
我歌月徘徊，我舞影零乱。
xǐng shí tóng jiāo huān zuì hòu gè fēn sàn
醒时同交欢③，醉后各分散。

yǒng jié wú qíng yóu　　xiāng qī miǎo yún hàn
永结无情游④，相期邈云汉⑤。

①间：一作“下”，一作“前”。②无相亲：没有亲近的人。③同交欢：一起欢乐。一作“相交欢”。④无情游：月亮和影都没有知觉，不懂感情，诗人与之结交，故称“无情游”。⑤相期邈云汉：约定在天上相见。期，约会。邈，遥远。云汉，银河。

这首诗描写了诗人月下独酌的情景，通过独白的形式，塑造了诗人狂放不羁、超然洒脱的形象。和《蜀道难》一样，这也是一首颇具仙气儿的诗，可见“诗仙”这个称号名不虚传。

全诗可分为三部分，第一至四句为第一部分。“花间一壶酒”，诗人在花前月下悠闲地享受着美酒，然而却“独酌无相亲”——没有能够与他开怀畅饮的朋友。在这种状态下，浪漫的诗人想到了一直挂在天上的明月——这个一直陪伴他的知己。“举杯邀明月，对影成三人”，诗人将“明月”和自己的影子拟人化，把它们当作可以举杯共饮的知己好友。

第五至八句为第二部分，表达了诗人及时行乐的思想。“月既不解饮，影徒随我身”。月亮高高挂在天上，而影子也只是在旁边跟随着身体移动罢了，它们都不能真正地与我同酌共饮。于是，前面“对影成三人”的安稳、欢乐，转变为隐隐的寂寞和孤独。但狂放洒脱的李白，并没有因此消沉，虽然不近完美，但聊胜于无，“暂伴月将影，行乐须及春”，人生在世就要及时行乐，不能虚度时光。

第九至十四句是全诗的高潮部分，诗人纵情饮酒，相信天上人间总会和明月、影子再次相聚。“独酌”的诗人已经进入了忘我的境界，半醉半醒之间，他放声高歌，恣意舞蹈，“我歌月徘徊，我舞影零乱”，诗人感到，夜空中的月亮在伴随着歌声翩翩起舞，影子也在身后应和着他，陪伴着他。“醒时同交欢，醉后各分散”，月、影本为无情之物，在人醉倒之后，也就都变回原本的样子。但是，月、影的相伴已经带给诗人莫大的心灵安慰，诗人也从“独酌”中得到了充分的满足。“永结无情游，相期邈云汉”，他相信身边的月亮和影子会永远和他在一起，不离不弃。

对于诗歌，我们的一贯主张是，在理解的基础上背诵，因为只有记在脑子里，它才真正属于你自己。《蜀道难》这首诗虽然有些长，对于初学唐诗的小朋友们来说可能有些难，但大家如果有兴趣的话，也可以自己找来背诵。

李白的身世之谜

关于诗仙李白的家世和身世，在唐代的时候就讳莫如深了，尤其是他的祖父、曾祖父，在史料上没有一点记载。而李白也很少谈论自己的家世，偶尔谈起来，往往也只提远祖，不说近亲，可以说是闪烁其词。为什么会这样呢？咱们慢慢道来。

对于李白的出生地，一共有三种说法。一种认为是剑南道绵州昌隆县青莲乡，也就是现在的四川省江油市青莲镇；另一种认为是陇西成纪，也就是现在甘肃省天水市秦安县；还有一种认为李白出生在碎叶城，这个地方位于今天的吉尔吉斯斯坦境内，不过在唐朝是安西都护府的辖区，所以就算李白出生在碎叶城，他也不是外国人。

目前，人们普遍认同第一种说法，也就是李白出生在四川省江油市，而甘肃省天水市则被认为是他的祖籍。但不管是四川省江油市，还是甘肃省天水市，对于当时来说都算是很偏远了。那么，为什么李白一家子要跑到这么偏远的地方呢？有一些学者认为，李白其实是李建成的玄孙。626年，秦王李世民发动玄武门之变，杀了太子李建成和齐王李元吉，而李白的祖父为逃避追杀，就选择了远走他乡。因此，作为沦落民间的宗室之子，李白的人生悲剧是命中注定的，他既想建功立业又害怕暴露身世，因而在这种矛盾中饱受精神折磨。

当然，这种说法只是一家之言，并没有切实的证据。此外，还有一种类似的说法，认为李白是武昭王李暠的九世孙，而此人则是十六国时期西凉国的创立者，唐高祖李渊是其六世孙。到了隋朝末年，李白的某一位祖先犯了罪，只好带着一家人背井离乡，流落到西域的一个小镇。这种说法比前一种可信度要更高一些，因为说这话的是李阳冰。李阳冰是李白的远房族叔，李白临死前把自己的诗文草稿交给了他。后来，李阳冰将这些诗文辑成《草堂集》十卷，并为之作序，其中便对李白的家世、生平、交游等情况做了扼要记述。

可能正是由于这独特的身世，才使得李白走了一条与当时读书人迥然不同的道路。他早年间四处云游，直到42岁才奉诏入长安，命待诏翰林，但只过了两年便上疏请还山，于是被玄宗赐金放还。然而，也正是因为游遍了祖国的万水千山，才造就了大诗人李白的高远与豁达，使他写出了传唱千古的不朽诗篇。在李白的诗中，有许多对祖国名山大川的描写，这里先给大家介绍三首。

fǎng dài tiān shān dào shi bú yù
访戴天山道士不遇

李白

quǎn fèi shuǐ shēng zhōng，táo huā dài lù nóng
犬吠水声中，桃花带露浓①。
shù shēn shí jiàn lù，xī wǔ bù wén zhōng
树深时见鹿，溪午不闻钟。
yě zhú fēn qīng ǎi，fēi quán guà bì fēng
野竹分青霭②，飞泉挂碧峰。
wú rén zhī suǒ qù，chóu yǐ liǎng sān sōng
无人知所去，愁倚两三松。

①带露浓：挂满了露珠。一本作“带雨浓”。②青霭：青色的云气。

据说，这是李白被记录下来的最早的一首诗，写这首诗的时候诗人只有18岁。戴天山位于今天四川省江油市，因山势陡峭直插云霄而得名。李白早年曾在山上的大明寺读书，他听人说深山里有个“戴天观”，里面住着一位老神仙，已经百岁有余，于是欣然前往拜会，不料老神仙外出，没能见到，诗人有感于山中美景，写下了这首诗。

这是一首五言律诗。可能有的小朋友看过《唐诗三百首》，上面有“五言古诗”“七言古诗”“七言乐府”“五言律诗”等各种分类，不明白到底是怎么回事。在这里，我先给大家简单介绍一下唐诗的分类。

整体来说，唐诗可以分为三类：古体诗、乐府诗、近体诗。以时间来论，出现最早的自然是古体诗。古体诗格律自由，不拘对仗、平仄，押韵较宽，篇幅长短不限，句子有四言、五言、六言、七言体和杂言体，每一句有几个字就是几言，一首诗的句子有长有短，就是杂言。在唐诗中，五言和七言古体诗作较多，也就是五言古诗、七言古诗。

到了秦汉时期，政府设置了专门的音乐机关，专门制作雅乐，采集民歌，称为“乐府”。于是，后来“乐府”就成为一种带有音乐性的诗体名称。到了唐代，这些诗歌的乐谱虽然早已失传，但其形式却相沿下来，成为一种没有严格格律、近于古体诗的诗歌体裁。唐代诗人作乐府诗，有的沿用乐府旧题，如《塞上曲》《关山月》等，也有的自制新题以反映现实生活。在体式上，乐府诗以五言为主，兼七言及杂言。

近体诗又称格律诗，是相对古体诗而言的，起源于南朝，到了唐初才逐渐成熟。它是一种讲究平仄、对仗和押韵的诗歌体裁，包括律诗和绝句。律诗通常每首八句，超过八句的，则称排律或长律。以八句完篇的律诗，每二句成一联，计四联，习惯上称第一联为首联，第二联为颔联，第三联为颈联，第四联为尾联。每句五个字的律诗叫五言律诗，简称五律；每句七个字的律诗叫七言律诗，简称七律。绝句每首四句，每句五个字的叫五言绝句，简称五绝；每句七个字的叫七言绝句，简称七绝。

弄清楚唐诗的分类之后，我们再回到李白的这首“五律”。本诗共有八句，前六句重在写“访”的过程中所见到的美景，末两句重在写“不遇”。

首联“犬吠水声中，桃花带露浓”描写了诗人拜访道士途中的所见所闻：淙淙的泉水声中隐隐约约能够听见犬吠声，清晨的桃花上仍然带着硕大的露珠。

颔联“树深时见鹿，溪午不闻钟”，描写的是诗人行进于林间小路上，偶尔能见到麋鹿出没；来到溪边时，已是正午时分，道院本已该敲钟了，却不闻钟声，此处已暗示道院无人。

颈联“野竹分青霭，飞泉挂碧峰”中用“分”字，将野竹与青霭两种相近的色调汇成一片绿色；下句“挂”字，将白色飞泉与碧翠山峰融为一幅美妙的山水画。

尾联“无人知所去，愁倚两三松”，尽管眼前的美景使诗人忘情陶醉，然而诗人主要还是为了来拜访道士。可惜此处山野林深，人迹稀少，又该向谁去打听道士的去向呢？诗人此刻怅然若失，倚松长叹，心中愁苦万分。

dù jīng mén sòng bié
渡荆门送别

李白

dù yuǎn jīng mén wài，lái cóng chǔ guó yóu
渡远荆门①外，来从②楚国游。
shān suí píng yě jìn，jiāng rù dà huāng liú
山随平野尽，江入大荒流。
yuè xià fēi tiān jìng，yún shēng jié hǎi lóu
月下飞天镜，云生结海楼③。
réng lián gù xiāng shuǐ，wàn lǐ sòng xíng zhōu
仍怜故乡水，万里送行舟。

①荆门：荆门山，今在湖北宜都西北长江南岸，形势险要，战国时期为楚国门户。②从：向，到。③海楼：海市蜃楼，形容江上云霞美景。

这同样是一首五律，大约作于726年。26岁的李白怀着“仗剑去国，辞亲远游”的理想离开了四川，他顺江而下，经巴渝、渡三峡，驶向了荆门山外的楚地。本诗虽题为送别，但是其中却并没有送别的人，这是因为诗人作别的并不是某个人，而是距离他越来越远的家乡。

首联“渡远荆门外，来从楚国游”，开头两句总起，统领全篇。诗人胸怀雄心壮志离开家乡，坐在船上欣赏着两岸美丽的景色，感慨万千。

颔联“山随平野尽，江入大荒流”，两句写得非常有气势。“山随平野尽”，形象地描绘了船出三峡、渡过荆门山后长江两岸的特有景色：山逐渐消失了，眼前是一望无际的低平的原野，视线一下子开阔了。“江入大荒流”，诗人从荆门向远处遥望，江水奔腾直泻，仿佛流入了荒漠辽远的原野，显得天空寥廓，境界高远。

颈联“月下飞天镜，云生结海楼”，写在船上看到的夜景，天空中的明月倒映在水中，水面像明镜一样，空中缭绕的云雾像海市蜃楼一样美丽，这两句虚实结合，形象鲜明，似真似幻，极具美感。

尾联“仍怜故乡水，万里送行舟”，写出了诗人的依依惜别之情。初次离家远行，他怎能不留恋呢？但诗人不说自己不舍思念故乡，而说故乡之水恋恋不舍地一路送我远行，怀着深情厚谊，万里送行舟。在这里，诗人把“故乡水”拟人化了，弄明白这一点，整首诗的意思也就顺畅了。荆门山之外已是楚地，也是诗人与“故乡水”分别之处，所以才写下这首诗来纪念。

wàng tiān mén shān

望天门山①

李白

tiān mén zhōng duàn chǔ jiāng kāi, bì shuǐ dōng liú zhì cǐ huí.
天门中断楚江②开，碧水东流至此回。
liǎng àn qīng shān xiāng duì chū, gū fān yí piàn rì biān lái.
两岸青山相对出，孤帆一片日边来③。

①天门山：位于今安徽芜湖北郊长江两岸，东为东梁山，西为西梁山。两山隔江对峙，形同天设的门户，天门由此得名。②楚江：长江中游地带在战国时期属楚国，故流经此地的长江称楚江。③日边来：指孤舟从天水相接处的远方驶来，远远望去，仿佛来自日边。

这是一首七绝，大约作于727年，也就是诗人在荆门送别“故乡水”后的第二年，前往江东，途经天门山的时候写下的。全诗围绕“望”字展开描述，诗人乘轻舟行于江上，天门山出现在眼前，气势雄伟，震慑人心。

“天门中断楚江开，碧水东流至此回”这两句采用铺叙手法，描述了天门山的雄浑景象以及长江奔腾不息的磅礴气势。山水相互映照将天门山的险峻展现得淋漓尽致。第一句的“中断”二字给人无限遐想。在诗人看来，天门山并不是两座山，而是一座完整的山，因被湍急的江水冲断而分成两座山。“楚江开”强调突破而出的状态。第二句写原本开阔的河道在天门山突然变得狭窄起来，大量的河水无法同时流过，于是出现了惊涛拍岸、回旋激荡的画面。

“两岸青山相对出，孤帆一片日边来”描绘出了诗人乘舟通过天门山的画面。“相对”两字表明了诗人所处的位置，以及天门山的状态。“出”字表明天门山逐渐出现在诗人的眼前，之后又渐渐离开了诗人的视线。最后一句“孤帆一片日边来”，诗人乘坐轻舟在阳光的照射之下，高兴地向天门山驶去。这一句暗示前面所写的都是诗人所看到的，紧扣题目。

李白性好山水，一生去过很多地方游历，途中留下了许多传世名篇。这些诗大多气势磅礴，意境雄浑，体现了诗人豪放洒脱、狂放不羁的性情。

李白同学的朋友圈

大诗人李白一生有三大爱好，写诗、饮酒、交朋友。他大约26岁离开故土，游历天下，可以说是走一路，写一路，交一路，饮一路。于是，李白的诗名与酒名广流传，好友遍天下。前面我们提到的贺知章，就是李白的忘年交，为了请李白喝酒，老贺竟然解下随身佩戴的金龟来埋单，可见贺知章对小李是真心喜欢啊。

李白的朋友圈非常豪华，包括老贺在内，当时许多名声显赫的大诗人，如我们熟悉的孟浩然、杜甫、王昌龄、高适等，都与李白有过密切的交往。当然，除了诗友，李白还有道友，如元丹丘；以及他的众多粉丝朋友，如魏颢、汪伦等；甚至还有外国的朋友，如来自日本的晁衡。作为一代诗仙，李白自然常常以诗赠友，这些诗歌在记录他们友谊的同时，也成了流传千古的名篇佳作。由于篇幅所限，我们这里只选几篇有代表性的介绍给大家。

huáng hè lóu sòng mèng hào rán zhī guǎng líng
黄鹤楼①送孟浩然之广陵

李白

gù rén xī cí huáng hè lóu, yān huā sān yuè xià yáng zhōu.
故人西辞黄鹤楼，烟花②三月下扬州。
gū fān yuǎn yǐng bì kōng jìn, wéi jiàn cháng jiāng tiān jì liú.
孤帆远影碧空尽③，唯见长江天际流。

①黄鹤楼：中国著名的名胜古迹，故址在今湖北武汉武昌蛇山的黄鹄矶上。②烟花：形容柳絮如烟、鲜花似锦的春天景物，指艳丽的春景。③碧空尽：消失在碧蓝的天际。碧空，一作“碧山”。

孟浩然出生于689年，比李白整整大了一轮，所以两个人应该是一个属相。小朋友们在前面有没有算出李白是属什么的呢？没错，李白是属牛的。所以，孟浩然也属牛。

孟浩然隐居山林不问世事，风流潇洒，怡然自得，他成名的时候，李白还很年轻。在李白的众多朋友当中，李白最为仰慕、推崇的就是这位老大哥了。

727年，李白出蜀壮游已有一年，暂时定居在湖北的安陆。他听说孟浩然隐居在鹿山门，于是专程前往拜谒。当时李白诗名尚小，而孟浩然早已名声在外。两人习性相投，一见如故，从此结为莫逆之交。

开元十八年（730）三月，李白得知孟浩然要去广陵（今江苏扬州），便托人带信，相约于江夏（今湖北武昌）见面。几天后，孟浩然乘船东下，李白亲自送孟浩然到江边，并写下了这首《黄鹤楼送孟浩然之广陵》。

本诗清新自然，意境深远，虽然是一首离别诗，但是其中并没有哀戚之情，反而显得十分欢快。诗人对友人可以到繁华的扬州去十分羡慕，并希望友人旅途一帆风顺，在扬州过得潇洒惬意。

“故人西辞黄鹤楼”首句交代了作诗的原因和送别的地点。“西辞”两个字表明了孟浩然要去的方向，为下一句诗做了铺垫。

“烟花三月下扬州”表明了孟浩然离开的季节以及他所要前往的地点。扬州本来就是一个风景秀丽的城市，而孟浩然又是于其景致颇为艳丽的三月去的。因而诗中不见悲伤，而是流露出了诗人的羡慕和喜悦之情。

“孤帆远影碧空尽，唯见长江天际流。”看着孟浩然的行船渐渐驶远，最后终于消失在天边，诗人眼中只剩下一望无际的滔滔江水。这两句诗暗示了很多细节，送别友人之后诗人并没有马上离开，而是静静地站在岸边望着友人离去的方向，可见李白对孟浩然的真挚情谊。

shā qiū chéng xià jì dù fǔ
沙丘①城下寄杜甫

李白

wǒ lái jìng hé shì　gāo wò　shā qiū chéng
我来竟何事？高卧②沙丘城。
chéng biān yǒu gǔ shù　rì xī lián qiū shēng
城边有古树，日夕连秋声。
lǔ jiǔ bù kě zuì　qí gē kōng fù qíng
鲁酒不可醉，齐歌空复情。
sī jūn ruò wèn shuǐ　hào dàng jì nán zhēng
思君若汶水③，浩荡寄南征。

①沙丘：兖州古地名为沙丘，又名瑕丘，于唐代为鲁西南重要治所，李白应于此居住。②高卧：高枕而卧，这里指闲居。③汶水：鲁地河流名，河的正流今称大汶河。

我们在情感上往往会有这样一种倾向，就是我们喜欢的两个人，我们也希望他们彼此相互喜欢。对于李白和杜甫这两位大诗人，很多小朋友可能都抱有类似的心态，因而对他们之间真挚的友谊津津乐道。不过，在有些人看来，这两人之间的友谊却不是对等的。

据统计，杜甫写给李白的诗总共有十五首之多，光选入《唐诗三百首》的就有五六首，而李白写给杜甫的却只有两首。其实，真正的友谊是不能这样衡量的。如果要这样算的话，李白写给孟浩然的诗有五首，而孟浩然一首诗也没有写给李白，那是不是说孟浩然一点也不重视和李白的友谊呢？当然不是。

仔细研究一下三个人的年龄，你会发现一件有趣的事儿：孟浩然比李白大12岁，而李白比杜甫大11岁。当孟浩然声名远扬时，李白正是一个踌躇满志的青年；而在李白名满天下时，杜甫才刚刚在诗坛崭露头角。多么相似的际遇，多么奇妙的关系，真是江山锦绣，人才辈出。杜甫眼中的李白，不正是李白眼中的孟浩然吗？

话说744年，李白与杜甫双星聚首，实现了“诗仙”和“诗圣”历史性的伟大见面。这一年的夏天，44岁的李白被“赐金还山”，离开了长安，来到了东都洛阳。与此同时，33岁的杜甫恰好困守在洛阳，听说李白到来，他立即前往拜会。两人意气相投，一见如故，建立了深厚的友谊。

在洛阳分手时，两人约定同游梁宋（今河南开封、商丘）。这一年秋天，两人果然如约在梁宋相会，与著名的边塞诗人高适一起同游了孟诸、齐州等地。三个人评文论诗，纵谈天下大势，共同度过了一段美好的时光。

第二年夏天，李白和杜甫又在东鲁（齐州或兖州）相会。这是两人第三次见面，也是最后一次。这一次，李白是专程从任城赶过去的。短短一年多的时间里，他们两次相约、三次会见，知交之情不断加深。两人同行共眠，互相酬唱，一起寻访隐士高人，还偕同拜访了当时驰名天下的文章家、书法家李邕。这年秋天两人分手，杜甫西返长安，李白南下江东，从此各奔天涯，再无相见。然而，他们对彼此的关怀与思念，却从未中断。

这首《沙丘城下寄杜甫》便作于745年。当时，李白在鲁郡的东石门送别杜甫以后，南游江东之前，一度旅居沙丘城。因为怀念杜甫，写下此诗寄赠。

李白送走了挚友，欢聚的生活一下子变得冷清了。他独自回到鲁中的寄寓之地——沙丘城，感到十分落寞。秋景之下，饮酒听歌也无法排遣他心中的寂寞，反而更加思念友人。

“我来竟何事？”我究竟为什么来到这个地方呢？这句自问似乎带着寂寞及难以排解的懊恼和悔恨，启发读者思考。“高卧沙丘城”，独自闲居于此。眼下的闲居生活是孤寂苦闷的，所以才有了开头的自问。

“城边有古树，日夕连秋声”这两句是对客观景物的描绘。重回沙丘城，更忆往日与杜甫相聚，把酒言欢的场景，如今友人已经离开，独剩下自己一人，物是人非，无限伤感。诗人将对杜甫的思念之情融于景物的描写中，渲染了凄凉、清冷的气氛，读来令人感到哀伤。

“鲁酒不可醉，齐歌空复情”，诗人所在的山东古称“齐鲁”。鲁酒薄不能醉人，齐歌也没有心思去听，皆因朋友离去，无人共赏。

“思君若汶水，浩荡寄南征”，汶水是鲁地的河流名，由山东省莱芜市东北原山发源，向西南流经泰安市、徂徕山、汶上县，入运河。杜甫西去长安，正与汶水的流向一致，故诗人说对杜甫的思念之情恰如一川浩荡的汶水，追随着他一路而去。古代诗词中经常以流水比喻愁绪，这里诗人将对友人的思念也寄托于悠悠汶水，比喻思念如流水一样绵绵不绝，以此收束全诗，给人无尽余味。

wén wáng chāng líng zuǒ qiān lóng biāo yáo yǒu cǐ jì

闻王昌龄左迁[1]龙标[2]遥有此寄

李白

yáng huā luò jìn zǐ guī tí wén dào lóng biāo guò wǔ xī
杨花落尽[3]子规啼，闻道龙标过五溪[4]。
wǒ jì chóu xīn yǔ míng yuè suí jūn zhí dào yè láng xī
我寄愁心与明月，随君[5]直到夜郎西。

①左迁：贬谪，降职。古人以右为尊、左为卑，因此把降职称为左迁。②龙标：古地名，唐朝置县，今湖南黔阳。③杨花落尽：一作“扬州花落”。④五溪：是武溪、巫溪、酉溪、陵溪、辰溪的总称，在今湖南西部。⑤随君：一作“随风”。

这首七绝是李白送给好友王昌龄的。王昌龄生于698年，比李白大3岁，盛唐著名的边塞诗人，被后人誉为“七绝圣手”。753年，王昌龄从江宁丞被贬为龙标县（今湖南黔阳）县尉。李白在扬州听到好友被贬后写下了这首诗，以抒发感愤，寄托慰藉。

本诗首句“杨花落尽子规啼”写出了春光消逝时的萧条景况，渲染了环境气氛的黯淡、凄楚；次句“闻道龙标过五溪”是对王昌龄“左迁”赴任路途险远的描画，显出李白对诗友远谪的关切与同情；“我寄愁心与明月，随君直到夜郎西”两句寄情于景，对诗友进行由衷的劝勉和宽慰。

全诗选择了杨花、子规、明月、风等意象，以奇特的想象力编织出一个朦胧的梦境，虽未追叙与好友昔日相聚的情景和友谊，但通过对景物的描写，把友情抒发得真挚感人。本来无知无情的明月，竟变成了一个了解自己、富有同情的知心人，能够而且愿意接受自己的要求，将自己对朋友的怀念和同情带到辽远的夜郎之西，交给那不幸的迁谪者。

zèngwāng lún
赠汪伦

李白

lǐ bái chéng zhōu jiāng yù xíng　hū wén àn shang tà gē shēng
李白乘舟将欲行，忽闻岸上踏歌声。
táo huā tán shuǐ shēn qiān chǐ　bù jí wāng lún sòng wǒ qíng
桃花潭水深千尺，不及汪伦送我情。

这首小诗虽然简单易懂，感情却十分真挚，由于被选入了小学课本，因此高年级的小朋友应该都学过。不知道你在学这首诗的时候，有没有产生过这样的疑问：汪伦到底是谁啊，怎么和李白感情这么好啊？或者发出这样的感慨：跟大诗人做朋友就是好，能被写进诗里，一起名垂千古。

在过去，人们一直以为汪伦是李白游历泾县时遇到的一个普通村民，不过后来经过人们研究史料发现，这个汪伦其实是唐代的名士，与李白、王维等人关系很好，经常以诗文往来赠答。其实，不管汪伦是村民还是名士，有一点却可以肯定，他是李白的超级大粉丝。

755年，汪伦听说李白旅居南陵族叔李阳冰家，便写信邀请他到自己家里做客。信上说："先生好游乎？此处有十里桃花。先生好饮乎？此处有万家酒店。"李白向来喜好饮酒，又闻有如此美景，于是欣然前往，但结果却没有看见信中所说的盛景。汪伦盛情款待，并笑着对李白说："桃花者，十里外潭水名也，并无十里桃花。万家者，开酒店的主人姓万，并非有万家酒店。"李白听后大笑，不仅没有觉得自己被愚弄了，反而被汪伦的盛情打动。汪伦留李白连住了数天，每日以美酒相待，临别时送了李白名马和官锦等礼物。李白在东园古渡乘舟欲往万村，登旱路去庐山时，汪伦在古岸阁上设宴饯行，并且亲自拍手踏脚，歌唱民间的《踏歌》相送。李白深感汪伦的盛情，写下了这首诗。

第一句"李白乘舟将欲行"，主要是叙述事情发生的背景，先写要离去者，继写送行者，展示出一幅别具特色的离别画面。

第二句"忽闻岸上踏歌声"，不像首句那样直接叙述，而是采用了曲笔，说听见岸上传来有节奏的歌声。很显然，这阵歌声的出现完全出乎诗人的意料，"忽"字将偶然的状态表现得十分贴切。

第三句"桃花潭水深千尺"，深湛的桃花潭水触动了诗人的离愁别绪。此处将汪伦对诗人的深情厚谊和水深自然地联系起来。

结句"不及汪伦送我情"，以比物手法直接表达出汪伦与诗人真挚纯洁的友情。潭水已"深千尺"，而汪伦送李白的情谊比桃花潭水更深。

我辈岂是蓬蒿人

李白一生的大部分时间虽在漫游中度过，但他内心其实很看重功名，有着强烈的“济苍生”“安社稷”的人生理想，而不是整天只想着游山玩水。对此，我们也不难理解，因为在中国古代，绝大多数人的主要目的就是当官，即“学而优则仕”。

科举萌发于南北朝时期，到了唐朝已经相当完善了，当时很多诗人都是通过考科举进入官场的，比如我们熟悉的贺知章、陈子昂、王维，以及后来的白居易、李商隐、杜牧，等等。当然，也有许多人考了多次没有考中，比如杜甫、温庭筠、贾岛等。不过，李白和他们都不一样，他连参加科举的资格都没有。

为什么会这样呢？首先，因为李白的父亲是一个大商人。唐朝重农抑商，因此商人的子弟是不能参加科举考试的。其次，我们在前面讲过，李白的祖上很可能有人犯过重罪，罪人之后就更不能考科举了。

不过，好在唐代比较开明，科举之路走不通，还有别的入仕途径，其中最主要的就是荐举。所谓荐举，就是在官员或权贵的荐送下，朝廷不经过考试而直接录用人才。朝廷既开荐举之路，士子必行干谒之事。所谓干谒，就是向那些官员或权贵推荐自己。在唐朝，专门有一种干谒诗，就是诗人为推销自己而写的一种诗歌，类似于现代的自荐信。

有资料记载，李白早在15岁的时候，就已经开始结交社会名流，从事干谒活动了。不过，事情并不顺利，李白递交出去的干谒诗全都石沉大海，毫无回音。于是，他26岁的时候，便离开故乡，辞亲远游。可以说，漫游与交友对李白来说都不是目的，他最终还是为了找到赏识自己才华的人，把自己推荐给皇帝。

然而，干谒之路实在太难了。730年，李白来到京城长安寻找门路，两年后依然毫无收获。绝望之余，他写下了这首著名的《行路难》。

行路难三首（其一）

xíng lù nán sān shǒu

李白

jīn zūn qīng jiǔ dǒu shí qiān　yù pán zhēn xiū zhí wàn qián
金樽清酒斗十千①，玉盘珍羞②直③万钱。
tíng bēi tóu zhù bù néng shí　bá jiàn sì gù xīn máng rán
停杯投箸④不能食，拔剑四顾心茫然。
yù dù huáng hé bīng sè chuān　jiāng dēng tài háng xuě mǎn shān
欲渡黄河冰塞川，将登太行雪满山。
xián lái chuí diào zuò xī shàng　hū fù chéng zhōu mèng rì biān
闲来垂钓坐溪上⑤，忽复乘舟梦日边。
xíng lù nán　xíng lù nán　duō qí lù　jīn ān zài
行路难，行路难，多歧路，今安在？
cháng fēng pò làng huì yǒu shí　zhí guà yún fān jì cāng hǎi
长风破浪会有时，直挂云帆济沧海。

①斗十千：一斗值十千钱，即万钱，这里形容美酒醇香、价高。②珍羞：珍贵的菜肴。羞，通“馐”，美味的食物。③直：通“值”，价值。④箸：筷子。⑤坐溪上：一作“碧溪上”。

《行路难》共有三首，这是其中的第一首，诗中李白虽感叹了自己怀才不遇的悲惨现状，但也表达了从未想过要向世俗妥协的高洁品格，他坚信自己终能一帆风顺，大展宏图。这首诗豪放不羁，极具浪漫主义色彩。

“金樽清酒斗十千，玉盘珍羞直万钱。停杯投箸不能食，拔剑四顾心茫然。”开篇四句描写了一个快乐的场面：“金樽清酒”“玉盘珍羞”，诗人与友人欢聚一堂，纵酒豪饮。但诗人对佳肴美酒却无心品尝，他一次次推开酒杯，放下筷子，最后索性起坐舞剑，心下却茫然。

“欲渡黄河冰塞川，将登太行雪满山。闲来垂钓坐溪上，忽复乘舟梦日边。”承接上文的“心茫然”，正面描绘了诗人所行之路的艰难。“冰塞川”“雪满山”写诗人在人生的道路上遇到的艰难险阻，也就是在长安干谒过程中遇到的挫折。后两句化用典故，写了两个历史人物——周文王的贤臣姜太公和辅佐商汤的伊尹，他们虽才华横溢但一开始均默默无闻，姜太公钓鱼，伊尹做梦乘坐小船绕过日月，直到被明君知遇后他们才一展抱负，建功立业。

“行路难，行路难，多歧路，今安在？”这四句用短句子将诗人那种进退两难的矛盾心情惟妙惟肖地表现了出来。诗人明白像姜尚、伊尹一样有明主知遇是可遇而不可求的，当他回到现实中，眼前的路依旧是困难重重，艰难阻碍。诗人不禁感叹面前的道路虽多，却很难找到自己前行的正确方向，突出理想与现实之间强烈的矛盾冲突。

“长风破浪会有时，直挂云帆济沧海”，这是诗人对未来的憧憬，他虽然遭受了巨大的挫折，但是依然期望有一天能够实现自己的抱负。这种积极的人生态度使他摆脱了歧路的彷徨和失意的苦闷，并把所有的迷茫和彷徨都化作了坚定的信念。

事实证明，李白的努力没有白费，他卓越的才华终于获得了皇帝的认可。742年，42岁的李白忽然收到唐玄宗召其入京的诏书。于是，他带着满心欢喜的心情，立刻回到南陵家中，与儿女告别，同时写下了下面这首激情洋溢的七言古诗。

nán líng bié ér tóng rù jīng

南陵别儿童入京

李白

bái jiǔ xīn shú shān zhōng guī　huáng jī zhuó shǔ qiū zhèng féi
白酒新熟山中归，黄鸡啄黍秋正肥。
hū tóng pēng jī zhuó bái jiǔ　ér nǚ xī xiào qiān rén yī
呼童烹鸡酌白酒，儿女嬉笑牵人衣。
gāo gē qǔ zuì yù zì wèi　qǐ wǔ luò rì zhēng guāng huī
高歌取醉欲自慰，起舞落日争光辉。
yóu shuì wàn shèng kǔ bù zǎo　zhù biān kuà mǎ shè yuǎn dào
游说万乘苦不早，著鞭跨马涉远道。
kuài jī yú fù qīng mǎi chén　yú yì cí jiā xī rù qín
会稽愚妇轻买臣，余亦辞家西入秦。
yǎng tiān dà xiào chū mén qù　wǒ bèi qǐ shì péng hāo rén
仰天大笑出门去，我辈岂是蓬蒿人。

这首诗用的是直陈其事的赋体，兼采比兴，既有正面的描写，又用侧面描写进行烘托。诗人独具匠心，由浅入深，将情感层层推进，最后热烈迸发到极致，笔触婉转，内涵深刻，感情真挚。

前两句“白酒新熟山中归，黄鸡啄黍秋正肥”，点明了归家时间正值秋熟时节。白酒新熟，黄鸡啄黍，一派和睦欢乐的农家气氛，衬托出诗人兴高采烈的情绪。“呼童烹鸡酌白酒，儿女嬉笑牵人衣”两句将家中热闹的氛围描写得生动有趣，神采飞扬。“呼”字颇能表现出诗人眉飞色舞、神情飞扬之状。“烹”“酌”连贯一气，文脉相通，从侧面上表现出诗人心急火燎，饮酒助兴的豪情，颇有欢庆奉诏之意。诗人的情绪感染了家人，“儿女嬉笑牵人衣”，儿女娇俏姿态，真切动人。

紧接着，诗人又“高歌取醉欲自慰，起舞落日争光辉”，酒酣兴浓，起身舞剑，剑光闪闪与落日争辉，把诗人喜悦的心情表现得活灵活现。从高歌狂舞中，也能感觉到诗人生活中依然有不如意之处，这便是诗人对仕途的渴望，期望自己能够成为帝王师。

“游说万乘苦不早，著鞭跨马涉远道”，李白叹息自己的才能和抱负未能得到及早的施展，现在有了大展宏图的机会。这里用“苦不早”来反衬诗人的欢乐心情，“苦不早”和“著鞭跨马”都表现出诗人满怀希望的急切之情。

“会稽愚妇轻买臣，余亦辞家西入秦”，据《汉书·朱买臣传》记载：朱买臣，会稽人，早年家贫，以卖柴为生，常常在担柴走路时还念书。妻子嫌贫，离开了他。后朱买臣深得汉武帝赏识，做了会稽太守。这二句侧重于描写诗人内心的世界，流露出诗人早年间一直壮志未酬的苦闷以及对实现梦想迫不及待的心情。

“仰天大笑出门去，我辈岂是蓬蒿人”，这最后两句的狂喜情态，是此时李白最好的肖像画。“仰天大笑”，神态颇为得意，“岂是蓬蒿人”，又是何等自负的心理，此句将诗人踌躇满志的形象表现得淋漓尽致。李白一生孜孜不倦地追求仕途成就，心中久积愤懑和痛苦，同时也有挥洒不尽的激情。

写给大美人杨贵妃的诗

李白一辈子都想当官，终于在42岁这年熬出头了。在玉真公主与贺知章的交口称赞下，唐玄宗看了李白的诗赋，对他十分仰慕，于是便有了前文所说的“奉诏入长安”。

据说，李白进宫朝见那天，唐玄宗降辇步迎，“以七宝床赐食于前，亲手调羹”。唐玄宗问到一些当世事务，李白凭半生饱学及长期对社会的观察，胸有成竹，对答如流。唐玄宗极为赞赏，随即令李白供奉翰林。

翰林制度是从唐至清特有的一项职官制度。“翰林”这个名称汉代就有了，但到了唐代才开始作为官及官署名使用，最初是文学、经术、僧道、书画、琴棋、阴阳等各色人士以其专长听候君主召见，称“翰林待诏”。到唐玄宗时，较多选用文学士人，称为“翰林供奉”，用于起草诏令，议论时事。对于当时的文人来说，进翰林院可是莫大的荣耀。

那时候，李白受到皇帝的格外宠信，真可谓春风得意。唐玄宗每次宴请或郊游，必定命李白侍从，利用他敏捷的诗才，赋诗纪实。虽非记功，也将其文字流传后世，以盛况向后人夸示。

743年，暮春时节，兴庆宫中牡丹满园，一日唐玄宗和杨贵妃来到沉香亭赏花，伶人们正准备表演歌舞以助兴。唐玄宗却说：“赏名花，对妃子，岂可用旧日乐词。”于是，急召翰林待诏李白进宫写新乐章。李白奉诏进宫，随即在金花笺上作了《清平调》三首。

qīng píng diào sān shǒu
清平调三首（其一）

李白

yún xiǎng yī cháng huā xiǎng róng chūn fēng fú jiàn lù huá nóng
云想衣裳花想容，春风拂槛露华浓。
ruò fēi qún yù shān tóu jiàn huì xiàng yáo tái yuè xià féng
若非群玉①山头见，会向②瑶台③月下逢。

①群玉：仙山名，西王母居处，《山海经》中的玉山。②会向：当向。③瑶台：王嘉《拾遗记》中提到的群仙居所，在昆仑山第九层，以五色玉为台基。

此为三首中的第一首，重点写牡丹花。一开篇，诗人就将场景设置在蟾宫阆苑之中。“云想衣裳花想容”，“想”字，别有趣味，给原本没有生命的事物赋予活力，既可以理解为看到云就想到了杨贵妃的衣裳，看到了花就想到了杨贵妃的容貌，也可以理解为将华丽的衣裳想象成了天上的云彩，把杨贵妃姣好的容貌看成了美丽的牡丹花。诗人将杨贵妃的衣服和彩霞一样美丽的霓裳羽衣，杨贵妃的面容和盛开的鲜花联系在了一起，简单的七个字就给人一种花团锦簇之感。

“春风拂槛露华浓”字面上写的是牡丹花承受了春风、露水的滋润，实际上却暗喻出了杨贵妃之所以会这样美丽，是因为蒙受了君王的宠幸。“露华浓”三个字形容晶莹剔透的露珠将牡丹花点缀得娇艳欲滴，同时承接上句，表现杨贵妃的娇媚容颜。

“若非群玉山头见，会向瑶台月下逢。”这两句将杨贵妃比作天上的女仙，将她的美貌进一步形象化。“若非”“会向”两词看似不经意，但是却表明除了玉山、瑶台上的仙女，世间已经没有别人的容貌可以和杨贵妃的美貌相提并论了。

清平调三首（其二）
qīng píng diào sān shǒu

李白

yì zhī hóng yàn lù níng xiāng, yún yǔ wū shān wǎng duàn cháng
一枝红艳①露凝香，云雨巫山②枉断肠。
jiè wèn hàn gōng shuí dé sì, kě lián fēi yàn yǐ xīn zhuāng
借问汉宫谁得似，可怜③飞燕倚新妆④。

①红艳：红牡丹，比喻杨贵妃。②云雨巫山：传说中三峡巫山神女与楚襄王欢会的故事。③可怜：可叹。④倚新妆：凭新妆才可媲美杨贵妃。

这第二首诗将读者带到了楚襄王、汉成帝的时代，写杨贵妃备受宠爱。“一枝红艳露凝香”写花的娇艳欲滴、香气宜人，一枝红艳之花含露凝香，比前面的“露华浓”更加艳丽华美。

“云雨巫山枉断肠”，借用楚襄王在梦中与神女相会的故事，来衬托唐玄宗与杨贵妃的爱情。“枉”说明令楚王相思断肠的神女只存在于虚幻的梦中，她哪里比得上眼前这像牡丹一样艳丽迷人的杨贵妃。

“借问汉宫谁得似，可怜飞燕倚新妆。”赵飞燕是汉成帝的宠妃，据说这位美人体态轻盈，可以在手掌中起舞，但是就是这样的美人，也要依靠新妆才能为自己争到宠爱。在这里，诗人以赵飞燕来反衬杨贵妃之美，说她不施粉黛已然人比花娇。

qīng píng diào sān shǒu
清平调三首（其三）

李白

míng huā qīng guó liǎng xiāng huān, cháng dé jūn wáng dài xiào kàn.
名花倾国[1]两相欢，长得君王带笑看。
jiě shì chūn fēng wú xiàn hèn, chén xiāng tíng běi yǐ lán gān.
解释[2]春风无限恨，沉香亭[3]北倚阑干。

①倾国：比喻美色惊人，此处指杨贵妃。典出汉代李延年《佳人歌》：“一顾倾人城，再顾倾人国。”②解释：消解。③沉香亭：亭名，沉香木所筑，位于兴庆宫内。

作为《清平调》组诗的最后一首，这首诗沿用了前两首诗中的意象，将牡丹、杨贵妃和君王的形象融合在一起。

“名花倾国两相欢，长得君王带笑看。”“名花”既是指开得正艳的牡丹花，同时也指和花一样美丽的杨贵妃。“带笑看”三个字表现了君王的心情和状态，同时，它也将牡丹、贵妃、明皇三者联系在了一起，形成了一个整体。

“解释春风无限恨，沉香亭北倚阑干。”这两句描绘了一幅非常温馨的画面：在沉香亭中唐玄宗和杨贵妃相互偎依着赏花，在他们的心中只有无限的幸福和喜悦，没有半点的忧愁和伤感。这样美丽的画面和恬淡的心情都是由第二句中的“笑”字引出的，可以说“笑”奠定了这首诗的感情基调。

这三首《清平调》，语言艳丽，意境清新，将时间、空间融合在了一起。以花喻人，写杨贵妃美得自然高贵，当场就赢得了贵妃和玄宗的高度称赞。于是，宫廷乐师李龟年当即带众乐工按照曲谱和新词，敲丝竹、击檀板，玄宗和杨贵妃则在一旁饮酒，边欣赏边陶醉。从此以后，唐玄宗对李白更加信赖，命他从大明宫的翰林院迁至兴庆宫，以便随时召见。

赐金还山后的日子

唐玄宗在位前期，确实是个难得的好皇帝，他勤于政事，任用姚崇、宋璟等贤臣，励精图治，开创了唐朝的极盛之世——开元盛世。但到了后期，唐玄宗开始怠慢朝政，宠爱杨贵妃，宠信奸臣李林甫、杨国忠，在军事上重用安禄山等人，结果导致了后来长达八年的安史之乱，为唐朝的衰落埋下了伏笔。

很不幸，当李白奉诏入长安时，年近花甲的唐玄宗已经开始变得昏聩，只顾贪图享乐，不理朝政。一心想着施展政治抱负的李白，很快就发现，自己只不过是皇帝的一个御用文人，仅供皇家诗酒娱乐助兴而已。对于这样的生活，他逐渐失去了兴趣，于是便一头扎进了酒乡。

杜甫在《饮中八仙歌》写道：“李白一斗诗百篇，长安市上酒家眠。天子呼来不上船，自称臣是酒中仙。”身为翰林，皇帝相招竟敢不奉诏，甚至喝得烂醉如泥，直接就睡在酒楼里了，简直不成体统。尽管唐玄宗没有治李白的罪，但他心中仍有不满，于是对李白便渐渐疏远了。更过分的是，有一次李白喝醉了起草诏书，竟然让高力士帮自己脱靴。要知道，身为当时权势最大的宦官，高力士可是专门伺候皇帝的。与此同时，那些嫉妒李白受宠的人也不断在皇帝面前对他进行诋毁。于是，唐玄宗对李白就更加不满了。

744年正月，老友贺知章因病还乡。两个月之后，备受冷落的李白权衡再三，终于上疏“请还山”。唐玄宗没有挽留的意思，赏赐了一些银两便让他离开了。离开长安之后，李白游历江南，来到了金陵，登览凤凰台的时候，写下了这首《登金陵凤凰台》。

dēng jīn líng fèng huáng tái

登金陵①凤凰台

李白

fèng huáng tái shàng fèng huáng yóu，fèng qù tái kōng jiāng zì liú。
凤凰台上凤凰游，凤去台空江自流。
wú gōng huā cǎo mái yōu jìng，jìn dài yī guān chéng gǔ qiū。
吴宫花草埋幽径，晋代衣冠②成古丘。
sān shān bàn luò qīng tiān wài，èr shuǐ zhōng fēn bái lù zhōu。
三山③半落青天外，二水④中分白鹭洲。
zǒng wèi fú yún néng bì rì，cháng ān bú jiàn shǐ rén chóu。
总为浮云能蔽日，长安不见使人愁。

①金陵：江苏南京的古称。②衣冠：代指豪门贵族。③三山：在南京西南长江边，因三峰并列而得名。④二水：秦淮河流经南京后，西入长江，被白鹭洲一分为二。一作“一水”。

在李白的诗作中，吊古伤今的律诗不多，此为其中一名篇。诗中李白触景生情，感慨自己的不幸遭遇，抒发了壮志难酬的苦闷心情。

“凤凰台上凤凰游，凤去台空江自流”开篇二句在短短的十四个字中出现了三个“凤”字，但是这种写法并没有给人烦琐重复之感，反而造成了一种一唱三叹的气势。传说，曾经有三只凤凰降临南京凤凰山的凤凰台，凤凰台也因此而得名，当时的场面繁华热闹，如今凤凰台仍在，凤凰却再也看不到了。

“吴宫花草埋幽径，晋代衣冠成古丘”这是诗人登上凤凰台所看到的景色。曾经繁华一时的吴国宫苑已经颓废衰败，只剩下断壁残垣了；晋代的风流名士已经作古，成了一座座坟墓。过去显赫但现在什么都没有留下，只剩了一场空。“吴”“晋”二字极具沧桑感；“埋”“成”两个字带有浓厚的历史、时间印记，充满了无奈之感。

“三山半落青天外，二水中分白鹭洲”写诗人登高远眺所见之景。诗人从对历史的伤怀中回到眼前的现实中，高耸入云的三山好似坐落于青天之外，远处的秦淮河被白鹭洲一分为二，西入长江。“落”字，描绘了三山险峻、高耸的气势，同时也表现一种云雾缭绕的姿态。“分”字，形容水中之洲，描绘了水流激荡的样子，将二水的力量和气势刻画了出来。这两句诗勾画了一幅山水交融的美丽画面，意境悠远，气势磅礴。

“总为浮云能蔽日，长安不见使人愁”，最后两句是诗人情感的抒发，也是登台的总结。从金陵不可能看到远在千里之外的长安，因此这里并非实写。“浮云蔽日”的浮云并不是真正的浮云，它既指笼罩在诗人心头的愁闷，也指那些迷惑君王的奸佞小人。“愁”字，包含了诗人对世态炎凉的感叹，对政治时局的担忧，也充满了诗人对自己当时境遇的愤懑和不满。

不过，既然已经离开了长安，就再也回不去了。从此以后，李白又回到了那种壮游山河、寻仙访道的生活。不过与以前相比，李白的名气更大了，无论走到哪都有好友招待，所以日子过得也算得上逍遥自在。当时的情形，从下面这首《将进酒》中可见一斑。

qiāng jìn jiǔ
将①进酒

lǐ bái
李白

jūn bú jiàn huáng hé zhī shuǐ tiān shàng lái
君不见，黄河之水天上来，

bēn liú dào hǎi bú fù huí
奔流到海不复回。

jūn bú jiàn gāo táng míng jìng bēi bái fà
君不见，高堂明镜悲白发，

cháo rú qīng sī mù chéng xuě
朝如青丝暮成雪。
rén shēng dé yì xū jìn huān mò shǐ jīn zūn kōng duì yuè
人生得意须尽欢，莫使金樽空对月。
tiān shēng wǒ cái bì yǒu yòng qiān jīn sàn jìn huán fù lái
天生我材必有用，千金散尽还复来。
pēng yáng zǎi niú qiě wéi lè huì xū yì yǐn sān bǎi bēi
烹羊宰牛且为乐，会须一饮三百杯。
cén fū zǐ dān qiū shēng qiāng jìn jiǔ bēi mò tíng
岑夫子，丹丘生，将进酒，杯莫停。
yǔ jūn gē yì qǔ qǐng jūn wèi wǒ qīng ěr tīng
与君歌一曲，请君为我倾耳听。
zhōng gǔ zhuàn yù bù zú guì dàn yuàn cháng zuì bú fù xǐng
钟鼓馔玉不足贵，但愿长醉不复醒[2]。
gǔ lái shèng xián jiē jì mò wéi yǒu yǐn zhě liú qí míng
古来圣贤皆寂寞，惟有饮者留其名。
chén wáng xī shí yàn píng lè dǒu jiǔ shí qiān zì huān xuè
陈王[3]昔时宴平乐[4]，斗酒十千恣欢谑。
zhǔ rén hé wéi yán shǎo qián jìng xū gū qǔ duì jūn zhuó
主人何为言少钱，径须沽[5]取对君酌。
wǔ huā mǎ qiān jīn qiú hū ér jiāng chū huàn měi jiǔ
五花马，千金裘，呼儿将出换美酒，
yǔ ěr tóng xiāo wàn gǔ chóu
与尔同销[6]万古愁。

①将：请。②不复醒：一作“不用醒”或“不愿醒”。③陈王：三国时期魏国的陈思王曹植，著名文学家，“三曹”之一。④平乐：洛阳西门外的平乐观，是汉代富豪及达官显贵的娱乐场所。⑤沽：通“酤”，买。⑥销：同“消”。

这是一首沿用乐府旧题创作的劝酒歌，写于752年。这一年，李白和好友岑勋一起到颍阳山居探望住在嵩山的元丹丘，三人共宴，开怀畅饮，李白即兴写下了这首诗。全诗淋漓尽致地体现了李白的才情、个性以及人生观，表达了人生苦短，当洒脱饮酒、及时行乐的思想。

“君不见，黄河之水天上来，奔流到海不复回。君不见，高堂明镜悲白发，朝如青丝暮成雪”，开篇六句用两组排比句，从时间和空间上表达了诗人的感慨。人的一生就像那奔流不息的黄河一样，虽然波澜壮阔，但是终究是一去不复返的，在不经意间，已经满头白发了。诗人用夸张的手法形容时间的飞速流转，告诉友人及世人要珍惜时光，及时行乐。

“人生得意须尽欢，莫使金樽空对月。天生我材必有用，千金散尽还复来。”这四句从人生短暂的悲伤中跳出来，转而描写纵酒举杯的洒脱不羁，塑造了一个性情豪放、喜好自由、不慕权贵的形象。这一段中最为绝妙的就是诗人并没有直接在诗句中描写酒，而是通过“金樽”“月”这样的意象来描写自己的生活状态，使得饮酒这个动作变得肆意洒脱，自由自在。“莫使”和“空”构成了一个双重否定句，加强了诗句的感情和语气，侧面展现了诗人开怀畅饮的动作。

“烹羊宰牛且为乐，会须一饮三百杯。岑夫子，丹丘生，将进酒，君莫停。与君歌一曲，请君为我倾耳听。”这一部分描写盛宴的场面，点出参加酒宴的朋友。诗人将狂放之情宣泄到了极致，酒宴也进行到了高潮。酒兴正酣的诗人心中再无苦闷和顾忌，他不停地向自己的朋友“岑夫子”和“丹丘生”敬酒，连用两个短句使得诗句在节奏上发生了变化，表现了诗人当时急促的语气、忘乎所以的状态。

“钟鼓馔玉不足贵，但愿长醉不愿醒。古来圣贤皆寂寞，惟有饮者留其名。陈王昔时宴平乐，斗酒十千恣欢谑。”这是诗人为“君”所歌的内容，这种写法十分巧妙，形成了一首歌中之歌。“钟鼓馔玉”这样的美食在诗人眼中毫无价值。他追求的是开怀痛饮，永远地沉醉在醉酒的喜悦之中。“古来圣贤皆寂寞，惟有饮者留其名”是对诗人心情的具体描写。他感叹古时的名士也都和自己一样寂寞孤独，接着回到了饮酒的主题上，说明只有肆意饮酒才可以青史留名，才是有意义的。这里李白以“陈王”曹植自比，表现了自己的自信、自负，语气更加狂妄有力，雄浑气派。

“主人何为言少钱，径须沽取对君酌。五花马，千金裘，呼儿将出换美酒，与尔同销万古愁。”结尾诗人又回到了饮酒的主题上，表现了李白的豁达洒脱。像“五花马”“千金裘”这样珍贵的物品在诗人的眼中完全比不上美酒重要，呼应了前文的“千金散尽还复来”，进一步表明李白对金钱的不屑。“呼儿将出换美酒，与尔同销万古愁”二句刻画了诗人醉坐席上、命小童取酒的洒脱形象，表现了诗人狂放不羁、不拘世俗礼法的性格，同时也反映了诗人和友人之间的浓厚情谊。“呼儿”和“与尔”两个词没有加上敬称，是非常随意的叫法，使人主客难辨，大有喧宾夺主之势。

《将进酒》这首诗主要以散行为主，对仗工整，诗句大部分是七言句，中间掺杂可以加强语气的三、五言句，使全诗错落有致，富有情趣。在韵律上，五音繁会，更适合表达复杂多变的情感，诗人用饱满的语言将自己的感情和意愿融汇到了一起，全诗狂放豪迈，悲而不伤，悲而能壮。

虽然诗人写出了“钟鼓馔玉不足贵，但愿长醉不复醒”的诗句，但家国天下的情怀使他不可能抛开一切，整日沉醉在酒乡。三年之后，即755年，安史之乱爆发，安禄山攻陷陈留、洛阳，李白携夫人自梁园经洛阳西上华山。第二年冬天，永王李璘率水军来到寻阳，三次遣使聘请，李白于是下山成为永王幕僚。他本来是想为国家平叛乱，不料却卷入了李亨、李璘两兄弟的皇位之争。结果，李璘兵败被杀，李白以附逆罪被解入狱。他的夫人宗氏闻讯奔走营救，经宋若思与崔涣为之陈情，才算保住性命。

758年，58岁的李白被流放夜郎。他自寻阳起程，由于一路上都有好友相留，因此走得极慢，直到第二年春天才到夔州州治奉节——古白帝城，再向前走，就是南下黔中道——古夜郎了。

李白正准备离开奉节，去往流放之地，却听闻朝廷因旱灾赦免了流刑及以下罪犯，李白也是其中之一。这一刻，李白异常兴奋，压抑的情绪一扫而空，立刻踏上了东去的小舟，准备返回江陵。在小舟上，他心情愉悦，挥笔写就了《早发白帝城》一诗。

zǎo fā bái dì chéng
早发白帝城

李白

zhāo cí bái dì cǎi yún jiān　qiān lǐ jiāng líng yí rì huán
朝辞白帝彩云间，千里江陵一日还。
liǎng àn yuán shēng tí bú zhù　qīng zhōu yǐ guò wàn chóng shān
两岸猿声啼不住，轻舟已过万重山。

这首诗即景抒情，描绘了江山的壮丽、秀美，语调悠扬轻快，体现了诗人豪放不羁的性格，抒发了诗人急切、喜悦的心情，是李白的传世名篇之一。

“朝辞白帝彩云间”一句说明了诗人出发的时间、地点，“朝辞”两个字表现了诗人急不可待的心情，他天一亮就踏上了归途。“彩云间”三个字，将白帝城的高险用夸张的语言描绘了出来，为后文的顺流而下做了铺垫。

“千里江陵一日还”这一句体现了诗人急迫的心情，“千里”虚指距离遥远，“一日”是夸张的说法，表现了诗人急切想要回到江陵的心情，同时它也体现了行舟的迅速，从侧面证明了白帝城地势之高。“还”是诗人当时心中所想的唯一一件事，表现诗人幸遇大赦欣喜难耐的心情。

“两岸猿声啼不住”一句十分巧妙，耐人寻味。这一句原本要描写两岸景色，但因江水的速度太快，诗人的心情太过急迫，来不及仔细观察岸上景色，只有那声声猿啼在耳边响个不停。“啼不住”三个字形容声音一直不断。诗人虽然未直接描写景色，但两岸青翠的山色，活泼的山猿，这一派热闹的景象已经表露了诗人的欢欣喜悦。

“轻舟已过万重山”一句极言行舟之快，一转眼一切景色都已经消失。“轻”字点明诗人所乘坐的船能够行快速行进的原因，同时还暗示了诗人轻松的心情，以及渴望尽快回返江陵而轻装上阵的状态。

这首诗作于759年。三年后，62岁的李白病逝，葬在今天的安徽省马鞍山市当涂县龙山。

杜审言　杜甫

一个老友的思念
老杜也曾是优游少年
杜甫当了多大的官
写给家人的诗
战地记者杜甫
浣花溪畔建草堂

一个老友的思念

有些人，每天都见面却未必能成为朋友；有些人，萍水相逢便相交永生。李白与杜甫，一生只有三次短暂相聚，却奠定了两位大诗人一生的友谊。这份友谊，不仅抵御了时间的考验，还经受了政治的洗礼，显得弥足珍贵。

前面我们讲到，由于政治上的幼稚，李白卷入了永王与肃宗的皇位之争，结果锒铛入狱。当时，讨伐永王的高级将领就是李白的另一个好友高适。高适生于704年，比李白小3岁。当年，高适与李白、杜甫三人一同泛舟蓬池、寻访夷门，游历汴州、宋州，真可谓是意气相投，情同手足。于是，李白在狱中给高适写信，希望他念及旧情放自己出狱，但高适却置之不理。李白的妻子宗氏登门向高适求情，高适连面都没见就直接将她打发走了。所以，友谊的小船就这样翻了。

事实上，这件事也不能全怪人家高适。李白所犯的可是“附逆罪”，而且他的名气又很大，如果高适出手相助，很有可能连自己也要陷进去。然而，杜甫却没有这些顾虑，他对李白的情谊始终如一，并未因为害怕惹祸上身而有所改变。这一点，在其所作的《梦李白二首》中有着清晰体现。

mèng lǐ bái èr shǒu
梦李白二首（其一）

杜甫

sǐ bié yǐ tūn shēng　shēng bié cháng cè cè
死别已吞声①，生别常恻恻。
jiāng nán zhàng lì dì　zhú kè wú xiāo xī
江南瘴疠②地，逐客无消息。
gù rén rù wǒ mèng　míng wǒ cháng xiāng yì
故人入我梦，明我长相忆。
jūn jīn zài luó wǎng　hé yǐ yǒu yǔ yì
君今在罗网，何以有羽翼？

kǒng fēi píng shēng hún　lù yuǎn bù kě cè
恐非平生魂，路远不可测。
hún lái fēng lín qīng　hún fǎn guān sài hēi
魂来枫林③青，魂返关塞④黑。
luò yuè mǎn wū liáng　yóu yí zhào yán sè
落月满屋梁，犹疑照颜色。
shuǐ shēn bō làng kuò　wú shǐ jiāo lóng dé
水深波浪阔，无使蛟龙得！

①吞声：极端悲恸，哭不出声来。②瘴疠：疾疫，古代称江南为瘴疫之地。③枫林：李白放逐的西南之地多枫林。④关塞：杜甫流寓的秦州之地多关塞。

这是一首记梦诗，作于759年的秋天。事实上，这年的二月份，李白已经遇赦放还，回到江陵了。不过，此时流寓甘肃秦州的杜甫，由于地方僻远，消息隔绝，只听闻李白被流放，并不知道他已经被赦免，杜甫日夜担忧思念老友，以至于老友频频入梦。

“死别已吞声，生别常恻恻”，死别经常让人呜咽，生别却让人隐隐作痛。“江南瘴疠地，逐客无消息”，江南山泽瘴气十分厉害，你这个被放逐的人却一点消息都没有。这四句写的是诗人清醒时的状态。入梦前，诗人已经开始为李白担忧，对方音信全无，这让他十分挂念，语调悲怆，道出他心中的苦痛。

“故人入我梦，明我长相忆”，这两句开始写诗人梦中所见，他先交代故友出现在梦中。老朋友你这样进入我的梦中，一定是明白我时常惦念你。不说自己日有所思夜有所梦，而说友人入梦是因为理解自己的心思，表达了诗人在梦中见到友人李白的欣喜和欣慰。

“恐非平生魂，路远不可测”，难道入梦的是你的魂魄，路途遥远生死难测。诗人的情绪一下子从喜转疑，由疑转成深深的忧虑。

“魂来枫林青，魂返关塞黑”，魂魄从青色的枫林飘来，从关山的黑塞返回。其中“魂来枫林青”的典故出自《楚辞·招魂》中“湛湛江水兮上有枫，目极千里兮伤春心，魂兮归来哀江南”一句，这段话是宋玉为屈原招魂时的话语。

“落月满屋梁，犹疑照颜色”，月光照亮了整间屋子，洒满了屋梁，你模糊的容颜似乎还在眼前。随着时间的推移，诗人由于梦见友人，突然惊醒，看见一屋子清辉的月光，眼前似乎还有好友的音容样貌。诗人的情绪再起波澜，满心的忧虑在梦醒之后变成了叮咛。

“水深波浪阔，无使蛟龙得！”路途遥远，水深浪高，请你千万小心，不要让蛟龙捉到你。诗人述说叮咛嘱咐之言，表达的是自己对李白命运的担忧。“蛟龙”的典故出自梁吴均《续齐谐记》，东汉初年，有人在江边行走时碰到一个自称屈原的人，他说虽然每年都有盛大的祭祀活动，然而祭品却都被江中的蛟龙吃了。这两句和“魂来枫林青”相同，都是把李白的才情同屈原联系起来，暗含诗人对李白的肯定和尊敬。

这是《梦李白》两首诗中的第一首，写的是诗人初次梦见李白，按照时间顺序从入梦前到梦中再到梦醒，流露出诗人对其流放途中吉凶难卜的关切。接下来的第二首诗，也按照同样的顺序叙说，主要写的是诗人对李白遭遇的深切同情，也是诗人多次梦见李白后的感叹。

mèng lǐ bái èr shǒu
梦李白二首（其二）

杜甫

fú yún zhōng rì xíng　yóu zǐ jiǔ bú zhì
浮云终日行，游子久不至。
sān yè pín mèng jūn　qíng qīn jiàn jūn yì
三夜频梦君，情亲见君意。
gào guī cháng jú cù　kǔ dào lái bú yì
告归常局促，苦道来不易。
jiāng hú duō fēng bō　zhōu jí kǒng shī zhuì
江湖多风波，舟楫恐失坠。
chū mén sāo bái shǒu　ruò fù píng shēng zhì
出门搔白首，若负平生志。
guān gài　mǎn jīng huá　sī rén dú qiáo cuì
冠盖①满京华，斯人独憔悴！
shú yún　wǎng huī huī　jiāng lǎo shēn fǎn lèi
孰云②网恢恢③？将老身反累！

qiān qiū wàn suì míng jì mò shēn hòu shì
千秋万岁名，寂寞身后事。

①冠盖：指代达官。冠，官帽。盖，车上的篷盖。②孰云：谁说。③网恢恢：《老子》有“天网恢恢，疏而不漏”的话。

这首诗的开篇两句“浮云终日行，游子久不至”用比兴的手法，见浮云思游子。与李白《送友人》中的“浮云游子意”不谋而合。天上的浮云整天飘来飘去，远游的故人你何时归来。“三夜频梦君，情亲见君意”，接连三个晚上频繁地梦见你，可见你对我是多么情真意切。这句话同上篇的“故人入我梦，明我长相忆”相同，都从李白入梦的角度来解读诗人对李白的思念，也写出了两人之间深厚的情谊。

随后四句写的是梦中片段，写李白不远万里魂入梦中与诗人的对白。“告归常局促，苦道来不易”，每一次你都匆匆来去，总说路途艰辛，入梦不易。“江湖多风波，舟楫恐失坠”，你又说江湖风急浪高，担心船只遇险船沉湖底，楫落水中。在接下来的两句是诗人梦中所见李白的举止。“出门搔白首，若负平生志”，每次出门你都会搔着白头发，好像遗憾自己辜负了一生的壮志豪情。以上六句从神态、言语、举止三个方面来刻画李白的形象。

这一幻影对诗人造成极大触动，因此引出下两句“冠盖满京华，斯人独憔悴”的感叹。长安城中满是权贵，独有这样一个才人独自憔悴，困顿狼狈。这样的感叹之后，诗人接着替李白鸣不平，对李白给予了高度评价，并佐以同情的嗟叹：“孰云网恢恢？将老身反累！千秋万岁名，寂寞身后事。”这四句是说谁说天网恢恢疏而不漏，为什么无辜的你年事已高却要反遭连累。生前的遭遇如此，就算死后名垂千古万世流芳又有何用？只不过是死后的慰藉而已。

两首诗的内容相互呼应，上首开端的“死别”与下首结尾的“身后”，无形中构成了一个完整的诗文结构。只是意境和侧重各有不同，不能混为一谈，但总体而言，都表达了诗人的真情实感，表现出了李白与杜甫之间情谊的深厚。

写完这两首诗之后，第二年杜甫终于得到了确切的消息，知道老友已被赦免，在荆湘一带流离。虽然之前的疑虑总算消除了，但怀念与忧虑却丝毫未减，于是杜甫又写下了《天末怀李白》，以表达牵挂之情。

tiān mò huái lǐ bái
天末①怀李白

杜甫

liáng fēng qǐ tiān mò， jūn zǐ yì rú hé？
凉风起天末，君子意如何？
hóng yàn jǐ shí dào， jiāng hú qiū shuǐ duō。
鸿雁②几时到，江湖秋水多。
wén zhāng zēng mìng dá， chī mèi xǐ rén guò。
文章③憎命达，魑魅④喜人过。
yīng gòng yuān hún yǔ， tóu shī zèng mì luó。
应共冤魂语，投诗赠汨罗。

①天末：天的尽头。秦州地处边塞，如在天之尽头。②鸿雁：喻指书信。古代有鸿雁传书的说法。③文章：这里泛指文学。④魑魅：祸害人类的山泽神怪，亦泛指鬼怪，常用来喻指坏人或邪恶势力。

全诗以首句的一个“凉”字奠定了基调。“凉风起天末”，“凉风”即秋风，交代时令，“天末”极言两人相隔的距离之远，表达诗人无法到达好友身边的焦灼。“君子意如何？”诗人没有直接写自己内心的牵挂，而是以看似漫不经心的寒暄语，表达深切的关怀和同情，正因为关切之心太重太急，反而不知该从何说起了。

“鸿雁几时到，江湖秋水多”，两地相隔千里，江湖中秋水势急浪又猛，传信的鸿雁何时才能飞到呢？诗人盼着自己的书信能够早日被送到好友手中，又盼着鸿雁能快一些带来李白的回信，这种心思因山高水长的阻隔而显得更加迫切。

“文章憎命达，魑魅喜人过”，文才卓绝的人，容易遭到命运的嫉妒，路上的山精水怪，又总是喜欢为难好人。诗人认为，像李白那样文采斐然又有济世报国之心的人，竟然被流放夜郎，命运之不公、奸人之可憎可见一斑，这是杜甫由李白的遭遇而生发出来的对不公世道的强烈批判和抨击。

“应共冤魂语，投诗赠汨罗”是对前面“君子意如何”的揣测。在杜甫看来，获罪被谴的李白与沉冤而死的屈原同病相怜，李白路过湘地时应该到汨罗江边吊唁缅怀，投诗相赠。这两句诗中的用词值得揣摩，诗人不用凭吊，而说“共语”，不说“赋诗”而说“赠诗”，俨然写出了一幅李白与屈原对坐而谈的画面。

这首诗的前四句写景怀人，后四句议论兼抒情，表达了诗人对李白不幸遭遇的深切同情。

老杜也曾是优游少年

有人说，李白从未老去，杜甫未曾年轻。因此，我们从不将李白称为“老李”，却习惯把杜甫称作“老杜”。

在我们心里，杜甫永远是一个饱经岁月沧桑，心忧天下苍生的孤苦老头儿。想一想，这个老头儿步履蹒跚地追着南村一群孩童，索要自己屋顶被大风刮落的茅草，待坐下来歇息时心里却在想“安得广厦千万间，大庇天下寒士俱欢颜，风雨不动安如山”；再想一想，这个老头儿来到洞庭湖畔，颤颤巍巍登上岳阳楼，极目远眺看见大湖浩瀚，天地荡漾，一边想着关山以北的战乱，一边老泪纵横。

可是，真是这样的吗？老杜真的从未年轻过？这当然是不可能的，因为世上没有人一生下来便是这般“老气横秋”的。我们心目中的诗人形象，只不过是由他的作品造成的一种文学错觉罢了。

事实上，老杜不仅年轻过，而且还曾是一个优游天下的翩翩少年。

杜甫，字子美，出身于京兆杜氏，这可是中国历史上的一个大士族，从魏晋到唐朝一直都非常显赫。唐朝有“城南韦杜，去天尺五”

的说法。杜甫的祖上是西晋著名大学者、军事家杜预；他的祖父杜审言是初唐著名文人，唐代“近体诗”的奠基人之一，与李峤、崔融、苏味道并称为“文章四友”。可以说，人家杜甫那可是实实在在的名门之后。

杜甫的原籍是湖北襄阳，后来他的曾祖父杜依艺，也就是杜审言的父亲，到洛阳巩县（今河南巩义市）做县令，便举家迁往了巩县，杜甫就是在这里出生的。杜甫年轻时，家庭环境相当优越，因此过着比较安定富足的生活。他自小好学，七岁能作诗，“七龄思即壮，开口咏凤凰”，有志于“致君尧舜上，再使风俗淳”。他少年时也很顽皮，“忆年十五心尚孩，健如黄犊走复来。庭前八月梨枣熟，一日上树能千回”。一天爬树上千回，这当然是一种夸张的说法，但从侧面说明杜甫度过了一个无忧无虑的童年。

我们前面说过，杜甫出生于712年，到730年，也就是在他19岁时离开了故乡，游历四方。小朋友们，还记得李白是在多大的时候辞亲远游的吗？没错，26岁。杜甫出游的第一站是郇瑕，这个地方在今天的山东临沂。第二年，杜甫前往吴越漫游，历时数年。我们想一想，20岁的毛头小伙子杜甫，一路游山玩水，结交朋友，是何等的逍遥洒脱。

735年，24岁的杜甫回故乡参加“乡贡”，第二年在洛阳参加进士考试，结果名落孙山。不过，杜甫似乎并没有将这件事放在心上，当时他的父亲杜闲在兖州担任司马，于是他便前往兖州省亲，并借机开始了齐、赵（今河南、河北、山东一带）之游。正是在这一年，杜甫途经山东泰安，独自游览泰山，写下那首著名的《望岳》。

wàng yuè
望岳

杜甫

dài zōng fú rú hé qí lǔ qīng wèi liǎo
岱宗[①]夫如何？齐鲁青未了。

zào huà zhōng shén xiù, yīn yáng gē hūn xiǎo
造化[2]钟神秀，阴阳割昏晓。
dàng xiōng shēng céng yún, jué zì rù guī niǎo
荡胸生层云，决眦[3]入归鸟。
huì dāng líng jué dǐng, yì lǎn zhòng shān xiǎo
会当凌绝顶，一览众山小。

①岱宗：指泰山是五岳之首，其余四岳为西岳华山、南岳衡山、北岳恒山和中岳嵩山。岱，泰山别称。宗，长也。②造化：指大自然。③决眦：这里指极力张大眼睛的样子。决，裂开。眦，眼眶。

这首诗是青年杜甫积极进取的人生态度、光芒四射的人生理想的最佳写照，既热情讴歌了泰山的雄伟，又表达了自己的壮志豪情。

“岱宗夫如何？”开篇先用问句，声名远播的东岳泰山到底怎么样呢？这一看似怀疑的问句，其实流露出杜甫对泰山神往已久、慕名而来的情愫，以及终于站在泰山脚下的兴奋。

那么，泰山到底是不是真如传闻中一样雄伟呢？“齐鲁青未了”，诗人自问自答：泰山青翠苍郁，从齐绵延至鲁，甚至在齐鲁之外依然能看到它挺拔伟岸的英姿。齐、鲁是春秋时期两个诸侯国的简称，后用来指代山东。在如此辽阔的土地上，青翠的山色绵延至天际，泰山之雄伟不难想象。

“造化钟神秀，阴阳割昏晓”，造物好像对泰山格外眷顾，把神奇险峻和端庄秀美的特征同时赐给了它。泰山伫立在大地上，把天空分成两半，一半阴，一半阳，如同一半被晨光照耀一半被夕阳垂青。此联中“割”字用得甚妙，把泰山比喻成一把割裂了天空的锋利的尖刀，生动形象，有很强的画面感。

“荡胸生层云”，峰峦越高，缭绕在峰顶山腰的云雾就越浓密，云气层出不穷，环绕不去，令人心潮也随之起伏激荡。“决眦入归鸟”一句是说诗人睁大双眼，极目远望，似乎想追随归鸟渐渐远去的身影，连眼角都要裂开了！“决眦”二字以夸张的写法表达了诗人对能够自由翱翔于天际的飞鸟的羡慕。

“会当凌绝顶，一览众山小。”全诗正文没有一个“望”字，但通篇都在写“望岳”时看到的美景奇色，而尾句则是在写通过望岳产生的攀登泰山的愿望：一定要登上泰山峰顶，站在最高处俯瞰其他山峦的渺小！

写这首诗时，杜甫只有25岁，正是人生中最朝气蓬勃的年华，虽然遭遇了应举落第的挫折，但整体而言，他还没有经历过太多苦难。年轻的杜甫，对未来有很多积极的设想，满心都是报国安民的期许和志气，面对高大雄伟的泰山，这股豪情便喷薄而出，留下了这篇千古佳作。

杜甫一生写过三首《望岳》，另外两首分别写的是西岳华山与南岳衡山，华山那首写于758年，衡山那首写于769年。小朋友们如果有兴趣，可以自己找来与这首写泰山的诗进行对比，看看诗人的心态有什么变化。

另外，虽然杜甫的爷爷杜审言是初唐的大诗人，但由于他传世的作品不多，咱们就不单独来讲了，这里给大家介绍一首《和晋陵陆丞早春游望》。

hè jìn líng lù chéng zǎo chūn yóu wàng
和晋陵①陆丞早春游望

杜审言

dú yǒu huàn yóu rén，piān jīng wù hòu xīn
独有宦游人，偏惊物候新。
yún xiá chū hǎi shǔ，méi liǔ dù jiāng chūn
云霞出海曙，梅柳渡江春。
shū qì cuī huáng niǎo，qíng guāng zhuǎn lù píng
淑气②催黄鸟，晴光转绿苹③。
hū wén gē gǔ diào，guī sī yù zhān jīn
忽闻歌古调④，归思欲沾巾⑤。

①晋陵：现江苏常州。②淑气：和暖的天气。③绿苹：浮萍。④古调：指陆丞写的诗，即题目中的《早春游望》。⑤巾：一作“襟”。

689年，杜审言任职于江阴，他的朋友、时任晋陵县丞的陆丞作

《早春游望》一诗，杜审言以此诗和之。原本游览风景是件赏心乐事，但诗人却想起了自己的坎坷人生，这首五律就抒发了诗人宦游江南的感慨与归思。

首联"独有宦游人，偏惊物候新"，诗人一开头就发感慨，说只有离别家乡、奔走仕途的游子，才会对异乡的节物气候感到新奇因而大惊小怪。言外之意，如果在家乡，或是当地人，就会习见而不怪。

颔联"云霞出海曙，梅柳渡江春"承接上句的"惊新"，描写了江南云水相依、花红柳绿的无限春光。江南的新春与太阳一起，从东方的大海升至人间，像曙光一样映照着满天云霞。诗人选取了江南新春具有物候变化特点的景物，做此安排实则是用来与家乡的景物对比，突出"惊新"一词。全诗看似处处新，却饱含着诗人对故乡春天的深切思念。

颈联"淑气催黄鸟，晴光转绿苹"，前一句诗化用了西晋诗人陆机《悲哉行》里的"蕙草饶淑气，时鸟多好音"，将江南春鸟愉悦欢鸣的姿态描写得惟妙惟肖。"晴光"，即春光。"绿苹"，指的是浮萍。后一句诗化用了梁代诗人江淹《咏美人春游》中的"江南二月春，东风转绿萍"，暗示了江南二月的物候，比中原三月的暮春，早了一个月左右的时间。

尾联"忽闻歌古调，归思欲沾巾"，"古调"指的是陆丞的原唱。诗人忽然听闻陆丞的唱曲，心中思乡之痛无意中被勾起，不觉思乡情切，泪湿巾帕。尾联与首联相呼应，点明诗思乡之旨。

作为一首酬和之作，这首诗的主要特点是以优美景色来反衬诗人哀伤的情感，尤其中间两联的景物描写，使全诗更加丰满精妙。

杜甫当了多大的官

杜甫和李白一样，都有着极高的政治理想。在《奉赠韦左丞丈二十二韵》中杜甫写道："致君尧舜上，再使风俗淳。"什么意思呢？意思就是杜甫希望自己的才华能够被君王赏识，辅佐君王超过尧舜二帝，使社会风气恢复昔日的淳厚。在封建社会，只有一个职位可以实现这个理想，那就是宰相。

在成都时，杜甫曾写过一首《蜀相》，虽然表面是在瞻仰凭吊武侯诸葛亮，但实际上也是对自己抱负无法施展的哀叹。下面，我们来学习一下这首诗。

shǔ xiàng
蜀相

杜甫

chéng xiàng cí táng hé chù xún, jǐn guān chéng wài bǎi sēn sēn
丞相祠堂①何处寻，锦官城②外柏森森。
yìng jiē bì cǎo zì chūn sè, gé yè huáng lí kōng hǎo yīn
映阶碧草自春色，隔叶黄鹂空好音。
sān gù pín fán tiān xià jì, liǎng cháo kāi jì lǎo chén xīn
三顾频烦③天下计，两朝开济老臣心。
chū shī wèi jié shēn xiān sǐ, cháng shǐ yīng xióng lèi mǎn jīn
出师未捷身先死，长使英雄泪满襟。

①丞相祠堂：即诸葛武侯祠，在今成都武侯。②锦官城：成都的别名。③频烦：通“频繁”，指屡次，多次。

760年春，已在成都浣花溪畔定居的杜甫，前往郊外的武侯祠探访。诗人对鞠躬尽瘁、挽救时局的诸葛亮仰慕之至，心里又涌上对时事的兴叹，即成此篇。

“丞相祠堂何处寻，锦官城外柏森森”，首句中“寻”字虽看似有漫不经心之意，实则表明诗人是特意前来，尤其用自问自答的句式，更证明他对武侯祠慕名已久，并非信步而至。诗人一方面交代武侯祠的位置——锦官城外，另一方面描写环境——柏森森。“森森”二字既指松柏之葱郁劲拔，也渲染出庄重肃穆的氛围。起笔得势，表现出武侯祠气象不凡。

“映阶碧草自春色，隔叶黄鹂空好音。”颔联中诗人的位置已经从祠堂外转移到祠堂内，详写近景。碧草映阶，黄鹂脆啼，这本来都是令人赏心悦目的美好春景，但却因“自”“空”二字染上了寂寞、冷落的色彩。这两句工笔细描着力写景，诗人独自徘徊在萋萋的芳草间，踟蹰于悄无人迹的林木下的身影隐约可见。

“三顾频烦天下计，两朝开济老臣心”这是对诸葛亮一生际遇与政治理想的高度概括：刘备三顾茅庐后，诸葛亮隆中献策并辅佐刘备联吴抗曹，取荆州定西川，成天下三分之大势；刘备去世之后，诸葛亮又辅佐刘禅，忠贞不渝，不遗余力。杜甫用十四个字，凝练而生动地写出了诸葛亮一生的事迹，表达了他对诸葛亮雄才伟略与报国忠心的景仰，直接而不失厚重。诗人虽以议论入诗，但并不枯燥，反而因其中蕴含的诚挚感情，深化了全诗沉挚悲壮的抒情氛围。

“出师未捷身先死，长使英雄泪满襟”，尾联鲜明地体现出了杜诗沉郁顿挫的风格。“出师未捷”写的既是诸葛亮的经历，又是诗人自己的感受——诸葛亮六出祁山，最终还是事业未竟含恨而终；诗人半生奔波依然仕宦无成，面对安史之乱却报国无门请缨无路。“泪满襟”的“英雄”既是武侯诸葛亮，更是诗人自己。

理想很丰满，现实很骨感。老杜空有一颗宰相的心，结果却是“乞丐”的命。不过，老杜确实是当过官的，我们在查阅一些资料时，时常看到称他为杜拾遗、杜工部，这“拾遗”“工部”实际上就是官职。那么，这些都是一些什么样的官呢？老杜又是怎么当上这些官的？别着急，接下来咱们细细叙说。

前面我们讲过，杜甫25岁的时候曾经在洛阳参加过一次科举考试，结果名落孙山。11年之后，也就是747年，杜甫来到长安再次参加科举考试。不料，奸相李林甫却导演了一场“野无遗贤”的闹剧，导致当年参加考试的士子全部落选了。这是什么意思呢？就是李林甫对皇帝说：“皇帝您圣明，天下有才能的人都已经入朝为官了，民间没有被弃置不用的人才，所以这次科考没有一个人是合格的。”

科举之路既然行不通，为实现自己的政治理想，杜甫自然也只好走上了之前李白走过的道路——干谒之路。和李白一样，杜甫的干谒之路也不顺利。他客居长安十年，不停奔走献赋，前面我们提到的《奉赠韦左丞丈二十二韵》，就是一首杜甫写给当时左丞相韦济的干谒诗。韦左丞虽然欣赏杜甫的才华，但不知道是太忙还是什么原因，并没有在政治上提拔他。于是，杜甫在长安的日子越来越困难。悲愤之余，他写出了下面这首《贫交行》。

pín jiāo xíng
贫交行①

杜甫

fān shǒu wéi yún fù shǒu yǔ，fēn fēn qīng bó hé xū shǔ
翻手为云覆手雨，纷纷轻薄何须数②。
jūn bú jiàn guǎn bào pín shí jiāo，cǐ dào jīn rén qì rú tǔ
君不见管鲍③贫时交，此道今人弃如土。

①贫交行：描写贫贱之交的诗歌。②何须数：意谓数不胜数。③管鲍：指管仲和鲍叔牙。管仲早年与鲍叔牙相处很好，管仲贫困，也欺骗过鲍叔牙，但鲍叔牙始终善待管仲。

这是一首七言古诗。生活潦倒的诗人困守长安，尝尽艰辛，品味过人情冷暖、世态炎凉不同滋味，看穿了富贵交游的虚伪，得出了“贫贱之交方见真情”的结论。

“翻手为云覆手雨，纷纷轻薄何须数。”有些人交朋友，翻手覆手之间，一会儿像云团聚散，一会儿像雨势急缓，变化莫测令人难以捉摸，这些友情大抵是酒肉之交或贿赂之交。朋友之间若只为利益而聚，势必也会为了利益而散，这样的友情令人忍不住轻蔑视之。

“君不见管鲍贫时交，此道今人弃如土。”你看，就连古人管仲和鲍叔牙之间贫富不移的君子之交，现在也被人弃之如粪土了。人心不古若此，实在让人悲伤。

不过，杜甫还是交了一些真心朋友，曾给他创造了一个绝好的机会。天宝十年（751年）正月，唐玄宗将举行祭祀太清宫、太庙和天地的三大盛典。由于事先得到了消息，杜甫献上了精心准备的《三大礼赋》，即《朝献太清宫赋》《朝享太庙赋》《有事于南郊赋》。这件事干得非常漂亮，正中玄宗下怀，杜甫原本凭此可以得到重用，只可惜又被李林甫搅和了。李林甫不是说过“野无遗贤”吗？这时候冒出个人才来，还是当年科举被刷下去的，这不是打他这个丞相的脸吗？结果，杜甫没有得到任何官职，只得了一个“参列选序”的资格，等候分配工作。

这一等就是四年。755年，李林甫已经死了，杜甫终于得到了一个河西尉的官职。河西也就是今天的陕西省合阳县，河西尉即河西的县尉，是一个正九品下的小官，相当于现在的县委办公室主任，主要负责捕盗和收税。这是一个吃力不讨好的差事，杜甫没有赴任。后来，朝廷又给他安排了一个职务，叫作右卫率府兵曹参军。这个名字听着还不错，但实际上就是一个看管武器仓库的小官，正八品下。这时杜甫已经45岁了，为了生计不得已接受了这个职务。

这一时期，杜甫写了一系列军事题材的诗歌，组诗《前出塞九首》便是其中的代表。在此，给大家介绍其中的第六首。

qián chū sài jiǔ shǒu
前出塞九首（其六）

杜甫

wǎn gōng dāng wǎn qiáng，yòng jiàn dāng yòng cháng。
挽弓当挽强，用箭当用长。
shè rén xiān shè mǎ，qín zéi xiān qín wáng。
射人先射马，擒贼先擒王。
shā rén yì yǒu xiàn，liè guó zì yǒu jiāng。
杀人亦有限，列国自有疆。
gǒu néng zhì qīn líng，qǐ zài duō shā shāng。
苟能制侵陵，岂在多杀伤。

这是一首五言古诗，全诗通篇议论，前四句以排比的句式总结战斗经验，认为克敌制胜必须依靠强兵利器和智慧勇气；后四句得出战争目的是以强兵定边防，非以暴力拓边境的结论，这种拥强兵而反黩武的观念符合国家利益和人民的愿望。

“挽弓当挽强，用箭当用长。射人先射马，擒贼先擒王”这四句诗紧锣密鼓地道出了战争取胜的关键：兵马强壮，士气旺盛，注重谋略。虽然语言朴实无华，但因其紧促的节奏和明快的韵律，营造出了积极昂扬的气势。

“杀人亦有限，列国自有疆。苟能制侵陵，岂在多杀伤”这四句的意思是说，一个国家若想保持边境的安定，就要做到杀人有限、立国有疆，也就是说不能以屠杀异国人民、侵占他国边疆为手段；一个国家能以武力阻止他国对自己的侵略就足够了，打仗并不是以杀伤为最终目的。虽然诗人在前四句中一直在阐述如何在战争中克敌制胜，但诗人最终的主张是“以战争制止战争，以强兵制止侵略”，这也符合杜甫的儒家思想。

杜甫这个小官当了不到一年，安史之乱就爆发了。当时，他刚好在奉先（今陕西蒲城）家中，于是他赶忙将家搬到鄜州（今陕西富县）羌村避难。由于有职务在身，杜甫安顿好家人后，立即回朝廷复命。这个时候，唐玄宗已经逃离长安，太子李亨即位于灵武（今宁夏灵武），是为肃宗。杜甫听说之后，便于八月份只身北上，投奔肃宗。不过，他实在是太倒霉了，在途中就被叛军俘虏，押到了长安。一同被俘的还有大诗人王维，不过由于杜甫官小，没有被囚禁。

757年4月，郭子仪大军来到长安北方，杜甫冒险从城西金光门逃出长安穿过对峙的两军到凤翔（今陕西宝鸡）投奔肃宗。肃宗见到破衣烂衫前来投奔的杜甫很感动，于是封了他一个左拾遗。可以说，这是杜甫一辈子当的最大的官了，所以后人才称他为“杜拾遗”。那么，这是一个什么样的官呢？拾遗，顾名思义，就是捡起遗漏的东西，不过这次杜甫捡的却是皇帝遗漏的东西（政策决策失误）。也就是说，这是一个谏官，虽然品级不高，只是正八品下，但却可以经常见到皇帝。可惜，这个官杜甫也没当多长时间，不久他就由于替打了败仗的房琯辩护，被唐肃宗贬为“华州司功参军”。759年，华州及关中大旱，杜甫为生计辞去官职，西往秦州（今甘肃天水一带），开始了逃荒生涯。

764年，杜甫在世交好友、成都尹兼剑南节度使严武的幕府中当参谋，严武为他争取到了一个“检校工部员外郎”的官职，后人称杜甫为“杜工部”即源于此。虽然这个职位有六品，但却只是一个虚职罢了。而且，“员外郎”说明这是一个编外职务，只能拿一半的工资。

杜甫终其一生都没当上什么大官，实现政治理想自然是无从谈起。然而，他却以一个文人的视角，用诗笔真实记录了那个战乱时代底层人民的苦难，其功业千秋永辉。

写给家人的诗

安史之乱，是唐王朝由盛而衰的转折点。大唐盛世，从此如烟花一般，消散在人们的记忆之中。在这里，一个“乱”字用得非常贴切。一切都乱了，上至皇亲贵胄，下至黎民百姓，全都失了方寸。诗人也乱了，李白差一点惹上杀身之祸；王维被迫接受伪职，人生污点永远也无法抹去。不过，这两位的遭遇与杜甫的苦难相比，只能用“有惊无险”来概括。

天宝十四年（755年）十一月，45岁的杜甫从长安回到奉先家中，双脚刚进门就听到了哭泣声，原来是他的小儿子饿死了。还没等杜甫抹平心中的悲伤，安禄山在范阳起兵的消息便传来了。

杜甫在30岁那一年，也就是740年，迎娶了司农少卿杨怡的女儿为妻。由于这位杜夫人的名字史料没有记载，因此我们只能按照古代的规矩称其为“杨氏”。虽然杜甫在诗中经常称杨氏为“老妻”，但据考证，杜甫实际上比妻子大11岁。也就是说，杨氏在出嫁那一年，只有19岁。

杨氏嫁给杜甫时，老杜家已经开始走下坡路了，她本是大家闺秀，按理说嫁过来就算没有锦衣玉食，安稳日子总该有吧。但现实却总是那么不尽如人意，起初杜甫在外求官，杨氏一个人在家照顾老幼，日子过得相当艰难，否则小儿子也不会未满周岁就饿死了。安史之乱后，杨氏又跟随丈夫四处颠沛流离，可以说是受尽了苦难，然而她却从来也没有一句怨言。

杨氏一生给杜甫生下四个孩子，除了饿死的小儿子，顺利长大成人的还有两个儿子，老大宗文，老二宗武，另外还有一个女儿名叫凤儿。

对于妻子的付出，杜甫自然是心怀感恩。在古代，是允许男人纳妾的，但杜甫一生只有杨氏一人。有人说，那是因为杜甫太穷，没钱纳妾。然而事实并非如此，老杜再穷，毕竟也是官宦子弟，有权有势的朋友很多，一般百姓是无法比拟的。因此，老杜不纳妾，只是出于对妻子的爱与尊重。

可以说，老杜是一个相当顾家的好男人。安史之乱爆发后，他第一时间就将家搬到鄜州（今陕西富县）羌村避难，把一家老小都安顿好之后，他才起身前往灵武，找新皇帝唐肃宗报到。不料，他在半路上被叛军劫持到了已经陷落的长安。

杜甫身在长安，恰逢月圆，对月思家，遥望亲人，写下《月夜》一首，表达对家人的深切思念。

yuè yè
月夜

杜甫

jīn yè fū zhōu yuè， guī zhōng zhǐ dú kàn。
今夜鄜州月，闺中只独看。
yáo lián xiǎo ér nǚ， wèi jiě yì cháng ān。
遥怜[1]小儿女，未解忆长安。
xiāng wù yún huán shī， qīng huī yù bì hán。
香雾云鬟湿，清辉玉臂寒。
hé shí yǐ xū huǎng， shuāng zhào lèi hén gān？
何时倚虚幌[2]，双照泪痕干？

①怜：爱。②虚幌：透明的窗帷。

杜甫一生四处漂泊，因此创作了很多表达思念之情的佳作。其中《月夜》极特别：一方面，他没有正面写自己对家人的思念，而是运用想象，通过写妻子对自己的相思表达主旨；另一方面，诗人委婉曲折地表达了对妻子的脉脉温情，这在杜诗中也是不常见的。

“今夜鄜州月，闺中只独看”，这是一幅令人伤感的闺中望月图。今日长安月圆，鄜州的月亮自然也是圆的，按理说妻子身边有儿女的陪伴，那为何诗人还用“独看”二字呢？要想理解首联中这一关键之处，必须联系颔联。

“遥怜小儿女，未解忆长安”，儿女虽在身边，但他们年纪幼小，尚不知“思念”为何物，他们或许会对着空中的明月眺望欢呼，却不是因为思念远方的父亲。故而，在小儿女“未解”的映衬下，望月思人的妻子就显得更加孤单了。一个“独”字，描摹出妻子孤独凄清的身影，也刻画出她寂寥凄苦的心事。

“香雾云鬟湿，清辉玉臂寒。”颈联中，诗人对妻子的形象进行了更细致的描写。夜深雾重，妻子的头发是不是已经被雾水打湿了？夜凉如水，妻子托腮望月，手臂大概也会感觉到寒冷吧。此句既能体现妻子相思成痴的深情，也表露出诗人对妻子的关怀。诗人把自己对妻子的深情表达得委婉含蓄，却真挚细腻，感人至深。在杜甫其他诗里，杨氏都是以“老妻”的形象出现的，只有这首诗例外。

“何时倚虚幌，双照泪痕干？”相思之情深厚若此，令人不禁感叹：到底何时才能团圆，共倚窗前同赏明月呢？这既是妻子的呼唤，亦是诗人的心声，“双照”与“独看”前后呼应，对未来相聚的盼望越深，现在分隔两地的愁苦就越浓。

我们前面讲过，被困长安将近一年之后，杜甫找机会逃了出来，投奔肃宗后被授予左拾遗的官职。不久，杜甫就由于替宰相房琯仗义执言，惹怒了肃宗，被贬到了华州。在华州干了一年，当地闹起了饥荒，杜甫便辞了官，带着一家老小前往秦州。

话说，杜甫的生母为清河东武城人，在其出生后不久就去世了，父亲续娶卢氏。杜甫由其姑母抚养长大。杜甫有一个兄长，早年夭折了，另有三个同父异母弟及一个同父异母妹，杜甫在诗中时常提及他们。

当时，叛将史思明引兵南下，由此河南、山东等地狼烟四起，战火燎原。杜甫的四个弟妹中，只有四弟杜占跟随在他的身边，其余皆分布在战区。“烽火连三月，家书抵万金。”这期间杜甫急盼亲人消息的心情更加焦灼，音信因战事而断绝的现实令他终日坐卧不安，是以创作《月夜忆舍弟》，来表达自己的思亲之情。

yuè yè yì shè dì
月夜忆舍弟

杜甫

shù gǔ duàn rén xíng，biān qiū yí yàn shēng
戍鼓断人行，边秋一雁声。
lù cóng jīn yè bái，yuè shì gù xiāng míng
露从今夜白，月是故乡明。
yǒu dì jiē fēn sàn，wú jiā wèn sǐ shēng
有弟皆分散，无家问死生。
jì shū cháng bù dá，kuàng nǎi wèi xiū bīng
寄书长不达，况乃未休兵。

这首诗题中有月夜，但诗人并未从月夜落笔，而是先交代了更广阔的时空背景。“戍鼓断人行，边秋一雁声。”城楼上的更鼓声一声连着一声，空中飞过的孤雁发出如同呜咽的啼鸣，都给这幕秋景增添了几分萧索凄凉之意。因为战事相阻，路上几乎看不见行人的踪影，只有一阵阵秋风吹卷着地上的衰草和尘埃。首联意境凄清，“戍”“边”二字引出战乱之况味，以一地之景让人联想到所有被卷入战争的地方，令人更是不由得黯然神伤。

“露从今夜白，月是故乡明。”颔联紧扣诗题，写月夜之景之情。节令已是白露，诗人望着天上的明月，只觉得它不像家乡的明月那么皎洁明亮。普天之下，月亮只有一轮，怎么可能有明暗之分。这种微妙的心理落差，是诗人移情造成的，表达了诗人对亲人的深切思念。其中“白”字十分精妙，既指时令是白露，又兼具形象色彩和情感色彩。

“有弟皆分散，无家问死生。”颈联转入抒情，诗人由鼓声雁啼、露白月明这些萧瑟之景，自然而然地想到了天各一方的弟弟们。

“寄书长不达，况乃未休兵”，平日里寄送的书信都时常不能顺利收到，更何况在这烽火连天、兵荒马乱的战时？这说明诗人与他的弟弟们已经许久未通消息，寄出去的书信也石沉大海，亲人生死未卜。想到可能发生的不幸，疑惧之情顿起，诗人不由得胆战心惊起来。

从写景到抒情的转换十分自然，这种亲人不能聚首、有家还似无家的凄凉让人不忍卒读。而且，这种感觉不是诗人独有的，在普天之下无处不在用兵的乱世里，到处都弥漫着家破人亡、骨肉分离的伤痛感。这种具有典型意义的心理感受，道出了国事之艰难，也从侧面反映了诗人对国运时局的担忧。

我们讲了一首杜甫写妻子的诗，又讲了一首他思念弟弟的诗，接下来我们再讲一首杜甫勉励儿子的诗。这首诗的名字叫作《宗武生日》。

zōng wǔ shēng rì
宗武生日

杜甫

xiǎo zǐ hé shí jiàn，gāo qiū cǐ rì shēng
小子何时见，高秋此日生。
zì cóng dū yì yǔ，yǐ bàn lǎo fū míng
自从都邑语，已伴老夫名。
shī shì wú jiā shì，rén chuán shì shàng qíng
诗是吾家事，人传世上情。
shú jīng wén xuǎn lǐ，xiū mì cǎi yī qīng
熟精文选理，休觅彩衣①轻。
diāo zhài yán chū zhì，qī xié zuò bù chéng
凋瘵②筵初秩③，攲斜④坐不成。
liú xiá fēn piàn piàn，juān dī jiù xú qīng
流霞⑤分片片，涓滴⑥就徐倾⑦。

①彩衣：《列女传》载，老莱子行年七十，著五色彩衣，以娱双亲。②凋瘵：老病。③筵初秩：生日之筵刚排好。④攲斜：倾斜，歪斜。杜甫衰弱多病，在筵席间不能端坐，故云“攲斜”。⑤流霞：传说中的仙酒，这里形容美酒。⑥涓滴：一滴滴。⑦徐倾：慢慢地饮酒。杜甫因病，不能多饮酒，故云。

我们前面讲了，杜甫的大儿子叫宗文，二儿子叫宗武，这首诗当然是写给二儿子的。762年秋天，杜甫送好友严武到绵州，由于成都少尹兼御史徐知道作乱，结果滞留在梓州（今四川三台），而宗武在成都，这一天恰好是他的生日，于是杜甫写了这首诗遥祝，既寄托自己的思念，也有勉励之意。也有人说，这首诗作于杜甫离开成都以后，是面命而不是遥寄，两种说法都可以作为参考。

首句“小子何时见，高秋此日生”，点明了宗武生日的时间：何时看到小子的诞生，高秋的今天正是他呱呱坠地之时。

次句“自从都邑语，已伴老夫名”，昔日我写诗赞宗武懂事乖巧，于是宗武也随着诗文的传播而被人熟知。这两句在字里行间透着诗人的自豪之情。

“诗是吾家事，人传世上情”，诗是我家祖辈相传的事业，要继承和发扬，而不是人们所认为的只是世间寻常的父子情。杜甫家族世代书香，祖父杜审言和他自己更是以诗称于世，所以他这句“诗是吾家事”并非有意显摆，而是真的把写诗当作家传的事业，将儿子写在诗里，让他与自己的诗文一起成长，正是希望儿子能够继承杜家的诗文传统。

“熟精文选理，休觅彩衣轻”，杜甫告诫次子：你要熟读精研《文选》，继承父志，以兴家学，不要像古代的老莱子，70岁时穿着彩衣在父母面前嬉戏，以娱乐父母。

“凋瘵筵初秩，攲斜坐不成。流霞分片片，涓滴就徐倾。”最后这两句的意思是说：我在病中为你的生日开筵，侧着身子斜靠在椅子上，慢慢倒酒以细饮。仙酒美肴是莫大享受，然而我的身体衰弱不能多饮，为你生日那就缓缓干杯吧。

在这首诗里，父子深情，跃然纸上，字里行间也透出些许悲凉，适逢乱世，国破家离，不知何时才能相见，即使分隔两地，杜甫拖着病体也要为儿子摆生日宴席，写诗勉励宗武，此情可叹。

杜甫曾经多次在诗中称赞自己的二儿子宗武，说他聪慧有才，只可惜宗武没有诗作流传下来。杜甫死后，是由宗武的儿子杜嗣业安葬的，并请元稹作墓志铭，人称不坠家声。

战地记者杜甫

我们都知道杜甫被称为“诗圣”，他的诗作被称为“诗史”。据考证，“诗史”的称号比“诗圣”要早得多。晚唐时有一个叫孟棨的，编了一本专门记录唐朝诗人逸事的书，叫作《本事诗》。在这本书里，就有这样的话：“杜甫逢禄山之难，流离陇蜀，毕陈于诗，推见至隐，殆无遗事，故当时号为诗史。”后来，《新唐书》的作者宋祁在《杜甫传》中也称：“甫又善陈时事，律切精深，至千言不少衰，世号‘诗史’。”可见，杜甫“诗史”的称号由来已久，并早已为人们所熟知。

对于“诗史”这个称号的来由，《本事诗》里说得很清楚，就是因为杜甫在安史之乱爆发后，一路颠沛流离，把所见所闻都如实地写到了诗里，完全没有遗漏。用现代的话说就是，杜甫是一名杰出的战地记者，他以客观的视角，如实地报道了安史之乱中黎民百姓的苦难生活，为后人了解那段历史提供了翔实的资料。在这些报道中，最优秀的代表自然就是“三吏”“三别”了。

758年，为了平息安史之乱，郭子仪、李光弼等九位节度使，率兵20万围攻安禄山的儿子安庆绪所占的邺城，也就是今天的河南安阳。眼看就要胜利了，不料第二年春天史思明派来了援军，观军容宣慰处置使鱼朝恩不听诸将建议，执意与叛军决战，结果使唐军损失惨重。于是，郭子仪等退守到河阳，并四处抽丁补充兵力。

我们前面讲过，杜甫因房琯事件被贬到了华州。758年年底，杜甫暂时离开华州，到洛阳、偃师探亲，而当他从洛阳返回华州时，正是唐军大败后不久，他一路上见到战乱给百姓带来无穷灾难，感慨万千，于是奋笔创作了不朽的史诗——“三吏”（《新安吏》《石壕吏》《潼关吏》）和“三别”（《新婚别》《垂老别》《无家别》）。由于篇幅所限，我们这里只给大家讲其中的两篇，有兴趣的同学可以把剩下的四篇一起找来学习。

石壕吏
shí háo lì

杜甫

mù tóu shí háo cūn　yǒu lì yè zhuō rén
暮投石壕村[1]，有吏夜捉人。
lǎo wēng yú qiáng zǒu　lǎo fù chū mén kàn
老翁逾[2]墙走[3]，老妇出门看。
lì hū yì hé nù　fù tí yì hé kǔ
吏呼一何怒！妇啼一何苦！
tīng fù qián zhì cí　sān nán yè chéng shù
听妇前致词：“三男邺城戍。
yì nán fù shū zhì　èr nán xīn zhàn sǐ
一男附书至[4]，二男新战死。
cún zhě qiě tōu shēng　sǐ zhě cháng yǐ yǐ
存者且偷生，死者长已矣[5]！
shì zhōng gèng wú rén　wéi yǒu rǔ xià sūn
室中更无人，惟有乳下孙。
yǒu sūn mǔ wèi qù　chū rù wú wán qún
有孙母未去，出入无完裙。
lǎo yù lì suī shuāi　qǐng cóng lì yè guī
老妪力虽衰，请从吏夜归。
jí yìng hé yáng yì　yóu dé bèi chén chuī
急应河阳役，犹得备晨炊。”
yè jiǔ yǔ shēng jué　rú wén qì yōu yè
夜久语声绝，如闻泣幽咽。
tiān míng dēng qián tú　dú yǔ lǎo wēng bié
天明登前途，独与老翁别。

①石壕村：在今河南陕县东七十里。②逾：越过，翻过。③走：跑，这里指逃跑。④附书至：捎信回来。⑤长已矣：永远完了。

在这首诗中，诗人用生动形象且富有口语化的语言，讲述了酷吏夜间抓丁的悲惨故事。整首诗的结构清晰，逻辑完整：前四句是事件的起因，中间部分老妇的啼血控诉是故事的高潮，结尾四句照应开头，交代了人物的最终命运和事件结果。

“暮投石壕村，有吏夜捉人。”诗人开门见山，直接把读者引入了故事的情境里。诗人奔走一天，非常疲惫，暮色深沉时才看到一户人家亮着微弱的灯光，于是敲门投宿。到了深夜，诗人被杂乱的声音惊醒，竟然是官吏来抓丁了！在这里，“夜”“捉”两个字格外值得玩味。这说明百姓们在白天可能都躲藏了起来，即使征兵的差役挨家挨户搜寻，也捉不到几个人，于是他们就趁夜深人静大家疏于防范时上门捉人。

“老翁逾墙走，老妇出门看”这一句作为首句的补充，交代了投宿人家主人的情况，同时又开启下文，引出老妪的哭诉。

第二部分的内容由“吏呼”“妇啼”引出。“吏呼”的内容外人不得而知，但通过一个“怒”字，可见其如狼似虎的嘴脸。通过老妪的啼诉，诗人交代了这户人家的具体情况：这对老人本来有三个儿子，却没有一个在父母跟前尽孝。原来，他们都在邺城戍守。最近，其中一个儿子寄来书信，说其他两个儿子已经战死了！“存者且偷生，死者长已矣！”这无奈而悲哀的喟叹由老妇哽咽着说出，字字句句都带着逝者的鲜血，生者的眼泪。

显然，官吏并没有被老妇的话感动，依然“一何怒”地呵斥着。正巧室内的婴孩被深夜的呼喊声惊醒，大哭起来。老妇只好慌忙解释：“家中实在没有成年的男丁了，只有一个还在吃奶的孩子。因为这个孩子，儿媳才没有改嫁，可她的衣服破破烂烂的，实在不能出来见人。”

老妇之所以解释这么多，说明蛮横的官吏一定提出了让儿媳出来的要求。如果儿媳被他们带走，不仅她的命运难测，孙子也会活活饿死，老妇虽然害怕，却也赶忙说道："老妪力虽衰，请从吏夜归。急应河阳役，犹得备晨炊。"意思是：我虽然年老力衰，但请求随各位差役同行，如果连夜赶路到河阳去，或许还来得及为军中的将士准备早饭。当时，郭子仪的军队就退守在河阳。

老妪的哭诉到此为止，差役们也没了动静。这让人不由得担心这位舍弃己身、挽救丈夫和儿媳的老妇人的命运。她到底有没有被差役带走呢？诗人在这里卖了个关子，并没有立刻交代老妇的命运。

全诗的第三部分伴随着幽咽的哭泣声展开，悲切的声音持续了很久，是老妇的哭声？儿媳的哭声？还是老翁的哭声？

最后一句，点明真相："天明登前途，独与老翁别。"天亮之后，诗人告别主人，却只有老翁相送，这意味着官吏最终还是把白发苍苍、脚步蹒跚的老妇人带走了。她这一去，当真是九死一生。诗人对老翁的表情、语言、动作未着一墨，但读者似乎能看到他绝望而麻木的表情，亲人间的生离死别他已经历数次，九死一生的遭遇想必也不是初历，而且这种悲惨的遭遇恐怕还会再次出现，再沉重的悲痛也只能和着血泪吞下去。事情发展下去，结果就是下面这首《无家别》所描述的情形。

wú jiā bié
无家别

杜甫

jì mò tiān bǎo hòu, yuán lú dàn hāo lí
寂寞天宝后，园庐但蒿藜①。
wǒ lǐ bǎi yú jiā, shì luàn gè dōng xī
我里百余家，世乱各东西。
cún zhě wú xiāo xī, sǐ zhě wéi chén ní
存者无消息，死者为尘泥。
jiàn zǐ yīn zhèn bài, guī lái xún jiù xī
贱子因阵败，归来寻旧蹊②。
jiǔ xíng jiàn kōng xiàng, rì shòu qì cǎn qī
久行见空巷，日瘦气惨凄。

dàn duì hú yǔ lí，shù máo nù wǒ tí。
但对狐与狸，竖毛怒我啼。
sì lín hé suǒ yǒu？yī èr lǎo guǎ qī。
四邻何所有？一二老寡妻。
sù niǎo liàn běn zhī，ān cí qiě qióng qī。
宿鸟恋本枝，安辞且穷栖。
fāng chūn dú hè chú，rì mù hái guàn qí。
方春独荷锄，日暮还灌畦。
xiàn lì zhī wǒ zhì，zhào lìng xí gǔ bǐng。
县吏知我至，召令习鼓鞞。
suī cóng běn zhōu yì，nèi gù wú suǒ xié。
虽从本州役，内顾无所携。
jìn xíng zhǐ yì shēn，yuǎn qù zhōng zhuǎn mí。
近行止一身，远去终转迷。
jiā xiāng jì dàng jìn，yuǎn jìn lǐ yì qí。
家乡既荡尽，远近理亦齐。
yǒng tòng cháng bìng mǔ，wǔ nián wěi gōu xī。
永痛长病母，五年委沟溪。
shēng wǒ bù dé lì，zhōng shēn liǎng suān sī。
生我不得力，终身两酸嘶。
rén shēng wú jiā bié，hé yǐ wéi zhēng lí
人生无家别，何以为蒸黎[③]！

①蒿藜：蒿和藜。泛指杂草、野草。②蹊：小路。③蒸黎：百姓、黎民。

这首诗通过一个邺城败后还乡无家可归、重又被征军人的独白，反映出当时农村的凋敝荒芜以及战区人民的悲惨遭遇。诗中发出的“人生无家别，何以为蒸黎”的感叹催人心肝，既紧扣本诗眼目，亦可视为“三吏”“三别”组诗的总旨。

前六句以归来“贱子”的视角，总写天宝乱后民间荒凉的景象。诗人选取“贱子”的家乡作为乱世的缩影，又起首定下“寂寞”的基调，从较为宏大的角度落笔，感叹民生之多艰。

安史之乱后，全国到处人烟绝灭，田园荒芜。主人公的家乡原本是个“我里百余家”的繁荣之地，或许不够富庶，但也是一幅鸡犬相闻、园庐相望的太平景象，经历战争浩劫之后，“园庐但蒿藜”“世乱各东西”“存者无消息，死者为尘泥”——园庐荒芜，野草丛生，乡邻四散，生死未卜，满目的荒凉和萧条，令人神伤。

“贱子因阵败，归来寻旧蹊”两句交代了主人公的身份。前文是“贱子”归来后看到的家乡的全貌，后文从宏观转入微观，更进一步写战争对民生的破坏。

主人公归家后，见到了这样的景象：“久行见空巷，日瘦气惨凄。但对狐与狸，竖毛怒我啼。四邻何所有？一二老寡妻。”这六句的意思是：我在荒凉破败的村庄里走了很久，所经过的街巷全都空无一人，在惨淡的日光照耀下，到处都是冷清而凄惨的景象。不时有一只只野狐狸蹿到我面前，它们不仅不怕人，竟然还竖起毛发对着我啼叫怒吼。曾经的街坊邻居都到哪里去了呢？只能看到一两位年老的寡妇。

“宿鸟”四句在结构和内容上都起到过渡作用。主人公回到家乡以后，虽然因眼前的景象感到悲伤，但终归是回到了自己依恋的家乡，可以重新过上安稳的生活，于是他努力振作，并重务农事，“方春独荷锄，日暮还灌畦”，由悲戚转为振作，全诗第一次显露出喜悦的色彩。

但是，就连这种卑微的“穷栖”的想法，最终也成了奢望。“县吏知我至”成为主人公人生中的第二个转折点，他必须整理行囊，再次应征入伍。上次离开时，大概还有亲人前来送行，这一次，“虽从本州役，内顾无所携”，他无人可别，也没有东西可以携带，孑然一身，不知最终将葬身何处。不过，“家乡既荡尽”，自己此去是远是近已无关系，是谓“远近理亦齐”。

诗到这里，大有一种既然了无牵挂不如以死报国的悲壮之情。念及这可能是他最后一次回到家乡，主人公不由得想起自己上次出征期间病逝的母亲。“永痛长病母，五年委沟溪。”当时他出征在外，母亲生病无人照料，病逝后也只能被草草埋葬在沟渠旁边，可怜她含辛茹苦把儿子养大成人，儿子竟不能为她养老送终，这是母亲之苦，也是儿子之恨。“酸嘶”二字道出了苦之浓重，恨之悲切。

最后，主人公发出了“人生无家别，何以为蒸黎”的反诘——生而为人，竟然连个可以告别的家都没有了，我们还算得上是朝廷的黎民百姓吗？这是主人公的追问，也是诗人的质问。生灵涂炭、民不聊生的人间惨剧从何而来，安史之乱又因何而起，诗人内心疑问重重，却苦于寻不到答案。

浣花溪畔建草堂

759年冬天，杜甫携带家小经过长途跋涉，一路翻山越岭，终于风尘仆仆地来到了成都。

选择成都作为避难的终点站，杜甫自然有他的打算。首先，安史之乱没有波及四川，而且作为天府之国，当地比较安定富裕；其次，杜甫有很多朋友在成都，如尹裴冕、韦班、何邕、徐知道（那时还未叛乱）、韦续、萧实等，此外，还有时任彭州刺史的高适，以及杜甫的表弟王十五等。在这些亲朋好友的帮助下，第二年春天杜甫便在百花潭北、万里桥边营建了一所草堂。这个草堂可着实不一般，白茅盖顶，风景怡人，四周栽种从韦续处要来的绵竹，从何邕处要来的杞树，从韦班处要来的松树，从徐知道处要来的果树，等等。当然，盖草堂的钱主要是杜甫的表弟王十五出的。人都说吃“百家饭”，老杜这个草堂可谓是一座“百家园”。

一年以后，杜甫的老朋友严武被任命为成都府尹兼御史大夫、充剑南节度使，相当于整个四川都由这个人控制。在这个大人物的资助下，杜甫又将成都草堂进行了扩充，在里面养鸡养鸭又养鹅，种树种菜还种花。杜甫先后在草堂居住近四年，在其间创作的诗歌流传至今的有240多首。可以说，这是杜甫一生漂泊中难得的一段闲淡时光。下面，我们就来看看杜甫是怎样描写这段草堂生活的吧。

jiāng cūn
江村

杜甫

qīng jiāng yì qū bào cūn liú，cháng xià jiāng cūn shì shì yōu
清江一曲抱村流，长夏江村事事幽。

zì qù zì lái liáng shàng yàn　xiāng qīn xiāng jìn shuǐ zhōng ōu
自去自来梁上燕，相亲相近水中鸥。
lǎo qī huà zhǐ wéi qí jú　zhì zǐ qiāo zhēn zuò diào gōu
老妻画纸为棋局[①]，稚子敲针作钓钩。
dàn yǒu gù rén gōng lù mǐ　wēi qū cǐ wài gèng hé qiú
但有故人供禄米[②]，微躯[③]此外更何求？

①画纸为棋局：在纸上画棋盘。②禄米：古代官吏的俸给，这里指钱米。③微躯：微贱的身躯，是作者自谦之词。

成都草堂建成之后，诗人生活相对安逸，心情也比较恬淡，创作了大量饶有意趣、平淡自然的山水田园诗，这首《江村》便是其中的代表。

“清江一曲抱村流，长夏江村事事幽。”清澈的江水曲折地绕村流过，长长的夏日里，村中的一切都显得那么幽静。这“清江”即成都的浣花溪，“抱村流”用拟人的手法写出了它的可爱，同时也照应了《江村》这一诗题。开头两句，定下了全诗的氛围，挈领了全诗的旨意。

“自去自来梁上燕，相亲相近水中鸥。”燕子在屋梁上自由飞翔，来去自如，其景十分欢乐；白鸥在水面上嬉戏翻飞，成双成对形影不离，其情极为亲昵。诗人在此句中以动写静，虽然梁上燕与水中鸥并未停栖在固定的地方，但尽显悠然自得、无忧无虑之态，反而道出了物情的幽静。

“老妻画纸为棋局，稚子敲针作钓钩。”闲来无事，老妻在书案上铺开白纸，画起了棋盘；稚气未脱的幼子叮叮当当地敲打着细针，想做一枚钓钩。这一联中诗人并未出场，却又在画中。老妻画好棋盘，想来应该是要与诗翁对弈；稚子做成钓钩，大抵还是要央求父亲带自己去钓鱼。经历多年丧乱颠簸的诗人，终于有机会重享天伦之乐，不由得又是感慨又是知足。

环境如此清幽，生活又这么安适快乐，诗人忍不住叹道：“但有故人供禄米，微躯此外更何求？”只要老朋友能时常周济一些禄米，我这微贱之人也便安居于此，别无他求了！

这首诗，作者采用白描的手法，用简洁质朴的语言，获得了淡而有味的效果，令人回味；虽然没有华丽的辞藻，但诗人的用字之精准可见一斑，譬如首联中的“抱”字，传神地写出了溪水环绕村庄的情态。

村子这样幽静，一家人如此闲适，那么邻居家是什么样的呢？我们且看下面这一首。

江畔独步寻花七绝句（其六）

jiāng pàn dú bù xún huā qī jué jù

杜甫

huáng sì niáng jiā huā mǎn qī　qiān duǒ wàn duǒ yā zhī dī

黄四娘家花满蹊，千朵万朵压枝低。

liú lián xì dié shí shí wǔ　zì zài jiāo yīng qià qià tí

留连戏蝶时时舞，自在娇莺恰恰啼。

《江畔独步寻花》是一组绝句组诗，共有七首，这是其中的第六首，描写了诗人在邻居黄四娘家附近小径上的见闻。

“黄四娘家花满蹊”，诗人首先交代了寻花赏景的具体地点，即黄四娘家门前小路。这里，一个“花”字紧扣主题，一个“满”字既写出了枝繁叶茂的静态美，又表现出春意盎然的动态美，动静结合，描绘出了一幅生机勃勃、五光十色的春景图。

“千朵万朵压枝低”，这一句一出，仿佛有铺天盖地的花团互相拥挤、互相推搡着汇聚到了读者眼前，令人目不暇接。“千朵万朵”两组数量词是对上一句中“满”字的补充，使“满”的形象数字化、具体化。“压”是“低”的前因，“低”是“压”的结果，这两个字把花朵争奇斗艳、旖旎可人的模样刻画得淋漓尽致。

“留连戏蝶时时舞，自在娇莺恰恰啼”这两句，既妙在形象，又妙在声音，还妙在韵律。画面美与声音美交相辉映，再辅以节奏的明丽愉快，把蝶舞莺啼的春景写得灵动飞扬，韵致十足。“留连”既是蝴蝶对花的态度，也是诗人对眼前美景的态度；“自在”既是黄莺的姿态，也是诗人内心的写照。“时时”“恰恰”两组叠字使这两句诗的对仗显得愈发工整，节奏也更明快，读起来朗朗上口，颇有民歌韵味，尤其“恰恰”二字，是形容黄莺声音的象声词，使人顿觉黄莺的啼鸣仿佛就在耳畔。

整首诗的前两句正面描写花之多，花之盛，后两句则以蝴蝶和黄莺对花丛的留恋侧面烘托花景之诱人。不论是正写，还是烘托，其目的都是彰显春花的妩媚娇艳和茂密繁盛。虽然全诗无一句抒情，字字都是景语，但诗人怡然自得、轻松闲适的心情却仿佛将要从每一个字上流淌下来了，既给人以清新优美的视觉享受，又给人以积极愉悦的心理享受。

这里的景色如此迷人，自然会有客人登门。下面，我们就来看看，大诗人杜甫是怎样接待客人的。

客至（喜崔明府①相过）
kè zhì

杜甫

shè nán shè běi jiē chūn shuǐ, dàn jiàn qún ōu rì rì lái.
舍南舍北皆春水，但见群鸥日日来。
huā jìng bù céng yuán kè sǎo, péng mén jīn shǐ wèi jūn kāi.
花径不曾缘客扫，蓬门②今始为君开。
pán sūn shì yuǎn wú jiān wèi, zūn jiǔ jiā pín zhǐ jiù pēi.
盘飧③市远无兼味，樽酒家贫只旧醅④。
kěn yǔ lín wēng xiāng duì yǐn, gé lí hū qǔ jìn yú bēi.
肯与邻翁相对饮，隔篱呼取尽余杯。

①崔明府：据考证，可能是杜甫的母舅崔顼（xū）。明府，唐人对县令的称呼。②蓬门：蓬草编成的门，借指贫苦人家。③盘飧：盘子盛食物的统称。④醅：没滤过的酒。

这是一首至情至性的叙事佳作，体现出杜甫待人之真诚与待客之热情，洋溢着浓郁的生活气息，诗人之“喜”溢于言表。

首联交代客至的时间、地点以及周围的环境，虽有清幽秀丽之感，又觉空虚寂寥之情，为客人将至时诗人心情的昂起做了铺垫。“舍南舍北皆春水，但见群鸥日日来”。春日已至，草堂南北都是漫漫江水，一群群鸥鸟日日都来造访。“皆”“但”二字意味深长，诗人对眼前的景物熟悉至极，已经出现审美疲劳，说明诗人的生活虽然安逸，却也因过于平淡而有些无聊。

在生活极其单调的情况下，若有客至，本身就是一件令人开心的事情，倘若客人又是故交，喜悦之情自然更甚。“花径不曾缘客扫，蓬门今始为君开。”颔联把镜头推入庭院之内，诗人和客人交谈的口吻，像在闲话家常，显示出他与来客关系十分亲密，富有真实而生动的生活感。这一联交代了诗人为迎接客人的到来，辛勤打扫院落、收拾房间的场景。

“盘飧市远无兼味，樽酒家贫只旧醅。”颈联中，诗人翘首以盼的客人终于到来了，诗人热情款待。因为居所偏僻，远离市集，买不到更多更美味的菜肴，又因家境贫寒，只能用去年酿的薄酒来招待你了！虽然诗人在表达歉意，但透过这十四个字，可见主客频频举杯、开怀畅饮的热闹场景，符合一般人家的待客之礼，亲切而融洽，画面感非常强。

“肯与邻翁相对饮？隔篱呼取尽余杯。”尾联从侧面写出了宾主尽欢的氛围。诗人询问客人，你是不是愿意和邻家的老翁一起对饮几杯呢？当时的气氛一定十分欢愉，诗人才萌生了邀人同乐的念头。为了表示对客人的尊重，作者才如此问。崔明府爽快地对诗人的提议表示附和，所以诗人隔着篱笆，大声招呼邻居赶紧过来痛饮。至此，全诗的喜悦之情被推向高潮。

草堂的生活虽然美好，但也并非总是一帆风顺。安居不久后的八月，一场狂风吹毁了辛苦修建的茅屋，屋漏偏遇连夜雨，风定之后一场冷雨浇下，杜甫一家在凄风冷雨里度过了一个狼狈的夜晚。下面，我们就来学习这首著名的《茅屋为秋风所破歌》。

máo wū wéi qiū fēng suǒ pò gē
茅屋为秋风所破歌

杜甫

bā yuè qiū gāo fēng nù háo　juǎn wǒ wū shàng sān chóng máo
八月秋高风怒号，卷我屋上三重茅。
máo fēi dù jiāng sǎ jiāng jiāo　gāo zhě guà juàn cháng lín shāo
茅飞渡江洒江郊，高者挂罥①长林梢，
xià zhě piāo zhuǎn chén táng ào
下者飘转沉塘坳②。
nán cūn qún tóng qī wǒ lǎo wú lì
南村群童欺我老无力，
rěn néng duì miàn wéi dào zéi
忍能对面为盗贼。
gōng rán bào máo rù zhú qù　chún jiāo kǒu zào hū bù dé
公然抱茅入竹去，唇焦口燥呼不得，
guī lái yǐ zhàng zì tàn xī
归来倚杖自叹息。
é qǐng fēng dìng yún mò sè　qiū tiān mò mò xiàng hūn hēi
俄顷风定云墨色，秋天漠漠向昏黑。
bù qīn duō nián lěng sì tiě　jiāo ér è wò tà lǐ liè
布衾多年冷似铁，骄儿恶卧踏里裂。
chuáng tóu wū lòu wú gān chù　yǔ jiǎo rú má wèi duàn jué
床头屋漏无干处，雨脚如麻未断绝。
zì jīng sāng luàn shǎo shuì mián　cháng yè zhān shī hé yóu chè
自经丧乱少睡眠，长夜沾湿何由彻！
ān dé guǎng shà qiān wàn jiān　dà bì tiān xià hán shì jù
安得广厦千万间，大庇天下寒士俱
huān yán　fēng yǔ bú dòng ān rú shān
欢颜，风雨不动安如山！
wū hū　hé shí yǎn qián tū wù xiàn cǐ wū
呜呼！何时眼前突兀见③此屋，
wú lú dú pò shòu dòng sǐ yì zú
吾庐独破受冻死亦足！

①罥：悬挂。②坳：低凹的地方。③见：通“现”。

全诗开篇扣题，以拟人的手法表现出秋风之迅猛势如破竹。“八月秋高风怒号”，一“怒”一“号”，表现了风起之疾、风势之猛和风力之强。正因如此，屋上的茅草才会轻易地被狂风卷走，或挂于树梢，或沉入塘坳，这几句明写茅草，实际上仍然是在写风，无形的风被做了有形化处理。风越大越猛，越能显出茅屋的破败不堪。

高树上和低塘里的茅草已经无法捡回，诗人有心把落在平地上的茅草捡回，以留待风停后修葺茅屋之用。但是，“南村群童欺我老无力，忍能对面为盗贼”。这个情节耐人寻味：诗人若非贫穷至极，就不会急于捡回茅草；群童如果不是因为家贫，也不会“公然抱茅入竹去”。面对这些抢劫茅草的“盗贼”，诗人只“呼”而未追赶，一方面对应前文的“老无力”，另一方面或许也是因为诗人的恻隐之心所致。唇焦舌燥呼而不得，诗人只能“归来倚杖自叹息”。这声“叹息”既是为了自己，也是为了与自己同样贫穷的百姓。

从“俄顷风定云墨色”到“长夜沾湿何由彻”是第二段，写屋破又遇暴雨的凄惨遭遇。“风定”承接前文，使全诗的脉络不会因为人物、情节的插入而被打断。“云墨色”开启下文，说明乌云密集，大雨马上就要来了。“秋天漠漠向昏黑”既是对客观环境的描写，也是诗人心情的映照。在这愁云惨淡的天气里，诗人的心情十分沉郁。

“布衾多年冷似铁，骄儿恶卧踏里裂。床头屋漏无干处，雨脚如麻未断绝”，这四句写的是室内的情景，倾盆的秋雨从破败的屋顶坠入屋内，床上的被褥用了多年，又旧又破，凉如冰冷似铁，根本不能御寒，儿子睡相不好，把这布衾踢得更破了。“骄儿恶卧”，一方面确实是因为他睡相不好，另一方面是因为薄被不能御寒，屋内又阴雨连连，孩子辗转反侧难以睡熟。此时此刻，漏雨已经把床头完全打湿，连一点干燥的地方都没有了，连成一串的雨点还在没完没了地落下来。在这样的夜晚，连孩子都睡不安稳，作者更是如此。

“自经丧乱少睡眠，长夜沾湿何由彻！”自从安史之乱以来，诗人晚上总是睡不安稳，这个屋漏床湿的漫漫长夜，又该怎么熬到天明呢？诗人所企盼的长夜之“彻”，恐怕不仅是自然意义上的天亮，更是国家时局、人民命运的天亮。

余下诗句是全诗的第三段。诗人推己及人，由自己的不幸联想到天下人的不幸，并发出甘愿以自己之身救广大百姓于水深火热之中的热情呼吁，表现出“先天下之忧而忧，后天下之乐而乐”的博大胸襟和高尚情怀。

事实上，诗人自己也明白所谓“广厦千万庇寒士”的政治理想只是一个不可能实现的愿望，“安得”即“不可得”。但是，他还是把内心的愿望以振聋发聩之声喊了出来，这几句诗几乎没有使用诗歌技巧，却凌驾于任何技巧之上，以纵横磅礴的气势、掷地有声的力量，表现出了所有忧国爱民者关于民生的强烈诉求。

虽然茅屋被风吹毁了，但杜甫在成都的生活总体来说还是很安适的。不过可惜的是，这种安适的生活一共也就持续了不到四年的时间。

765年4月，严武去世，杜甫离开成都，一路顺江而下，经嘉州（今乐山）、戎州（今宜宾）、渝州（今重庆）、忠州（今忠县）、云安（今云阳），于766年到达夔州（奉节）。由于夔州都督柏茂林的照顾，杜甫得以在此暂住。

768年，杜甫由于思乡心切，遂乘舟出峡，先到江陵，又转公安，年底又漂泊到湖南岳阳。这一段时间，杜甫一直住在船上。

769年正月，杜甫由岳阳到潭州（今长沙），又由潭州到衡州（今衡阳），复又折回潭州。

770年，臧玠在潭州作乱，杜甫又逃往衡州，原打算再往郴州投靠舅父崔伟，但行到耒阳，遇江水暴涨，只得停泊方田驿，五天没吃到东西，幸亏县令聂某派人送来酒肉而得救。由耒阳到郴州，需逆流而上二百多里，这时洪水又未退，杜甫原一心要北归，这时也不得不改变计划，顺流而下，折回潭州。就在这一年的冬天，杜甫在由潭州去往岳阳的一条小船上去世，时年59岁。

王维

色艺双绝的天才诗人
边塞诗人里的佼佼者
一个大别墅的主人
诗佛的名头不是盖的
令人心醉的抒情小诗

色艺双绝的天才诗人

大家看到这个题目，可能会觉得有些奇怪，用“色艺双绝”形容一个诗人，有些不恰当吧？这个题目用在别人身上或许不恰当，但用在王维身上那是再恰当不过了。欲知其中缘由，且听我慢慢道来。

王维生于701年。大家应该还记得，李白也是在这一年出生的。不过令人奇怪的是，这两位同龄人有很多共同的朋友，比如孟浩然、杜甫、王昌龄等，相互之间都有唱和，但史料中却没有任何这俩人交往的记载。对此，坊间有一种传言，但因为是传言，这里就不细说了，大家若感兴趣可以自己去网上查。

王维出生在河东蒲州，也就是今天的山西运城，而他的祖籍则是山西祁县。王家世代都是当官的，但官职都不是很大。他的祖父王胄做过协律郎，是一个主管音乐的官，正八品；他父亲王处廉最高当到了汾州司马，大概也就是一个六品官。因此，王维没有什么政治背景，至少不是那么雄厚。

王维一共有弟四人，他是老大，其中老二王缙只比他小1岁。王缙这个人很厉害，后来当上了宰相。在安史之乱中，王维被迫当过叛军的官，按律当然是要被杀头的。当时王缙因平叛有功已经是刑部侍郎了，他上书皇帝，请求削去自己的官职为兄长赎罪，再加上王维被俘时写过一首《凝碧池》，抒发亡国之痛和思念朝廷之情，这才保住了一条命。

王维和王缙两兄弟自幼聪慧过人，715年两人结伴离开了家乡蒲州，到东都洛阳和西京长安客游。在长安，15岁的王维还参加了科举考试，虽然落榜了，但他却意外地受到了京城王公贵族们的青睐，成为他们的座上客。这是什么原因呢？

首先，王维是一个大帅哥，帅到什么程度呢？唐人薛用弱在《集异记·王维》中说：“维妙年洁白，风姿都美。”如果放在今天，那就是当之无愧的“小鲜肉”。

其次，王维琴棋书画，无所不通，无所不精。小朋友们应该都知道苏东坡对王维的那句评价“诗中有画，画中有诗”，却不一定知道他画画的水平高到什么程度。《旧唐书》是这样评价的，说王维的画“如山水平远，云峰石色，绝迹天机，非绘者之所及也”。明末大画家董其昌对王维的画推崇备至，将他尊为中国山水画的“南宗鼻祖”。关于书法，王维的草书和隶书都非常棒，《旧唐书》上说他“书画特臻其妙，笔踪措思，参于造化”。此外，他还善于篆刻。

至于音乐，就更不用说了，人家那可是家学。大家别忘了，王维的爷爷王胄就是一个专管音乐的官。有关王维在音乐上的天赋，《唐国史补》中记录了这样一段故事：一次，有人得到一幅奏乐图，但不知为何题名。王维看过之后说：“这是《霓裳羽衣曲》的第三叠第一拍。”请来乐师演奏，果然分毫不差。据考证，这个故事有可能是杜撰的，但王维工于音律在正史上是有记载的。

看到这里，相信大家对于前面“色艺双绝”的评价应该不会反对了吧？想一想，对于这样一位多才多艺的美少年，谁能不喜欢他呢？

当然，以上这些对王维来说只不过是顺带手的才艺，真正让他名垂青史的还是诗作。虽然王维的诗名没有李白、杜甫大，但如果把唐朝诗人像梁山好汉一样排个座次，那么第三把交椅则非他莫属了。在《唐诗三百首》全部311首诗中，王维入选了29首，排第二名，仅次于杜甫的38首，比李白还要多2首。

你可能会说，那都是后来的事，十几岁的孩子能写出什么好诗呢？那么，我们就先来看一首王维16岁时写的诗吧。

luò yáng nǚ ér xíng

洛阳女儿行

王维

luò yáng nǚ ér duì mén jū，cái kě yán róng shí wǔ yú

洛阳女儿对门居，才可颜容十五余。

liáng rén yù lè chéng cōng mǎ shì nǚ jīn pán kuài lǐ yú
良人①玉勒②乘骢马③，侍女金盘脍鲤鱼④。
huà gé zhū lóu jìn xiāng wàng hóng táo lǜ liǔ chuí yán xiàng
画阁朱楼尽相望，红桃绿柳垂檐向。
luó wéi sòng shàng qī xiāng chē bǎo shàn yíng guī jiǔ huá zhàng
罗帏送上七香车，宝扇迎归九华帐。
kuáng fū fù guì zài qīng chūn yì qì jiāo shē jù jì lún
狂夫富贵在青春，意气骄奢剧季伦。
zì lián bì yù qīn jiāo wǔ bù xī shān hú chí yǔ rén
自怜碧玉亲教舞，不惜珊瑚持与人。
chūn chuāng shǔ miè jiǔ wēi huǒ jiǔ wēi piàn piàn fēi huā suǒ
春窗曙灭九微火，九微片片飞花琐。
xì bà céng wú lǐ qǔ shí zhuāng chéng zhǐ shì xūn xiāng zuò
戏罢曾无理曲时，妆成只是薰香坐。
chéng zhōng xiāng shí jìn fán huá rì yè jīng guò zhào lǐ jiā
城中相识尽繁华，日夜经过赵李家。
shuí lián yuè nǚ yán rú yù pín jiàn jiāng tóu zì huàn shā
谁怜越女颜如玉，贫贱江头自浣纱。

①良人：古代妻对夫的尊称。②玉勒：玉饰的马衔。③骢马：青白色的马。④脍鲤鱼：切细的鲤鱼肉。

这首诗题下原注“时年十六”，作于716年，是王维的早期作品。诗中描写了贵族女子及其权贵夫婿骄奢淫逸的生活，反映了当时社会浮华背后所隐藏的腐化真相，极具批判意义。

诗题取自梁武帝萧衍《河中之水歌》中的“河中之水向东流，洛阳女儿名莫愁”。诗人在这里用“洛阳女儿”统指当时的贵族女子。“洛阳女儿对门居”暗指这个事实为诗人亲眼所见，“才可颜容十五余”则描绘出了这名女子正当豆蔻年华，容颜娇美。如此年轻貌美的女子嫁入了豪门，夫婿骑着饰有“玉勒”的青骢马，侍女端来盛在“金盘”中的“鲤鱼”，从这句诗中足以见得其夫婿身家丰厚，门第高贵。

接下来这四句“画阁朱楼尽相望，红桃绿柳垂檐向。罗帏送上七香车，宝扇迎归九华帐”，描述了贵妇女子生活环境的优越与生活质量的奢华。后面这两句诗中的“送上”“迎归”分别指代娘家和婆家，“七香车”和“九华帐”则进一步说明两家人门第均十分显贵。

“狂夫富贵在青春，意气骄奢剧季伦。自怜碧玉亲教舞，不惜珊瑚持与人。”季伦，是晋代富豪石崇的字，他曾经和另一个富豪王恺斗富，王恺总是比不过他。后来，王恺搬出了皇帝赐予他的高两尺的珊瑚树，心想这回一定能赢，不料石崇竟然摔碎了这棵珊瑚树，并命令随从从家中搬出几十株三四尺高的珊瑚树来，王恺当场就傻眼了。这里说夫婿“意气骄奢剧季伦”，其恃富而骄的程度让人难以想象。不仅如此，他还亲自教女子跳舞，并送她珍贵的珊瑚，生活豪奢狂放。

“春窗曙灭九微火，九微片片飞花琐。戏罢曾无理曲时，妆成只是熏香坐”进一步描述了他们奢华放纵的生活。“九微”指的是上下多头的烛树华灯，“花琐”指的是碎小的灯花。此处可见他们的狂欢不分昼夜，几乎是夜夜笙歌。

“城中相识尽繁华，日夜经过赵李家”，这里的赵李，指汉成帝后妃赵飞燕、武帝时的李夫人，在此处代指皇亲贵戚，说明他们的社交圈皆为当时的上流权贵。

最后两句突然转折，以容颜如玉的越女在江头浣纱做对比，在强烈的反差中突现主题，使前面的华丽描绘一下子变为对贵族生活乃至社会不公的冷峻批判。“贫家越女”与“洛阳女儿”由于出身不同，因此过着天差地别的生活。诗人通过对这两个女子生活境况的对比，揭露了当时社会上贫富悬殊的现实，寄托了寒门志士怀才不遇的深沉感慨。

大家是不是很惊讶，一个16岁的少年，怎么能写出这么深刻的诗来？别着急，下面这首会让你更惊讶。

jiǔ yuè jiǔ rì yì shāndōng xiōng dì
九月九日忆山东①兄弟

王维

dú zài yì xiāng wéi yì kè， měi féng jiā jié bèi sī qīn
独在异乡为异客，每逢佳节倍思亲。

yáo zhī xiōng dì dēnggāo chù biàn chā zhū yú shǎo yì rén
遥知兄弟登高②处，遍插茱萸③少一人。

①山东：指华山以东的蒲州，今山西永济，是王维的故乡，并非指现在的山东省。②登高：民间在九九重阳节这一天有登高避邪的习俗。③茱萸：一种落叶乔木，香气浓烈，又名越椒。古人在重阳节时有佩戴茱萸的习俗。

相信小朋友们对这首诗都不陌生，但你们知不知道，这首诗是王维在17岁的时候写的呢？你没有看错，就是17岁。这时，王维离开家乡已有两年，虽然每天接触上流社会的人物，过着优哉游哉的日子。然而，在短暂的新奇和兴奋过后，他却渐渐对这种漂泊的生活产生了深深的厌倦，思乡之情无时无刻不在侵扰着他，挥之不去。

又逢重阳佳节之日，达官贵人们纷纷设家宴自娱，弟弟王缙也回老家蒲州去了，只剩王维在长安谋取功名。繁华热闹一时间成了孤独无亲的参照。一种难以排遣的思乡之情在年少的诗人心中瞬间爆发，遂写下了《九月九日忆山东兄弟》。

这首诗以白描的手法，刻画了诗人思乡的浓烈情感，简洁而有力。前两句开门见山，说身在异乡的诗人，到了重阳佳节倍加思念远在故乡的亲人。“独”和“异”是诗里的浓墨重彩。第一句一个“独”字，如当头一棒，造境突兀，传达出乡愁带来的一种强烈的刺痛感。两个“异”字，则反复强化了游子孤寂无亲的心灵触觉，诉说中强忍着一丝酸楚。第二句是全诗的核心与高潮。“每逢”二字用得巧妙，打破了九月初九的特定时间格局，使人体会到诗人思乡之情已经积聚了许久。“倍”字一箭双雕，既道出了诗人平日里思念亲人的频繁，又表明了此时诗人思念亲人的程度。

后两句“遥知兄弟登高处，遍插茱萸少一人。”由自己思念亲人，转而想到亲人们在重阳佳节登高远眺之际，也定然会想念自己。古人在重阳节有登高的风俗，登高时佩戴茱萸囊，据说可以避灾。这里，如果只是一般化的遥想兄弟如何在重阳日登高，佩戴茱萸，而自己独在异乡，不能参与，虽然写出了佳节思亲之情，但会显得平直，缺乏新意与深情。诗人遥想的却是："遍插茱萸少一人。"意思是说，远在故乡的兄弟们今天登高时身上都佩上了茱萸，却发现少了一位兄弟——自己不在内。这就曲折有致，出乎常情，而这种出乎常情之处，正是它的深厚处、新警处。这两句与杜甫的《月夜》"遥怜小儿女，未解忆长安"，有异曲同工之妙。

在长安那些赏识王维才华的皇亲国戚中，有一个人的身份很特殊，他就是宁王李宪。这位王爷可了不得，他是唐睿宗李旦的长子，唐玄宗李隆基的大哥。如果按长幼排序，皇位本来应该是他的，但他却让给了三弟李隆基。因此，在玄宗当皇帝的时候，宁王享有特殊的地位。在宁王死后，唐玄宗还封他为皇帝。

在我们前面提到的《本事诗》里，记载了这样一个故事：相传，宁王李宪的家中美女很多，但这个好色的王爷却偏偏相中了一个在他家附近卖饼的人的老婆，于是他给了卖饼人很多钱，把人家的老婆纳入了自己府中。他对这个女人十分疼爱。一年以后，宁王问女人，是否还想念卖饼的丈夫，她低下头默然无语。于是，宁王便把卖饼人找来，让两人见面。结果，卖饼人的妻子见到丈夫，顿时泪流满面，当时在座的宾客们全都觉得很凄惨，20岁的王维也在其中。宁王命众人赋诗一首，王维才思敏捷，第一个成诗，这便是著名的《息夫人》。

xī fū rén
息夫人

王维

mò yǐ jīn shí chǒng, néng wàng jiù rì ēn
莫以今时宠，能忘旧日恩。
kàn huā mǎn yǎn lèi, bú gòng chǔ wáng yán
看花满眼泪，不共楚王言。

息夫人并不是唐代人，她生活在春秋时代，是当时的小国息国国君的妻子。因目如秋水，脸似桃花，被称为"桃花夫人"。据传说，楚文王因仰慕息夫人的美貌，就借口灭掉息国，将其据为己有。息夫人本想以身殉国，但为了保住丈夫的性命，才委身于楚文王。后来，息夫人为楚文王生了两个孩子，其中一个就是大名鼎鼎的楚成王。息夫人虽然深受楚文王的宠爱，但是她始终默默无语，不和楚文王说话。

王维这首五言诗以独白形式为息夫人代言，短短的二十字里却包含了丰富的内涵。“莫以今时宠，能忘旧日恩”，这两句的意思是：楚王你不要以为今天宠爱我，就能让我忘掉息侯往日的恩情。

在繁花似锦的楚宫里，本来赏心悦目的春花在息夫人的眼中也噙着泪水。“看花满眼泪，不共楚王言。”身尚在，心已死，故而不愿开口与楚文王言。楚文王曾问她为什么不说话，她答说：“一个女人，伺候两个丈夫，不能死掉，还有什么话可说？”

这首诗创造了一位身遭侮辱、饱受精神伤痛但心底依然深埋反抗的古代妇女形象，表达了弱者对强势者进行的精神抗争。

据说，宁王听王维吟出这首诗，也是感慨良多，最终将这位唐朝“息夫人”还给了她卖饼的丈夫。

边塞诗人里的佼佼者

自古以来，生活在中原地区的汉族与生活在边境的少数民族就时常发生战争，许多文人也被卷入其中。这些文人结合自己的边塞经历，写出了许多反映边疆地区军民生活、自然风光及战争状况的诗作，我们把这类诗称作边塞诗。

一般认为，边塞诗在汉魏六朝时期初步发展，隋朝开始兴盛，到了唐朝进入黄金时代。在唐诗当中，边塞诗占有很大的比重，甚至出现了一个流派，就叫作边塞诗派，像岑参、高适、王昌龄就是这一诗派的代表人物。此外，李白、杜甫也都写过边塞诗。单以成就来说，王维的边塞诗不亚于岑参、高适，但由于他的山水田园诗太强了，就把他边塞诗的光芒给掩盖了。

根据我们前面讲的，王维就是一个像花儿一样的少年，他怎么能写出边塞诗呢？他去过边塞吗？其实，他还真去过，而且不止一次。要知道，谁也不会永远停滞在少年时代，都会经历风雨，不断地成长。

721年，在岐王和玉真公主的帮助下，21岁的王维状元及第，一时间可谓春风得意。这个时候，李白还在四川老家附近游学呢。之后，王维被任命为太乐丞。这是一个掌管礼乐的官，从八品下，差不多相当于他爷爷王胄当年的协律郎。然而，几个月之后，王维却因为观看了“伶人舞黄狮子”被贬出京，远去山东济州做了个看粮仓的九品小官——司库参军。根据唐代律令，舞黄狮子是专门给皇帝演的节目，私自表演就是犯法。不过，这件事极可疑，王维很像是被人下了一个套。

这位新科状元在济州任上一干就是5年。726年，26岁的王维离开济州，回到河南洛阳，随后在河南北部的淇水当了一任小官。728年，王维干脆辞了官隐居起来。此后数年，王维一直闲居，有时在长安，有时在洛阳，此外他还去了四川、浙江等地游历。

735年，张九龄出任宰相，他对王维的才能甚为推崇，提拔他为右拾遗。大家应该还记得，杜甫当过左拾遗，两个都是谏官。不过，右拾遗比左拾遗要大。过了2年，即737年，王维以监察御史的身份奉命出塞，后担任凉州河西节度幕判官。

王维第一次来到边疆，并在这里待了1年，其间创作了大量边塞诗，这里给小朋友们介绍几首。

chū sài zuò
出塞作

王维

jū yán chéng　wài liè tiān jiāo　　bái cǎo lián tiān yě huǒ shāo
居延城①外猎天骄，白草连天野火烧。

mù yún kōng qì　shí qū mǎ　　qiū rì píng yuán hǎo shè diāo
暮云空碛②时驱马，秋日平原好射雕。

hù qiāng xiào wèi zhāo chéng zhàng pò lǔ jiāng jūn yè dù liáo
护羌校尉③朝乘障④，破虏将军夜渡辽。
yù bǎ jiǎo gōng zhū lè mǎ hàn jiā jiāng cì huò piáo yáo
玉靶角弓⑤珠勒马⑥，汉家将赐霍嫖姚。

①居延城：也叫居延塞，故址在今内蒙古额济纳旗一带。②碛：沙漠。③护羌校尉：汉代拿着符节保护西羌的武官叫“护羌校尉”，这里指唐廷守边的将领。④乘障：同“乘鄣”，谓登城守卫。⑤玉靶角弓：用美玉镶把柄的剑，用兽角装饰的弓。⑥珠勒马：马勒口上用宝珠装饰，指骏马。

这是一首七言律诗，作于737年3月。其时，河西节度副大使崔希逸刚刚在青海大败吐蕃归来，王维作为监察御史，奉使出塞慰问察访军情。

首联写战火熊熊，边境军情紧张。“居延城外猎天骄，白草连天野火烧”，居延关外白草茫茫，草原上燃起了烈火，这是吐蕃正在城外打猎。烈火经常指代战火，这两句写打猎声势壮大，从而渲染紧张的边境形势。

“暮云空碛时驱马，秋日平原好射雕”这一联以传神的笔墨生动地描写了吐蕃猎手打猎时候凶悍豪放的情态。秋日的原野上，白草枯尽，毫无遮蔽，这是吐蕃人狩猎的好时机，暮云下他们纵马驰骋在辽阔无际的草原上，蓄势待发，伺机狩猎。这样的草原适合狩猎，更适合吐蕃骑兵对唐军进行突击。这两句既描写了天骄之盛，同时又暗示军情的紧急，为下文蓄势。

“护羌校尉朝乘障，破虏将军夜渡辽”，这是一联颇有气势的工对。“护羌校尉”对“破虏将军”，这两个都是汉代武官名，用来指代唐军将士。“朝乘障”对“夜渡辽”，前者是防御工事，后者是进攻策略。“朝”“夜”相对写出唐军行军动作之神速，突出军中军纪严明、雷厉风行的军风，侧面烘托出战势之紧迫。

“玉靶角弓珠勒马，汉家将赐霍嫖姚”，最后一联借汉代武将嫖姚校尉霍去病指代唐军将领崔希逸，说朝廷将名贵的宝剑、良弓、骏马赐予领导边地战役取得胜利的将领崔希逸。结尾点出出塞的目的是犒慰三军，在这里收束水到渠成。

本诗前半部分为实写，将吐蕃勇军的形象刻画得栩栩如生；后半部分是虚写，对唐军面对紧张战事有条不紊的部署和雷厉风行的行军作风进行了概括。先用敌军的强悍英勇制造紧张的气氛，再写唐军镇定自若，应对自如。前者咄咄逼人、气焰嚣张，后者胸有成竹、不急不躁，两者对比，突出了唐军胜利之必然。

如果说前面这首《出塞作》从正面描写了一场实实在在的战争，那么接下来这首《陇西行》则是截取了军使送书的一个片段，通过描绘出一幅迷茫、壮阔的关山飞雪远戍图，侧面渲染边关的紧急状况与紧张气氛。

lǒng xī xíng
陇西行

王维

shí lǐ yì zǒu mǎ, wǔ lǐ yì yáng biān
十里一走马，五里一扬鞭。
dū hù jūn shū zhì, xiōng nú wéi jiǔ quán
都护军书至，匈奴围酒泉。
guān shān zhèng fēi xuě, fēng huǒ duàn wú yān
关山正飞雪，烽火断无烟。

《陇西行》是乐府旧题，又称《步出夏门行》，属《相和歌·瑟调曲》。这首诗从侧面描写了一场紧张的边塞战事。

首句“十里一走马，五里一扬鞭”以夸张的手法、精准简练的语言渲染了紧张的气氛，快马飞闪的形象跃然纸上。这两句给读者设下了悬念，马上的人是谁？为什么他行动如此迅速？

“都护军书至，匈奴围酒泉”，中间两句解答了前面的疑问，点名了诗中人物的身份，和迅驰的理由。都护，是唐代官名。军书送达后，将领获知军情严峻。“围”字极状千钧一发之势，写出了形势的急迫。

“关山正飞雪，烽火断无烟”，主将并没有收到烽火信号，心中不免一惊。正常情况下，应该是先看到烽火信号，才收到军书。但是由于风雪天的干扰，茫茫天地中纵然有烽烟也看不见。最后一句解释了首句骑者风驰电掣、走马扬鞭的原因——漫天的风雪中断了烽火的联系。这样看到前面的内容就好理解了，军情告急，传达军书自然刻不容缓。

全诗六句将紧张、急迫的气氛推至极致后戛然而止，留给读者广阔的想象空间。

接下来我们要学习的这首《陇头吟》，不再是描写战争的了，而是讲了一个有关边塞战功的故事。

lǒng tóu yín
陇头吟①

王维

cháng ān shào nián yóu xiá kè　yè shàng shù lóu kàn tài bái
长安少年游侠客，夜上戍楼看太白②。
lǒng tóu míng yuè jiǒng lín guān　lǒng shàng xíng rén yè chuī dí
陇头明月迥临关，陇上行人夜吹笛。
guān xī lǎo jiàng bú shèng chóu　zhù mǎ tīng zhī shuāng lèi liú
关西老将不胜愁，驻马听之双泪流。
shēn jīng dà xiǎo bǎi yú zhàn　huī xià piān pí wàn hù hóu
身经大小百余战，麾下偏裨万户侯。
sū wǔ cái wéi diǎn shǔ guó　jié máo luò jìn hǎi xī tóu
苏武才为典属国③，节旄落尽海西头。

①陇头吟：汉乐府曲辞名。陇头在今陕西陇县到甘肃清水一带。②太白：即金星。古时被认为其主兵象，可据此推测战事。③典属国：汉代掌管有关藩属国事务的小官职。

这是一首诗人依乐府旧题所写的边塞诗。诗人从少年游侠写到陇上行人，再到关西老将，最后以苏武作为反衬，讲述了对关西老将屡立战功却不受重视的悲惨遭遇的同情，全诗没有直指造成这种悲剧的社会根源，却不言而喻，引人深思，发人深省。

"长安少年游侠客，夜上戍楼看太白"，长安少年，小小年纪，却不失侠士的豪迈，胸怀大志，准备建功立业，因此在月朗星稀的夜晚独自登上了戍楼，夜观星相，希望能参透天机，知道战争胜负结果。开篇二句把少年渴望功成名就的急切心情描绘得淋漓尽致。

"陇头明月迥临关，陇上行人夜吹笛"，少年对未来满怀憧憬，他认为未来充满光明，而这样的心境和陇上行人的悲苦现状迥然不同，形成鲜明的对比。一如同一轮明月照在戍楼上堪比太阳的光辉，而从陇上看去则黯然无光，凄冷一片。于是陇上行人在这样的夜晚吹响了令人心碎的笛声。这两句通过对照，反衬少年渴望成功的急切心情在现实中有些盲目与无知。

"关西老将不胜愁，驻马听之双泪流。身经大小百余战，麾下偏裨万户侯"，战事在即，关西老将却愁苦不堪，听到陇上行人的凄惨笛声，心中不免产生共鸣，停马驻足不禁潸然泪下。诗到这里主人公关西老将才出场。老将一生戎马，立功无数，到了晚年本应高官厚禄，安享晚年，却为何老泪纵横？原来关西老将身经百战，立下了汗马功劳，可他身边原来的下属都已经成为万户侯，他却依旧维持原状，可怜他多年征战，无功劳也有苦劳，更何况现今已年迈苍苍，却还要和年轻人一起上阵杀敌，怎能不悲，岂能不苦？

诗到此处，少年的豪情壮志更显稚嫩，也许老将当年也是怀着如少年一般的心情进入军营的，而少年很可能再踏上老将的路，一腔热情在征战的岁月中慢慢消磨殆尽。

"苏武才为典属国，节旄落尽海西头"，此句用了苏武牧羊的典故。当年苏武出使匈奴被扣留，他持节不屈，独自一人在举目无亲、人迹罕至的北海边牧羊，吃尽苦头，整整十九年，纵使节旄落尽，仍旧忠心不改，志节高尚。可是，苏武回到朝廷后，也不过是被封了一个典属国的小官职。朝廷对待后世敬仰的苏武都是如此待遇，关西老将也不应该难过了吧。这二句看似安慰，实则表达了诗人对关西老将这种不幸遭遇的同情，以及朝廷用人不公的愤愤不平。老将的遭遇并不是偶然，少年也许会再次踏上他的命途，而这样的命运在旧时朝廷还会上演下去，其社会根源在何处？诗人并没有直接阐释，却给读者留下了丰富的思考空间。

738年秋，王维从河西回到长安，仍任监察御史职。7年之后，即745年，王维以侍御史的身份出使榆林、新秦二郡，第二次来到边塞。可惜，这次王维没有留下多少边塞诗。

一个大别墅的主人

我们大家都知道，王维是著名的山水田园诗人，他的大多数诗都是描写山水田园生活的。这些作品往往采用五律和五绝的形式，篇幅短小，语言精美，音节较为舒缓，在描绘自然美景的同时，流露出诗人闲居生活中的恬淡心情。因此，苏东坡才说他“诗中有画，画中有诗”。

可是，小朋友们有没有想过，王维为什么能写出这样的诗？如果他像杜甫一样，每日为一家人的生计发愁，是写不出这种诗来的；如果他像李白一样，每日居无定所，四处游历，也同样写不出这样的诗来。事实上，王维能写出众多优美的山水田园诗，与一幢大别墅是分不开的。这就大名鼎鼎的辋川别墅。

辋川别墅，又叫辋川别业，位于陕西蓝田西南的终南山谷地，也就是当年京城长安的南郊。辋川别墅跟我们现在所说的商业别墅可不是一个概念，它实际上是一个因地而建的天然园林。这个园林最初是由初唐诗人宋之问建起来的，712年，也就是杜甫出生的那一年，宋之问因政治问题被唐玄宗杀了，从此这个地方就闲置起来了。

虽然宋之问这个人人品不太好，但诗写得很好，审美也很好，园子修建得相当棒。在他去世32年后，即744年，王维在玉真公主的帮助下得到了这座园林。之后，王维在原来的基础上对别墅进行了整修。从这一年开始，直到756年被安史之乱的叛军俘获，王维时常趁休假的时候到这里小憩。750年1月至752年3月，王维丁母忧期间，曾经长期居住在辋川。这段时间，王维创作了大量的山水诗，并和道友裴迪多有诗歌唱和。后来，两人将各自20首描写田园风光的诗放在一起，汇编成了《辋川集》，其中就有著名的《鹿柴》和《竹里馆》。下面，就先给小朋友们介绍这两篇。

lù zhài
鹿柴①

王维

kōng shān bú jiàn rén，dàn wén rén yǔ xiǎng。
空山不见人，但闻②人语响。
fǎn yǐng rù shēn lín，fù zhào qīng tái shàng。
返景③入深林，复照青苔上。

①鹿柴：一作鹿砦。这里是王维专门用来养鹿的地方，也是辋川别墅中的胜景之一。②但闻：只听见。③返景：返照的阳光。景，通“影”，日光。

这是一首五言绝句，描绘了黄昏时分鹿柴周围山林的清幽景色。

“空山不见人”，首先从正面点出空旷山林的杳无人迹，重点在于体现山林的清幽冷寂。“不见人”，把“空山”的意蕴具体化了。人迹罕至的空旷山林，在诗人的笔下显得空廓虚无，犹如远离红尘之胜境。

若将第一句单独来看的话，也许会觉得它貌不惊人、文字平平。然而紧接着这一句的是“但闻人语响”，一下子就把境界全烘托出来了。颇可玩味的是“但闻”二字。一般说来，空山尽管寂静“不见人”，不过读者可以联想到会有风语细细、水声潺潺、鸟啼啾啾、虫鸣唧唧，并非没有半点声息。但是这些常规的声响都寂然无声，传来的却是人语声，颇出人意料。

前两句描写了空山传语，语言虽直白，却让人身临其境。后两句进而勾勒了深林晚照，对山林的描写从调动听觉到引出视觉。“返景入深林，复照青苔上”，这时夕阳的光线照入林木深处，又有一部分斑斑驳驳的光影落到林间的青苔之上。

这首诗的绝妙之处在于清新自然，毫不做作。全文没有一个晦涩的字眼，却必须经过反复咀嚼，才能品出它的味道。诗人没有着力强调和直述山林的幽静和昏暗，却达到了这种效果。他独辟蹊径，以人语来打破山的寂静，以夕阳来照射林的幽暗，以声烘托静，以亮反衬暗，反而使山林的寂静和幽暗给人更加突出的印象。

zhú lǐ guǎn
竹里馆①

王维

dú zuò yōu huáng lǐ, tán qín fù cháng xiào
独坐幽篁②里，弹琴复长啸③。
shēn lín rén bù zhī, míng yuè lái xiāng zhào
深林人不知，明月来相照。

①竹里馆：辋川别墅胜景之一，房屋周围有竹林，故名。②幽篁：幽深的竹林。③啸：嘬口发出长而清脆的声音，类似于打口哨。

这同样是一首五言绝句，全诗以自然平淡的笔调，描绘出清新明净的月夜幽林，将自然景物和诗人情感融为一体，营造一种清静安详的境界。

“独坐幽篁里，弹琴复长啸”，诗人独自一人坐在幽深茂密的竹林之中，一边拨动着琴弦，同时又发出声声长啸。王维一生仕途坎坷，40岁以后就开始过上了半官半隐的生活。因此，他常常坐在幽深的竹林中，借着古琴来抒发自己寂寞的情怀。但琴声似乎还不足以宣泄其抑郁之情，所以还要长啸一声。

后两句“深林人不知，明月来相照”的意思是说，自己独居竹林之中，却也并不为此感到孤寂，因为那皎洁的月亮还在时时照耀着自己。此处写明月相照，不仅暗示诗人坐得很久，更重在表明只有天空中的明月才是知己。明月在蓝天碧海之间洒下清辉，象征着高洁之士。诗人在这里使用了拟人的手法，把洒着清辉的明月当作与自己心有灵犀的知己，想象新颖、独到。

全诗虽然只有短短二十个字，但既有幽静之景，又有幽独之情；既有林月之色，又有琴啸之声，有静有动、虚实结合，对立统一，相映成趣。读这首诗，仿佛是在欣赏一幅静态场景，却又富于变化的人物风景画。总的说来，诗以自然、平淡为特征的风格美与其独特、深刻的意境美使诗呈现出意境清幽、心灵澄净的美感。

除了上面选入《辋川集》中的这两首，下面这首五律《山居秋暝》也是作于这一时期。

山居秋暝①

shān jū qiū míng

王维

kōng shān xīn yǔ hòu, tiān qì wǎn lái qiū
空山新雨后，天气晚来秋。

míng yuè sōng jiān zhào, qīng quán shí shàng liú
明月松间照，清泉石上流。

zhú xuān guī huàn nǚ, lián dòng xià yú zhōu
竹喧②归浣女，莲动下渔舟。

suí yì chūn fāng xiē, wáng sūn zì kě liú
随意春芳歇，王孙③自可留。

①暝：日落，天色将晚。②竹喧：竹林中笑语喧哗。③王孙：原指贵族子弟，后来也泛指隐居的人。

这首诗主要描绘了深秋傍晚时分雨后山中的旖旎风光。意境清幽雅静、淡然闲适，反映了诗人安逸淡泊的生活态度，寄托了他渴望超脱尘世、追求隐逸生活的情怀。

“空山新雨后，天气晚来秋。”首联是纯粹的风景描写，描绘的是薄暮之时，山雨初霁之景。诗人用寥寥十字，勾勒出一幅清新宜人、宁静幽深的雨后山村的水墨画，意境深远，空灵淡然。

“明月松间照，清泉石上流”仍然是一幅自然画卷。被雨水洗涤后的松林，空气清新，枝叶青翠欲滴；皎洁的月光投射进松林，地上一片洁白的月光，干净而透彻。山中的石头被雨水冲刷得一尘不染，晶莹圆润；山雨汇成的潺潺清泉流淌于错落有致的山石上，又顺着山涧蜿蜒而下，发出淙淙的清脆悦耳的欢唱，恰似婉转的夜曲。上句中的“照”与下句中的“流”，一上一下，一静一动，静中有动，动中有静，静动结合，仿佛是大自然的脉搏在跳动。

“竹喧归浣女，莲动下渔舟”，从对景物的静态描写过渡到对人物的动态描绘。句中对“浣女”与“渔舟”的刻画采用“未见其人，先闻其声”的手法。上句写听见一片欢声笑语，打破了竹林的宁静，原来是一群农家少女正浣衣归来。下句写几艘打鱼的小船满载而归，渔舟所到之处，掀起阵阵浪花，莲叶随之而动。虽然只有短短十个字，但已将乡村生活的欢快、乐趣巧妙自然地展现在了读者面前。

尾联“随意春芳歇，王孙自可留”巧用了《楚辞·招隐士》里的典故。《招隐士》中云：“王孙兮归来，山中兮不可以久留。”原意是招王孙出山入仕，示意山中不可久留，而王维在此处则表达了相反的含义。春芳凋谢乃是四季轮回，秋色自有秋色的美处，“王孙”可以留下不必离去。这句诗貌似在劝“王孙”，实则是道与诗人自己。

这首诗运用了一种艺术手法，就是以自然美来象征诗人的人格美和诗人理想中的社会美。乍看是用“赋”的手法描绘山水美景，对景物做细腻深邃的刻画，实际上通篇都是比、兴。诗人通过对山中秋景的描绘来表达自己对远离世俗凡尘的渴望，以及对隐逸生活的执着追求。

安史之乱后，虽然在弟弟王缙的帮助下，皇帝赦免了他，甚至后来他的官职升到了正四品的尚书右丞，但他的人生毕竟是有过污点的，因此他在同僚面前抬不起头来。另一方面，王维的母亲是一位虔诚的佛教徒，他受母亲的影响，自幼笃信佛教。因此，晚年的王维过上了半官半隐的生活，来往于朝廷与辋川别墅之间。下面这首《终南别业》，恰好反映了诗人的这种生活状况。

终南别业

王维

中岁颇好道①，晚家南山陲②。
兴来每独往，胜事③空自知。
行到水穷处，坐看云起时。
偶然值林叟，谈笑无还期。

①道：这里指佛教。②南山陲：终南山脚下，指辋川别墅所在地。陲，边缘。③胜事：美好的事。

这是一首五言律诗。我们说过，辋川别墅位于终南山中，所以这里的终南别业，指的自然就是辋川别墅了。

首联“中岁颇好道，晚家南山陲”主要叙述了诗人中年之后即厌倦了俗世，转而信奉佛教。诗人隐居辋川别墅之后，全然为那里秀美、寂静的田园风光所陶醉。此处，诗人运用时间词“中年”与“晚家”，在时间上形成了一个跨度，富有时间感与空间感。“好”字，不但强调了自己对佛教禅机的信仰，也表达了诗人对凡尘俗世的厌倦与逃避。

颔联“兴来每独往，胜事空自知”描绘了诗人自在随意的生活状态。“兴”即兴致，“独往”即独自前去游览，“胜事”指快乐的事。此联说的是，兴致一来时，我便独自去游览，那种快乐的心情只有自己才能体会。上一句中的“独往”展现了诗人的勃勃兴致；下一句中的“自知”，又写出诗人欣赏美景时的自得其乐。

颈联“行到水穷处，坐看云起时”，“水穷处”即溪水的尽头。“行到水穷处”，是说随意而行，想走便走，想停就停，不知不觉来到流水的尽头，索性坐下来欣赏云卷云舒。“坐看云起时”，云原本就有一种娴静随意的姿态，给人以无心之感，这说明此时诗人的心情悠闲到了极点。这一联视线转换角度极大，从地到天，由水到云，时空交融，境界开阔，给人以广阔的空间感和丰富的想象。

“偶然值林叟，谈笑无还期”，这一联的意思是说，偶然遇到乡村的老头，不经意的聊天说笑，却让人忘记了归还。此联是由前面的写景过渡到写人，由外在状态到内心感受，表现诗人的闲情逸致，将诗人那种天性淡逸、超然物外的风采，表现得恰到好处。

这首诗没有具体描绘山川景物，而重在表现诗人隐居时悠然自得的心境。他不问世事，更不刻意探寻山中的美景，但却可以用发现美的眼睛和心灵，在每个地方领略到山林自然的美。全诗语言平实，收放自如，字里行间蕴含着禅意哲理以及物我关照的温情。

jī yǔ wǎng chuān zhuāng zuò
积雨辋川庄作

王维

jī yǔ kōng lín yān huo chí, zhēng lí chuī shǔ xiǎng dōng zī
积雨空林烟火迟，蒸藜炊黍饷东菑。
mò mò shuǐ tián fēi bái lù, yīn yīn xià mù zhuàn huáng lí
漠漠水田飞白鹭，阴阴夏木啭黄鹂。
shān zhōng xí jìng guān cháo jǐn, sōng xià qīng zhāi zhé lù kuí
山中习静观朝槿，松下清斋折露葵。
yě lǎo yǔ rén zhēng xí bà, hǎi ōu hé shì gèng xiāng yí
野老与人争席罢，海鸥何事更相疑？

晚年的王维清心寡欲，奉佛隐居于终南山，“居常蔬食，不茹荤血，晚年长斋，不衣文彩”（《旧唐书·王维传》）。题中的辋川庄便是王维在终南山的隐居之所。

这是一首七律诗，诗中描写了雨后辋川优美的田园景色，犹如一幅淡雅的水墨画，表现了诗人绝尘参禅的清雅逸致和隐居山林的闲情雅致。

“积雨空林烟火迟，蒸藜炊黍饷东菑。”连雨时节久雨不停，潮湿的空气使林中的火难生；蒸藜炊黍，烧好饭菜，送给村东田头耕耘劳作的人。“迟”字形象地写出了阴雨天的炊烟，烘托安逸的生活气氛。简单两句使得闲适惬意的田家生活跃然纸上，极富生活气息。

“漠漠水田飞白鹭，阴阴夏木啭黄鹂。”广阔无际的水田广漠，一行白鹭翩翩而飞，掠空而过；夏日林中，浓荫密布，黄鹂啾啾唱和。这是一幅甜美娴静、潇洒快活的画面，其中碧天、清水、绿树、白鹭、黄鹂色彩恬淡，兼具视听，画面立体感极强。

首联是田园生活掠影，颔联是田园自然风光，这两联通过写积雨天辋川山中所见之人物及景物，创造了一个苍茫幽深的艺术境界。颔联二句最为人称道，“漠漠”状水田之苍茫广阔；“阴阴”意为盛夏林木幽深，写出了积雨山中迷茫的气氛，烘托了诗人隐居山林的禅寂生活乐趣和闲情逸致。

后两联写的是诗人于积雨山中所感。“山中习静观朝槿，松下清斋折露葵”，木槿是山中一种落叶灌木，木槿花朝开夕谢，参禅之人见木槿花感叹人生短暂无常。采露葵，清斋素食，突出诗人远离官场尘嚣后所过的清雅生活。这样淡味的生活对于世俗中的许多人来说可能寡淡无味，但这正是诗人多年向往的生活，因而字里行间可体味出诗人乐在其中，恬淡自足。

最后一联诗人一正一反化用了两个典故，表达自己已看破尘世烦恼之事，绝去俗念，悠乐于山林，与世无争的隐逸心态。野老是诗人自称。“争席罢”的典故出自《庄子·杂篇·寓言》，其中讲杨朱拜从老子学道，去时路上的客人都给他让座，归来路上再遇却反与他“争席”，意表杨朱已学成自然之道，与人无间。第七句，诗人用这一典故来说明自己心境淡泊、与人无争。“海鸥何事更相疑？”用的是《列子·黄帝篇》中的故事。海上有一人本与鸥相亲，互无猜疑，但有一天其父要他抓海鸥回家，他来到海边发现海鸥飞得很远再不复靠近，说明他心中邪念已将关系破坏。这是说诗人自己心无邪念，海鸥还怎么猜疑呢？表明自己清心寡欲、无心与争，这正是诗人“习静”“清斋”的修行成果。

诗人把自己隐居生活的幽雅清淡与山林田园雨后风光结合起来，

创造了一个情景交融的意境，表现了诗人绝尘脱俗的闲情逸致，清新明净，兴味深远，是王维田园诗的代表作之一。

从上面的讲述中，我们可以看出大诗人王维对辋川别墅的青睐。事实上，他在去世之后，就被安葬在了这个风景怡人的美丽山庄。

诗佛的名头不是盖的

我们知道，唐朝很多著名诗人都有自己的名号，比如咱们前面讲过的“诗仙”李白、“诗圣”杜甫，此外，还有“诗骨”陈子昂、“诗杰”王勃、“诗狂”贺知章、“诗家天子”王昌龄、“诗囚”孟郊、“诗奴”贾岛、“诗豪”刘禹锡、“诗魔”白居易、“诗鬼”李贺。那么，王维的名号是什么呢？没错，是“诗佛”。

在王维生活的时代，佛教非常兴盛，士大夫学佛的风气也很流行，尤其是那些政治上不如意的人。王维学佛虽然受母亲的影响，但其实跟他政治上遇到的挫折也有很大关系。他一生几度隐居，以求看空名利，摆脱烦恼。

当然，王维能够得到“诗佛”这个名号，并不是仅仅因为他学佛，更主要的还是在于他的作品。王维有很多诗清冷幽邃，远离尘世，充满禅意，山水意境已超出一般平淡自然的美学，其含义进入一种宗教的境界，这正是王维佛学修养的必然体现。如果你不相信的话，请看下面这三首诗。

guò xiāng jī sì
过香积寺

王维

bù zhī xiāng jī sì，shù lǐ rù yún fēng
不知香积寺，数里入云峰。
gǔ mù wú rén jìng，shēn shān hé chù zhōng
古木无人径，深山何处钟。

quán shēng yè wēi shí　　rì sè lěngqīngsōng
泉声咽危石，日色冷青松。
bó mù kōng tán qū　　ān chán zhì dú lóng
薄暮空潭曲，安禅制毒龙。

这是一首五言律诗，写诗人寻访、游览香积寺，描绘了一座幽静古老的山中寺院。

“不知香积寺，数里入云峰”开篇扣题，诗人置身云雾缭绕的高山中寻访不知在何处的古寺。“不知”二字，说明初次造访，也透露出诗人的随意、洒脱。“数里”暗示山高路远，只见云山不见古寺。云峰掩映中，香积寺更显得深邃幽远，大有曲径通幽之势。

颔联和颈联是写入寺途中，深山密林之奇景。“古木无人径，深山何处钟”，漫步在参天古木之间，人迹罕至之处，只听得远处响起悠悠的钟声，回荡在山谷中。这两句通过描写无人行走的小径，不知何处的钟鸣，衬托出古寺的荒僻杳远、静谧清雅，同时也富有神秘幽静的情调。

颈联仅从听觉和视觉角度突出深山丛林中的幽静、清冷。山中危石嶙峋，泉水流淌，冲击着危耸的岩石，好像痛苦一般发出低沉的呜咽声，这声响和悠远的钟声交响一处，创造出空灵幽静的意境。透过参天古树茂密的枝叶，昏黄的余晖微微照射在松枝上，这是诗人从视觉的角度渲染山林中的清冷、静谧。“冷”字用来形容“日色”，突出了山林的幽深。

“薄暮空潭曲，安禅制毒龙”，天色渐黑，诗人来到了香积寺前的水潭边，看着澄清彻底的潭水，想起了一个佛家典故。《涅槃经》上说：“但我住处，有一毒龙，其性暴急，恐相危害。”“毒龙”可以理解为人的欲望。“安禅”为佛家术语，意为安静打坐。佛门高僧制服毒龙，使毒龙永不伤人。安禅入定，才能克服心中的妄念，领悟高深的禅理，到达内心清净的体道境界，这也正是诗人寻访古寺所体会到的境界。

这首诗通过描写山中的幽深静寂，来映衬山寺遥远、古幽。诗人按照由远到近寻访香积寺的顺序，由景入情，最后表达了“安禅制毒龙”的禅思，构思奇妙、炼字精巧，其间过渡自然，毫无雕饰之感。

niǎo míng jiàn
鸟鸣涧

王维

rén xián guì huā luò，yè jìng chūn shān kōng
人闲桂花落，夜静春山空。
yuè chū jīng shān niǎo，shí míng chūn jiàn zhōng
月出惊山鸟，时鸣春涧中。

这首诗是王维五言绝句组诗《皇甫岳云溪杂题五首》中的第一首，被公认为是描写禅意静境的名篇。皇甫岳，王维的好朋友，云溪则是皇甫岳别墅所在地。

“人闲桂花落，夜静春山空”，这一联对仗整齐自然。诗人一开始便用“人闲”二字点明自己娴静的心境，说明周围没有人事的烦扰。诗人下榻山居，并无人事烦扰，远离车马喧嚣，心境怡然自得。在静谧的环境中，人对大自然的声音和动态的事物十分敏感。桂树枝叶繁茂，而花瓣细小。春桂的花瓣纷纷散落对人的影响极为细微，诗人能发现这种“落”，或因花落衣襟的触觉、声响，或凭花瓣飘落时的芬芳。

在万籁俱寂的春山之夜，诗人愈发觉得春山格外空旷，好像除了自己，周围的一切都不复存在。所以，诗人才能感觉到这细微的变化。因“人闲”而知“花落”，因“花落”而感“夜静”，因“夜静”而觉“山空”。意境环环相扣，一气蝉联而下，具有一种流动的音乐美。怡然的心境和春山静谧的气氛，既互相契合又互相作用。

“月出惊山鸟，时鸣春涧中。”当月亮升起，夜幕笼罩的空谷乍现皎洁银辉之时，山鸟竟然惊觉起来。忽然，一轮明月破云而出。白色的月光洒落山林，惊动了栖息于涧中的山鸟。鸟惊，是由于它们已习惯山谷的静默，似乎连月亮出现也会惊动它们，这正表明春山寂静到了极点。音回空谷，既打破了春山的寂静，同时又使春山愈发显得清幽空寂。“山谷”的寂静与“鸟鸣”的喧闹两者一静一动，相辅相成。诗人运用的这种“以动显静”和“以声写静”的艺术手法让全诗充满了雅致的美感。全诗旨在写静，却以动景处理，这种反衬的手法极见诗人的禅心与禅趣。

chóu zhāng shào fǔ
酬张少府

王维

wǎn nián wéi hào jìng　wàn shì bù guān xīn
晚年惟好静，万事不关心。

zì gù wú cháng cè　kōng zhī fǎn jiù lín
自顾无长策，空知返旧林。

sōng fēng chuī jiě dài　shān yuè zhào tán qín
松风吹解带，山月照弹琴。

jūn wèn qióng tōng lǐ　yú gē rù pǔ shēn
君问穷①通②理，渔歌入浦深。

①穷：失意，归隐。②通：得意，出仕。

这首诗的题目冠以“酬”字，应当是张少府先有诗赠予王维，王维再写此诗为酬。少府，是县尉的别称。古代的时候称县令为明府，县尉是辅佐县令工作的，地位在县令之下，故称少府。全诗主要讲述了诗人“好静”的志趣，意在言志。

首联“晚年惟好静，万事不关心”，诗人一上来就感慨自己一入晚年，就只喜欢清静，对什么事情都漠不关心。看似在描写一种消极的生活态度，但事实上却另有深意。这个“惟”字将作者的心态表露无遗。

“自顾无长策，空知返旧林”，点出“晚年惟好静”的原因。在严酷冷峻的现实面前，诗人的理想落空，不归隐又能怎么样呢？“空”字，含有“徒然”的意思，表面的恬淡好静，却掩饰不住内心的无奈和不满。

颈联“松风吹解带，山月照弹琴”，在松林下凭风而立，对着明月和远山拨弄素琴，这两句描写了安静闲适的山中生活，与污浊的官场生活相对照，同时也表达诗人避世归隐的生活态度，以及对官场生活的厌恶与否定。松林、清风、明月、素琴，都是可以代表隐逸生活的意象，它们象征着超然尘世、高洁孤傲的性情，也是诗人理想的化身。在诗人的笔下，它们也好像与人气息相通，情景相生之下，寥寥数字，勾勒出一幅淡雅的画面，颇有神韵。诗歌的意境也被扩大、深化。

“君问穷通理，渔歌入浦深”，此二句的意思是：你要问仕与隐、得与失的道理吗？我可要唱着渔歌去到河浦深处了。对于“穷通理”的问题，诗人最终没有做出正面的回答，却用含蓄的笔法，隐藏了若干潜台词。“渔歌入浦深”的言外之意是，不如你也不要做那个小官，和我一同归隐去吧。诗人通过对田园山水的描绘，宣扬隐士生活和佛教禅理，可谓“体物精细，状写传神”。

令人心醉的抒情小诗

xiāng sī
相思

王维

hóng dòu shēng nán guó，chūn lái fā jǐ zhī
红豆生南国，春来发几枝。
yuàn jūn duō cǎi xié，cǐ wù zuì xiāng sī
愿君多采撷，此物最相思。

除了边塞诗和山水田园诗，多才的王维还写过许多言及相思别离和朋友间关怀的诗作。这些小诗多是五言或七言绝句，感情真挚，语言明朗自然，不事雕饰，具有淳朴深厚之美，可与李白、王昌龄的绝句比美。这首家喻户晓的《相思》，便是其中的代表。

很多人初读这首诗会产生一种误解，认为它是一首情诗。实际上，这首诗还有一个名字，叫作《江上赠李龟年》，是王维眷怀好友李龟年而写的。李龟年是盛唐时期著名的音乐家，安史之乱时，流落江南一带。杜甫也写过一首《江南逢李龟年》，大家可以找来对比着读。据《唐诗纪事》记载，李龟年曾在湘中采访使的筵席上唱过王维的这首《相思》。

“红豆生南国”点明红豆生长的地区，也是朋友所在之地。红豆生于南方，果实红润浑圆，如珊瑚般晶莹，南方人常用红豆作为镶嵌的饰物。传说古时候有一位女子，她的丈夫死在边疆战场，她便哭死于树下，化为红豆，于是人们又称呼红豆为“相思子”。唐诗中常常用红豆来隐喻相思之情。所谓“相思”，不仅局限于男女情爱，亦可以用在朋友之间。

“春来发几枝”一声轻问，春天到来，红豆的枝丫又发了几枝呢？这句承接得十分自然，设问的语气也显得分外亲切。对友人关怀的心绪自然而然地流露于字里行间。诗人在这里问红豆“春来发几枝”，其实意味深长，是选择富有情味的事物来寄托诗人自己的思念。

“愿君多采撷，此物最相思”，希望你多多采撷，因为只有这红豆才最惹人喜爱，最让人忘不了呢！“此物最相思”是作为补充的理由来解释为何“愿君多采撷”。诗人寄意于对方“多采撷”红豆，实际上是言在此而意在彼。“愿君多采撷”其实是说：“希望你看见红豆，就想起关于我的一切。”意在暗示远方的朋友一定要珍视他们之间的情谊，语言诚挚动人。虽然这里表达的是希望友人能够记得自己，但自己的相思也处处流于言外。

王维善于用素朴的语言表达深厚的思想感情，此诗虽语句浅显，但是意境深刻，在当时广为流传。诗中“红豆”这一意象使人自然而然地联想具有深厚民间基础的爱情故事，如相思木、相思树之类。这种符号上的延续丰富了诗的内涵，让历代读者都能从中得到共鸣。

除了这首《相思》，我们再来学习几首令人心醉的抒情小诗。

wèi chéng qǔ 渭城曲

王维

wèi chéng zhāo yǔ yì qīng chén kè shè qīng qīng liǔ sè xīn
渭城①朝雨浥②轻尘，客舍青青柳色新。
quàn jūn gèng jìn yì bēi jiǔ xī chū yáng guān wú gù rén
劝君更尽一杯酒，西出阳关③无故人。

①渭城：在今陕西西安西北，渭水北岸。即秦代咸阳古城。②浥：润湿。③阳关：在今甘肃敦煌西南，为古代通西域的要道。

这首诗也有另一个名字，叫作《送元二使安西》，是一首极负盛名的送别诗。此诗后来被编入乐府，成为饯别的名曲广为传诵，名曰《阳关曲》，或名《阳关三叠》。安西，是唐代中央政府为统辖西域地区而设的安西都护府的简称，治所在龟兹城（今新疆库车）。诗人这位姓元的友人是奉朝廷的使命前往安西的。

“渭城朝雨浥轻尘”，首句点明了送别的时间、地点、天气情况，以及环境气氛，为送别营造了一个哀思忧伤的氛围。早晨的雨只下了一会儿，只到刚刚润湿尘土的程度。“浥轻尘”的“浥”字是湿润的意思。

“客舍青青柳色新”，客舍是羁旅者在外的居住之地，杨柳更是离别的象征，这两件事物是作者有意关合送别而特地选取的。“轻尘”“青青”“新”这三个词语，声韵轻柔、节奏明快，读起来朗朗上口。清晨，渭城的客舍周围，延伸至视觉尽头的驿道两旁柳树郁郁葱葱。这些极平常的景色在诗人的笔下，却风光如画，构成了一幅色调清新明朗的图景，为送别提供了恰当的自然环境。

三、四两句“劝君更尽一杯酒，西出阳关无故人”，重点在写惜别时诗人与友人的情感交流。要想理解诗人临行劝酒中蕴含的深情厚谊，就必须要对“西出阳关”做出说明。阳关位于河西走廊的尽头，与它北面的玉门关相对。自汉代以来，一直是内地通往西域的交通要道。唐代国力强盛，内地与西域之间往来频繁，出使阳关或从军，在唐人眼里无疑是令人向往的壮举。

对送行者来说，劝对方“更尽一杯酒”，是在试图延宕离别的时间，好让对方再多留片刻，更是希望自己对朋友的情谊能够被他带去那遥远的他乡。朋友“西出阳关”虽是壮举，却免不了路途万里的长途跋涉，那份艰辛与寂寞定是十分苦涩的。因此，在这临行之际，“劝君更尽一杯酒”更像承载了诗人深情厚谊的玉液琼浆。这里面除了依依惜别的情谊，更包含着诗人对远行者的体贴关怀之情。

这首诗之所以流传千古，在于其所写的是一种极为普遍的离别。虽然语句直白平实，但情感真挚深厚。诗人对友人的惜别之情尽在不言中。

shān zhōng sòng bié
山中送别

王维

shān zhōng xiāng sòng bà　　rì mù yǎn chái fēi
山中相送罢，日暮掩柴扉。
chūn cǎo míng nián lǜ　　wáng sūn guī bù guī
春草明年绿，王孙归不归？

这是一首五言绝句，全诗写送别，但却未对依依惜别的情景加以描绘，而是选取了与一般送别诗全然不同的角度和场景来作为着墨点，可谓另辟蹊径、匠心独运。

“山中相送罢”，常规的离别诗本应在此句中描写情深意笃的送别场景，越是依依惜别，掩面而泣，越是说明与友人情深难离。而诗人在此处却用了一个“罢”字，这个字从表面上看来毫无情味，然而却将诗人心中的惆怅与伤感展露无遗。

“日暮掩柴扉”，又更有一番意境。但凡体验过离别之痛的人都深有体会，离人将去的那一刻让人痛彻心扉，但之后蔓延的失落、怅惘往往更加浓重、伤感。一个“掩”字，流露出了诗人的寂寞神态，饱含了诗人对友人的思念之情。

后两句“春草明年绿，王孙归不归”，是从《楚辞·招隐士》中“王孙游兮不归，春草生兮萋萋”一句化出。文中原意是叹游子久去不归，这里是说明年春天来临的时候草必定变绿，但友人却不知能不能归来。这里除了离思，还包含着诗人内心的思想斗争，更可能是缘于与友人对仕途的看法产生了争议。但是二人才能禀赋相似，意气相投，因此诗人希望友人能早日醒悟，返归山林。

sòng bié
送别

王维

xià mǎ yǐn jūn jiǔ　wèn jūn hé suǒ zhī
下马饮君酒①，问君何所之②？
jūn yán bù dé yì　guī wò nán shān chuí
君言不得意，归卧③南山陲。
dàn qù mò fù wèn　bái yún wú jìn shí
但去莫复问，白云无尽时。

①饮君酒：劝君喝酒。饮，使动用法，意为使某人饮。②何所之：之何所的倒装，去到哪里。之，去，到。③归卧：归隐，隐居。

这是一首送别友人归隐山林的诗，诗的开头两句叙事，写饮酒饯别，以设问引起下文；中间两句是用朋友的答话点出了归隐的原因；最后两句是写对友人的劝慰，借以表达自己对功名利禄、荣华富贵的轻视。

第一句“下马饮君酒”，诗歌开篇就直写与友人的饮酒饯行，用质朴无华的叙述方式，点出《送别》一题。

第二句“问君何所之”，以诗人自己对朋友的关切询问“你要到哪里去”，替读者问出心中想问的话。将要分别的朋友，总是有太多想说的话，却不知从何说起，关切爱护、深情厚谊都凝练到一句“问君何所之”里，但已胜过千言万语，惜别之意尽在字里行间。特别是运用设问的句式，引起读者的注意，顺利地引出下文，将话题自然而然地过渡到写归隐上来。

接下来三、四句有了答案：“君言不得意，归卧南山陲。”诗人的朋友答复了诗人的问话，表示自己仕途不顺，做官遭受排挤打击而不得意，于是只好决定归隐终南山下。

“不得意”三个字充满弦外之音，是理解本诗题旨的关键所在。这三个字不仅交代了友人选择隐居的原因，其中也暗含着朋友官场失意后不满的情绪。其实只要稍微注意一下就可以看出，在朋友的这份不平的情绪中，也夹杂了诗人的牢骚和不满，要借着朋友的际遇宣泄一下自己对现实愤懑不平的心绪。

“归卧南山陲”，是朋友告诉诗人自己将要隐居在终南山。这里的“南山”很容易让人联想起陶渊明那句千古传诵的“采菊东篱下，悠然见南山”。因此本句是间接地以陶渊明的淡泊恬静与朋友的品性对比，也借此抒发诗人自己向往隐居、超然物外的情怀。

在诗的最后，诗人在得知好友“不得意”的心情后，以“但去莫复问，白云无尽时”来劝慰他，意思便是，你尽管去吧，我也就不再苦苦追问了。其实，你何必心心念念想着官场的失意呢？尘世的功名利禄、官场的荣辱沉浮总是有尽头的，但山谷中的白云没有穷尽的时候，时时刻刻都伴随着你，你并不会孤独，想想这些你就可以释怀，从失意中走出来了。

最后两句虽然是以释然的话语规劝朋友放下心里的负担，却表现了诗人很复杂的感情。其中有诗人对好友的同情和安慰，有自己对隐居生活的羡慕。在否定人世的荣华富贵的同时，又油然而生一种无可奈何之感。毕竟，同在官场的王维对于政治倾注了太多情感和期待，最终却落空，以失望收尾。与上文的“不得意”联系起来看，这两句中更重要的是与朋友的共鸣。淡泊中，对现实的不满和激愤成了这首诗的潜台词。

从写作方法上来讲，前四句显得平淡，叙述得无色无味。而到了最后两句，诗的意味顿出，渐入佳境，如同慢火熬制的浓汤，要到最后才出味。其实最后精彩的两句并不是空中楼阁凭空而起，而是在前面貌似平淡的四句的铺垫下才得出的。

与此同时，诗人以悠悠白云作为诗歌结尾，寓情于景。“白云”这一景物所象征的，就是优游自得、远离尘世的隐居生活，会让人联想到晋代诗人陶渊明的“云无心以出岫”的飘逸与洒脱。结尾含蓄的表达，瞬间提升了全诗的境界，丰富的想象空间引人入胜。

总之，这首诗歌是借朋友的失意归隐，传达诗人自己的复杂情感，韵味深厚悠长。此外，该诗语句愈淡，情致愈浓，在结尾处韵味骤增，使人感慨无限。

孟浩然

一首诗把皇帝得罪了

隐居鹿门山的年轻人

一杯酒要了他的命

一首诗把皇帝得罪了

如果在李白和王维身上寻找相同点的话，除了同年出生，还有一点不得不提——他们俩都是孟浩然的忘年交。如果说这三个人有什么共同点的话，那就是他们都属牛。

当然，李白认识孟浩然要比王维早。725年，李白前往鹿门山拜会孟浩然。孟浩然看了李白的诗，大加称赞，两人很快成了挚友。三年之后，即728年，孟浩然在长安与王维相识，王维为孟浩然画像，两人成为忘年之交。

小朋友们可能会有疑问，孟浩然去长安做什么，难道是专门拜会王维吗？当然不是，王维是孟浩然的晚辈，要拜会也是王维登门。告诉你们吧，孟浩然其实在前一年就已经到长安了，目的是参加科举考试。我们知道，孟浩然出生于689年，到727年他已经39岁了。一个39岁的老男人跑到京城参加“公务员”考试，说起来还是有些可悲的。但更可悲的是，他竟然没有考中。可想而知，此时的孟浩然是何等的郁闷，作为当时首屈一指的大诗人，郁闷之余自然就要写诗了。于是，他写了下面这首诗。

suì mù guī nán shān
岁暮①归南山②

孟浩然

běi què xiū shàng shū, nán shān guī bì lú
北阙③休上书，南山归敝庐。
bù cái míng zhǔ qì, duō bìng gù rén shū
不才明主弃，多病故人疏。
bái fà cuī nián lǎo, qīng yáng bī suì chú
白发催年老，青阳④逼岁除。
yǒng huái chóu bú mèi, sōng yuè yè chuāng xū
永怀愁不寐，松月夜窗虚。

①岁暮：年终。②南山：唐人诗歌中常以南山代指隐居处，这里指作者家乡的岘山，一说指终南山。③北阙：皇宫北面的门楼，汉代上书奏事和群臣谒见都在北阙，后用作朝廷的别称。④青阳：指春天。

这是一首五言律诗，首联“北阙休上书，南山归敝庐”的意思是，我已经停止去皇宫进奏章请求谒见，决定归隐到南山破旧的草庐。一北一南，一个在繁华的帝都，一个在幽静的山林，前者代表出世，后者代表归隐。诗歌一开篇诗人便举出相对的事物，可见心中有诸多矛盾，心绪烦乱。一个“归”字紧扣题目，写出诗人决定的意向。

颔联“不才明主弃，多病故人疏”讲的是失意的缘由：因为我缺少才华和能力而被明主遗弃，由于身体多病旧友也渐渐疏远了我。说自己“不才”而遭“弃”这是委婉的说法，实际上是怀才而失遇，表达了千里马难遇伯乐的苦闷。“明主”一词含有奉承赞美之意，似乎又在说有才而不用正是“不明之主”。而“多病故人疏”一句也很委婉，本意是表达对“故人”不能使圣主明察自己才能的幽怨之情，表面上却说是因为自己“多病”而导致了故人的疏远。字里行间，看尽世态炎凉，道出了自己穷困潦倒的窘境。

“白发催年老，青阳逼岁除”，颈联是诗人感叹虚度年华、壮志难酬。“白发”“青阳”本无情，但诗人却说是白发催促年华流逝，春天逼迫着旧的一年过去，表达自己不想一生布衣毫无作为却又没有任何办法的无奈心情。这两句的意思是，随着时光的流逝，头上的白发催得人衰老，岁月也无情地以新春逼迫着旧岁消除。在求仕与归隐的矛盾心情下，经历过官场世态、人情冷暖的诗人感到前途渺茫。况且两鬓斑白，华发早生，年华已逝，自己却仍然一事无成，想到这里诗人不免黯然神伤。

“永怀愁不寐，松月夜窗虚”，尾联抒发了诗人空虚寂寥的胸怀。意思是，我心中怀有如此多的愁绪，萦绕在胸使我彻夜无法入眠，抬头看看窗前，松下一片皎洁的月光更增加了我心中的空虚。诗人的苦闷难以排解，致使他“愁不寐”，这句写出了诗人焦灼无奈的心态。最后一句是写景，与上句的感情交融，更好地烘托出诗人内心的空寂。“虚”字，表面上写的是月光照耀下窗前的空虚，夜晚的静谧空灵，而实际上也反衬出了诗人仕途前程的空虚。

孟浩然虽然写了这首诗，但这只不过是发发牢骚罢了，他并没有真的立即起程“归南山”，而是留在长安做了一件事。一件什么事呢？一件和后来的李白、杜甫做的一样的事——献赋以求赏识，说白了也就是“干谒”。据史料记载，孟浩然曾在太学赋诗，名动公卿，一座倾服，为之搁笔。大概也就是在这种情况下，孟浩然结识了王维。

王维对孟浩然的仰慕之情不亚于李白。我们知道，王维和孟浩然都是山水田园诗派的代表人物，后人为了突出两人对山水田园诗派的突出作用，甚至将其称为“王孟诗派”。不过，要注意的是，孟浩然是唐代第一个创作山水诗的诗人，是先行者。因此，当王维见到孟浩然时，其心情大概和粉丝见到偶像时的心情是一样的。不过，接下来我们要讲的这个故事就有点黑色幽默了。

据说，王维曾经把孟浩然请到自己办公的地方，正当两人谈笑正浓时，唐玄宗突然驾到。孟浩然大惊，因为他是一介布衣平民，不便接驾，于是在情急之下便藏到了床底。王维在官场待过，深知如果隐瞒那便是欺君之罪，于是就向唐玄宗如实禀报了。唐玄宗对于孟浩然的诗名也早有耳闻，于是命他出来，并且向他索诗。结果，孟浩然就把最近刚写的这首《岁暮归南山》背了出来。唐玄宗听完后很生气，说道：“卿不求仕，而朕未弃卿，奈何诬我？”意思是，你老人家自己不求做官，并不是我放弃你，你为什么要诬陷我呢？于是，孟浩然的仕途被彻底断送了。

事实上，对于孟浩然来说，这原本是一个天大的好机会。要知道，皇帝不是谁想见就能见到的，只可惜这个机会被一首牢骚诗给搞砸了。老天爷真是给孟浩然开了一个天大的玩笑。这件事告诉我们，面对挫折要有积极的心态，不要整天发牢骚。

对于这个故事，也有人质疑。728年，王维已经辞官赋闲，也是一介布衣，皇帝怎么会登他的门呢？因此，有人说引荐孟浩然的不是王维，而是张说，也有人说是李元绂，甚至有人说是李白。又有人出来反驳说，虽然王维辞了官，但他跟皇亲国戚们走得都很近，尤其是玄宗的兄弟姐妹，如宁王、岐王、玉真公主等，所以唐玄宗赏识王维家也不是不可能的。不管真相如何，孟浩然的仕途算是没了。因此，他决定返回家乡，彻底隐居。在临走之前，他写了一首诗送给王维。

留别王维
liú bié wáng wéi

孟浩然

jì jì jìng hé dài，zhāo zhāo kōng zì guī。
寂寂竟何待，朝朝空自归。
yù xún fāng cǎo qù，xī yǔ gù rén wéi。
欲寻芳草去，惜与故人违。
dāng lù shuí xiāng jiǎ？zhī yīn shì suǒ xī。
当路谁相假？知音世所稀。
zhǐ yīng shǒu jì mò，hái yǎn gù yuán fēi。
只应守寂寞，还掩故园扉。

这是一首五言律诗，诗中有失望惆怅，也有对世上知音稀有的叹息，更有对友人的留恋之情，众多复杂的感情呼之欲出、溢于言表。

“寂寂竟何待，朝朝空自归”，在长安寂寞无聊还有什么可待？每天都碌碌无为，无所事事，只能独自空手而归。这一联写的是诗人落第后的景象，“寂寂”二字，既写出门前车马稀疏的寥落景象，也反映出诗人心中的空虚和寂寞。“朝朝”与“寂寂”相对，是每天的意思，尽写在长安图仕的落空，同时也为后面的“知音世所稀”做了铺垫。

“欲寻芳草去，惜与故人违”，意思是说诗人要归隐山林去寻芳草，但又顾念与朋友的感情不忍分手相违。“欲寻芳草去”，承接首联，进一步提出诗人返乡归隐的考虑，后一句情感一转，写出诗人对友情的珍惜。矛盾之中更突显诗人的惜别之情，也为下面“知音世所稀”起到过渡作用。

“当路谁相假”，诗人做出了有力的反诘：在这个复杂的官场中，哪有一个人愿意提携我呢？诗人想到这里，不禁发出“知音世所稀”的慨叹：在这个世界上我的知音实在是太少了。能够真正了解自己才华和心情的人，大概也只有王维一个了。

“只应守寂寞，还掩故园扉”，最后一联的意思是或许我只应该空守寂寞，还是返乡关闭故园的门扉，重回隐居生活吧。在诗歌的结尾，诗人胸中强烈的感情喷发而出，怨怼“知音世所稀”的同时也对落第感到深深的无奈。“只应”二字，带有些许的无奈和后悔，在诗人看来，这样失败的结果只能说明自己到长安应举本身就是一个错误的选择，自己应该一直坚持隐居，何必心向红尘俗世间来自讨没趣；“还”字，表明诗人已经不再想留在长安求仕了，已经心灰意冷，去意已决。

这首诗由落第失败而考虑返乡，又由返乡过渡到惜别友人，紧扣“留别”的主题，最后以深沉无奈的感叹再次提出自己回乡隐居的决心。诗人用平淡而简单的语气将决意返乡归隐的心情娓娓道来，极尽自然，毫无雕饰之迹，把这种复杂的感情写得深沉而不繁杂，寓意深刻，耐人寻味。

隐居鹿门山的年轻人

虽然孟浩然仕途不顺令人惋惜，但从另一个角度来说，远离官场的尔虞我诈，在美妙的大自然之中享受快乐，对于他本人来说，也不失为一件幸事。事实上，以孟浩然不媚俗世的性格来说，他确实不适合混迹官场。从长安返回家乡的路上，他一定想起了年少时在鹿门山隐居的美好时光。

689年，孟浩然出生在襄阳城中一个薄有恒产的书香之家。鹿门山就位于襄阳城东南30里处，濒临汉江，与岘山隔江相望。东汉末年，名士庞德公也曾在这里隐居。

708年，20岁的孟浩然第一次游历鹿门山，便喜欢上了这个地方，从而在兴奋中写下了一首《登鹿门山》。由于篇幅所限，有兴趣的同学，可以自己找这首诗读一下，这里就不详细介绍了。孟浩然实在太喜欢鹿门山了，于是三年之后，他就离开了舒适方便的襄阳城，与好友张子容一同搬到鹿门山中，过起了恬淡的隐居生活。广为流传的《春晓》，就是在这期间写出来的。

chūn xiǎo
春晓

孟浩然

chūn mián bù jué xiǎo，chù chù wén tí niǎo。
春眠不觉晓，处处闻啼鸟。
yè lái fēng yǔ shēng，huā luò zhī duō shǎo？
夜来风雨声，花落知多少？

这是一首五言绝句，诗人抓住春日黎明的短暂瞬间捕捉典型而细微的春天气息，表达了自己对春天来临的喜爱和对春光易逝的怜惜，景色迷人，意境优美。

“春眠不觉晓，处处闻啼鸟”，在春日里对黎明的来临总是后知后觉，不知不觉便到了早晨，从酣梦中醒来，到处都能听到鸟儿明快的啼叫声。诗的前两句没有直接描绘眼前的春而是写诗人因春宵梦酣，天空既白还不知道，只听到鸟儿到处在欢快地鸣叫。

“夜来风雨声，花落知多少”，可爱的春晓景象，使诗人不禁回忆起昨夜庭院里可爱的花儿来。想起夜里于朦胧中听到的阵阵风雨声，诗人感叹不知道庭院里的花现在到底被吹落了多少。可以想象，也许正是夜里的轻风细雨使诗人很快进入了甜美的梦乡，也正是在这场春风春雨后春光才更加明媚，可是它却不知摇落了多少春花。春花落尽也代表春天就要结束了，想到这里诗人不禁担忧起来。

这首诗题材贴近生活，语言明白晓畅，读起来朗朗上口。小诗仅仅二十个字，却写得情景交融，意味隽永。在结构上也回环曲折，其中有眼前与回忆的时间变换，也有春雨前后的阴晴交替，诗情错落有致，结构完整，令人回味无穷。

与唐朝大多数诗人一样，孟浩然也是一个喜欢交朋友的人，走到哪儿就交到哪儿。鹿门山如此隐蔽，孟浩然在其中也有朋友可交。这不，一位热情的朋友就把他请到自家农庄做客了。

过①故人庄
guò gù rén zhuāng

孟浩然

gù rén jù jī shǔ yāo wǒ zhì tián jiā
故人具鸡黍②，邀我至田家。
lǜ shù cūn biān hé qīng shān guō wài xié
绿树村边合，青山郭③外斜。
kāi xuān miàn chǎng pǔ bǎ jiǔ huà sāng má
开轩面场圃，把酒话桑麻。
dài dào chóng yáng rì hái lái jiù jú huā
待到重阳日，还来就菊花。

①过：拜访。②鸡黍：字面指鸡和黄米饭，这里指农家待客的丰盛饭食。黍，黄米，古代认为是上等的粮食。③郭：古代城墙有内外两重，内为城，外为郭。这里指村庄的外墙。

这是一首脍炙人口的田园诗，也是孟浩然的代表作之一。诗歌通过描写一个普通农庄中的农家宴请，表达了诗人宁静淡泊的情怀。诗人用清丽的语言奏响了一首淡雅悠远的田园交响曲。

“故人具鸡黍，邀我至田家。”诗的首联写老朋友邀“我”到家宴饮，共叙家常。没有虚礼，有“邀”就“至”；不用排场，“具鸡黍”相邀既表现出农家特有风味，也显示出主人的热情淳朴，主客之间的真挚感情跃然纸上。开篇自然而亲昵，使人读来很快进入情境之中，既紧扣题目中的“故人”，也为下面做了铺垫。

“绿树村边合，青山郭外斜”，漫步进入村中，看到的是清新的景象。绿树环抱之中，郭外的青山静静地陪伴孤独的小村庄，诗人由远及近，将村庄在远处青山的掩映中，被绿树环绕的景象写得生动形象，优美的自然环境给人带来身心的愉悦。景物描写中传递出诗人愉快的心情。

正是由于“故人庄”出现在这样的自然和社会环境中，因此宾主才会“开轩面场圃，把酒话桑麻”，打开窗子，面临菜园和打谷场，农家的景象令人顿觉轻松，心旷神怡。在这样明亮的农家小舍中，没有疲惫只有轻松，没有尘世的纷扰，只有心灵的简单与平静，所以宾主之间的谈话也不是富有深意的内容，他们只是端起酒杯随便谈着眼前看到的农事。怡风送爽，窗外田野中正在劳作的农民，闻到了泥土的清新香气，听到了主客谈话时发出的欢声笑语。在这样宁静优美的田园风光中，与故人举杯共饮，闲话农事。诗人忘记了尘世间的一切烦恼、失意与惆怅，对于诗人来说这里何尝不是心灵的一个隐逸之所呢！

“待到重阳日，还来就菊花。”诗人被简单清新的农庄生活吸引，更被故人真挚淳朴的情感深深打动。临行前，诗人与主人再次相约，秋日重阳节再来一同把酒临风，共赏菊花。结尾处，尽显主客亲密融洽，但似乎余兴未尽，尚有依依不舍之情。

这首诗用简单明丽的语言描绘了宁静的山中小村庄，平铺直叙地讲了一个闲适赴宴的故事，平淡到没有一个令人感到心潮澎湃的字眼。诗中描写的都是农家日常生活中常见的情景，生动地描绘了故人农庄的自然风光，表现了农家的生活情趣，同时也寄托着诗人宁静淡泊的情志。本诗不事工巧极其自然，句句不见锤炼痕迹，却并不孤立薄弱，看似平淡如水，读罢细品便觉此诗如一幅田园风光水墨画。诗人将事、景、情融合在一起，形成了强烈的艺术表现力，不愧为孟诗中的上乘之作。

一杯酒要了他的命

孟浩然仕途遇挫，从长安回到襄阳之后，在家乡待了一年。第二年，即730年，他再次离乡前赴洛阳，接着漫游吴越，借以排遣仕途失意的悲愤。途经建德之时，诗人写下了著名的《宿建德江》。

sù jiàn dé jiāng
宿建德江①

孟浩然

yí zhōu bó yān zhǔ　　rì mù kè chóu xīn
移舟泊烟渚②，日暮客愁新。
yě kuàng tiān dī shù　　jiāng qīng yuè jìn rén
野旷天低树③，江清月近人。

①建德江：指新安江流经建德（今属浙江）的一段。②烟渚：指江中由雾气笼罩的小沙洲。烟，一作“幽”。③天低树：天幕低垂，好像和树木相连。

这是一首五言绝句，诗人选取了能够充分表现漂泊孤寂的景物，通过描绘暮色中船停靠岸边时看到的江景，轻描淡写地表达出了内心的客居乡愁，抒发了心中的羁旅之思。

“移舟泊烟渚，日暮客愁新”，在烟雾弥漫之中，诗人把船停靠到岸边沙洲旁，残阳西落的黄昏又给他增添一份新的哀愁。“移舟”，就是把船靠岸的意思；“泊”字点出泊船而宿，紧扣题意。“渚”即水中小洲。在烟雾朦胧的暮色中，停船准备夜宿，简单的叙述为下面的写景抒情做了铺垫。

“野旷天低树，江清月近人”这两句是写景，空旷的原野上远处的天空好像比眼前的大树还低；清澈的江水中，月亮的倒影仿佛与人更加亲近。诗人用一个对偶句来铺写景物，苍茫无垠的宇宙中只有一个即将在江水上夜宿的孤独旅人，与天地为伍，和树影、月影做伴。一颗愁心驰骋在空旷寂寞的原野上，融入寂静的天宇中，更添一份新的愁绪。

这是一首刻画秋江暮色的诗，诗中先记叙羁旅夜泊之事，再借描写日暮生烟之景抒发愁绪，最后用天地浩渺明月伴人收束全诗，虚实映衬，构成一个千古难寻的绝妙意境。全诗淡有余味，含而不露，语句自然流出，颇有浑然天成之风韵。

从这首诗的愁绪中，我们可以看出，诗人并没有完全放弃对仕途的渴望。果然，733年，孟浩然再入长安寻找门路。这一年的五月，张九龄升任检校中书侍郎，十二月，授中书侍郎同中书门下平章事（宰相）兼修国史，主理朝政。我们知道，王维后来就是被张九龄提携起来的，而孟浩然与张九龄的关系也很好，他觉得自己机会来了，于是便写了一首干谒诗投递给张九龄。

wàng dòng tíng hú zèng zhāng chéng xiàng

望洞庭湖①赠张丞相

孟浩然

bā yuè hú shuǐ píng，hán xū hùn tài qīng

八月湖水平，涵虚②混太清③。

qì zhēng yún mèng zé，bō hàn yuè yáng chéng

气蒸④云梦泽⑤，波撼岳阳城。

yù jì wú zhōu jí，duān jū chǐ shèng míng

欲济无舟楫，端居耻圣明。

zuò guān chuí diào zhě，tú yǒu xiàn yú qíng

坐观垂钓者，徒有羡鱼⑥情。

①洞庭湖：中国第二大淡水湖，在今湖南北部。②涵虚：包含天空，指天空倒映在水中。③混太清：与天混为一体。太清，指天空。④气蒸：一作“气吞”。⑤云梦泽：指湖北南部、湖南北部一带低洼地区，洞庭湖是它南部的一角。⑥羡鱼：语出《淮南子·说林训》：“临河而羡鱼，不如归家织网。”

这是一首五言律诗。虽然是投赠之作，但诗人没有直表心意，而是通过身在烟波浩渺的洞庭，想渡水却无舟楫的情况，进而发出临渊羡鱼的慨叹。

“八月湖水平，涵虚混太清”，这两句是说，初秋八月，湖水上涨，天空在几乎与岸平齐的水面形成迷茫的倒影，水天浑然一体。开篇诗人即点明时间，正值“八月”，洞庭湖湖水泛溢。这一句写的是诗人极目远眺所看到的景色，八百里洞庭湖水浩浩汤汤，与天相接，广阔浩瀚。“平”字，表现出湖水上涨，欲溢出堤岸的气势。接下来，诗人俯瞰湖中，天空在水面形成的倒影，使水天浑然相融。

“气蒸云梦泽，波撼岳阳城”，这两句的意思是，云梦泽水汽蒸腾浩渺一片，洞庭湖波涛汹涌似乎要撼动岳阳城。这两句承接第一、二句，波澜壮阔的湖面上，风卷云涌，汹涌的波涛，层层向前，拍打着岳阳城的城墙，似乎要将城池撼动。“撼”字，把汹涌澎湃的洞庭湖水写得十分传神，并具有自己的意识，显示出水势上涨的秋季，洞庭湖烟波浩渺、波澜壮阔的气势，具有惊心动魄、震撼人心的艺术力量。

前四句描写洞庭湖秋景，意境壮美，后四句转为抒情，表明心意。“欲济无舟楫，端居耻圣明”，这两句的意思是，我想渡过这浩波飞荡的洞庭水，却因为找不到船和桨而感到十分苦恼，在这大唐盛世中，我依然悠闲地隐居于山林，实在感到有些不好意思。这两句实际上是在向张丞相表明心迹，在这太平盛世，人人都出来为国家做贡献，我虽是隐士，对于出仕为官还是心向往之的，只不过就像渡河找不到船只和桨一样，我想出仕却找不到门路。

“坐观垂钓者，徒有羡鱼情”，闲坐看着别人在河边殷勤地垂钓，我多想一展身手，施展才华，却只能白白地羡慕被钓上来的鱼。诗人巧妙地引用了《淮南子·说林训》中的名句：“临河而羡鱼，不如归家织网。”并从中翻出新一层意义；同时“垂钓”之事也正好与前面所描写的洞庭湖水照应。诗歌从远观洞庭水写到欲渡洞庭水再写到钓鱼之事，合情合理，层次分明，结构完整，一气贯通，委婉地表达了诗人希望通过张九龄引荐，干一番事业的急切心情。

孟浩然这首诗是赠予张九龄看的，目的与一般干谒诗没有什么不同，只不过诗人为了保持隐逸者的清高，在写作笔法上力求泯灭干谒的痕迹，措辞委婉，不卑不亢。在不失身份的前提下，用语得体，不落俗套。诗中有景有情，层次有转有合。在诗人的笔下本来是用来求推介的洞庭湖水竟然被渲染得意境雄浑，蕴含着浓郁的诗意，因而本诗也不失为一篇出色的山水诗。

不知是因为之前的“不才明主弃”把唐玄宗彻底得罪了，还是张九龄觉得孟浩然压根不是当官的材料。总之他没有像对待王维一样提拔孟浩然。于是，孟浩然又回到了襄阳。四年之后，即737年，张九龄担任荆州长史，将孟浩然招致幕府，但他没干多久便辞职回老家了。第二年夏天，孟浩然回到荆州一带游览，夏天时他的后背长了疮，于是回襄阳养病。次年他的病加重，很多好友前往探看。

740年，好友王昌龄遭贬官途经襄阳，前去探访孟浩然，两人相见甚欢。这时候，孟浩然背上的毒疮经过医治已经快好了，于是他也就无所顾忌，与王昌龄纵情宴饮，结果疾发身亡，享年52岁。

高适　王昌龄
岑参　王之涣

写边塞诗最牛的四个人

边塞诗人都喜欢写送别诗

铁汉也有柔情时

写边塞诗最牛的四个人

前面在讲到王维的时候，我们提到了边塞诗以及边塞诗派。唐朝的两大诗派我们都讲过了，一个是山水田园诗派，另一个就是边塞诗派。虽然王维的边塞诗也写得不错，但如果真要划分的话，他还是得归入山水田园诗派，而边塞诗派真正的代表还得说高适、王昌龄、岑参、王之涣。这四个人由于边塞诗写得太好了，因此史学家将他们并称为“边塞四诗人”。

在四个人当中，王之涣的年纪最大，他出生于688年。我们应该还记得，孟浩然出生于689年，也就是说，王之涣比孟浩然还大1岁。而孟浩然比李白大一轮，也就是12岁，那么王之涣也就比李白大13岁。此外，王昌龄出生于698年，比李白大3岁；高适出生于704年，比李白小3岁；岑参出生于715年，比李白小14岁，比杜甫小3岁。

从年龄可以看出来，王之涣、王昌龄和高适这三个人比较接近。事实上，他们确实是生活中的好朋友，经常在一起喝酒游玩，旗亭画壁说的就是他们三人的故事。

有一天，三位诗人一起到旗亭（即酒楼）去饮酒，忽然有十余名梨园的伶官登楼宴饮。于是三人离席，相互依偎地缩在角落里，围着小火炉看她们表演。过了一会儿，又有四位漂亮而妖媚的梨园女子登上楼来。随即乐曲奏起，女子们演奏的都是当时有名的曲子。王昌龄低声说道：“咱们三人都是诗坛有名的人物了，但一直不能分个高低。今天算是个机会，咱们悄悄听这些歌女唱歌，谁的诗入歌词多，谁就最厉害。”另外两人点头称是。

一位歌女首先唱道：“青海长云暗雪山，孤城遥望玉门关。黄沙百战穿金甲，不破楼兰终不还。”王昌龄用手指在墙壁上画了一道：“我的一首绝句。”

随后一歌女唱道：“雪净胡天牧马还，月明羌笛戍楼间。借问梅花何处落，风吹一夜满关山。”高适伸手画壁：“我的一首。”

又一歌女出场："秦时明月汉时关，万里长征人未还。但使龙城飞将在，不教胡马度阴山。"王昌龄又伸手画壁，说道："两首绝句。"

王之涣年纪最大，出名最早，但歌女们竟没有唱他的诗，他脸上有点挂不住了，于是就对那二位说："这几个都是不出名的乐官，所唱的都是些'下里巴人'词曲，那些'阳春白雪'的高雅之曲，她们哪里唱得了呢！"随后，他指着最漂亮的一个歌女道，"如果这位乐官唱的不是我的诗，我这辈子都不和你们争高低了；如果唱的是我的诗，您二位就拜倒于座前，尊我为师好了。"三位诗人说笑着、等待着。

过一会儿，轮到那个最漂亮的姑娘唱了，只听她唱道："黄河远上白云间，一片孤城万仞山。羌笛何须怨杨柳，春风不度玉门关。"王之涣得意至极，揶揄王昌龄和高适道："怎么样，乡巴佬，我说得没错吧！"三位诗人开怀大笑。

虽然这个故事有多个版本，其真实性还有待考证，但故事中的诗却是真实存在的。记住了这一个故事，也就是记住了四首诗，这个方法是不是很棒呢？下面，我们就来具体讲一讲这四首诗。

cóng jūn xíng qī shǒu
从军行七首（其四）

王昌龄

qīng hǎi chángyún àn xuě shān, gū chéng yáo wàng yù mén guān.
青海①长云暗雪山，孤城遥望玉门关。
huángshā bǎi zhàn chuān jīn jiǎ, bú pò lóu lán zhōng bù huán.
黄沙百战穿②金甲，不破楼兰③终不还。

①青海：指青海湖。②穿：磨破。③楼兰：汉代西域国名，这里泛指当时骚扰西北边疆的敌人。

这首《从军行》没有抒发戍边士兵的思乡之情，而是通过描写战士们屡战杀敌的忠勇，表达了他们精忠报国的决心。

"青海长云暗雪山，孤城遥望玉门关"，诗的前两句写边疆的自然环境和孤城所在的地理位置。"暗"字给全诗奠定了沉重压抑、苍凉悲壮的基调。青海湖的上空，密布着浓浓的乌云，连绵的祁连雪山被遮挡得黯然无光。从这座边塞的孤城回头遥望，朦胧中看到的就是玉门关了。

“黄沙百战穿金甲，不破楼兰终不还”，这两句的意思是在黄沙遍地的古战场上，将士们一次次地战斗着，身上的铁甲都已经磨破了。“金甲”是用金属做的铠甲战衣。“穿”字，进一步表现出战事的激烈和频繁。如果一战便胜，想必早就班师回朝了，铠甲不会磨破，也就没有后面的“不还”一说了。而连年的激烈战斗虽然磨破了金甲，但却没有磨掉将士们的意志，他们立誓不败楼兰绝不回家。

本诗前边的写景雄壮、苍茫、遒劲、悲凉，却没有低沉、哀伤之感。意境越悲凉，战士们的决心就越坚定，这首诗所表现的豪情壮志，也正是盛唐气象的表现之一。

塞上①听吹笛
sāi shàng tīng chuī dí

高适

雪净②胡天③牧马还，月明羌笛戍楼间。
xuě jìng hú tiān mù mǎ huán, yuè míng qiāng dí shù lóu jiān.

借问梅花何处落，风吹一夜满关山。
jiè wèn méi huā hé chù luò, fēng chuī yí yè mǎn guān shān.

①塞上：指凉州（今甘肃武威）一带边塞。②雪净：冰雪消融。③胡天：指西北边塞地区。

这是一首描写塞上风光的诗，是高适在哥舒翰幕府时所作。

诗人选取了一系列带有边地特征的景物，用虚实相生的手法创造了一个开朗壮阔的意境。首句中“雪净”“牧马”暗示时令季节，透露出冰雪消融，大地回春的消息。天近黄昏，战士们牧马而归，月光静静地从天空中洒下清辉。

“月明羌笛戍楼间”，这时候，不知道从哪座戍楼传来悠悠的羌笛之声。吹奏的是什么曲子呢？下一句诗人做出了回答。

“梅花何处落”，这是一句问话，同时也照应了上句。《梅花落》是汉乐府中二十八横吹曲之一，其乐曲和诗词以傲雪凌霜的梅花为主题，是千百年来一直流传的笛子曲代表作。这一句中将曲名拆分开来，兼用“落”字的意思。风吹笛声传到何处去了呢？“风吹一夜满关山”。

全诗由描写边塞风光到听闻《梅花落》进而想到了有梅花盛开的故地，流露出淡淡的思乡情绪。但是，诗人笔下的思乡之情感而不伤，显示出盛世大唐的开朗乐观精神。

出塞二首（其一）

chū sài èr shǒu

王昌龄

qín shí míng yuè hàn shí guān wàn lǐ cháng zhēng rén wèi huán
秦时明月汉时关，万里长征人未还。
dàn shǐ lóng chéng fēi jiàng zài bú jiào hú mǎ dù yīn shān
但使龙城[①]飞将[②]在，不教胡马度阴山[③]。

①龙城：是指卢龙城，在今河北喜峰口附近一带。②飞将：指的是汉朝名将，人称“飞将军”的李广。③阴山：在今内蒙古中部。

这首诗大约是王昌龄早年赴西域时所写。诗中描写了辽阔的边塞景象，表达了任用良将、平息战事的希望。

起句写景，气势雄浑，被认为是千古妙句之一。“秦时明月汉时关”，声调高昂，统摄全篇，意思是秦汉时期的明月，秦汉时期的关，在修辞上属于互文的手法。由秦汉自唐以来，明月时时照着这片土地，没有改变过，与此同时，从秦汉以来这里的战事也从来没有停歇过。

“万里长征人未还”，万里形容远征距离之远，行程之艰辛。“万里”给人寥廓的空间感。“人未还”，诗人联想到古来多少男儿战死沙场，连年战争给人民带来的离别，甚至是死亡的灾难，也使千万个家庭妻离子散，这句话表达了诗人对战争的反对和悲愤的心情。

那么，怎样才能让战争停止呢？诗人给出了自己的期望——“但使龙城飞将在，不教胡马度阴山。”诗人希望在唐代也能有像汉朝李广一样所向披靡的将军率军出征，取得胜利，给人民创造一个和平的生活环境。这不仅仅是汉代人民的希望，唐代人民的希望，更是世世代代人民的希望。

liáng zhōu cí
凉州词①

王之涣

huáng hé yuǎn shàng bái yún jiān　yí piàn gū chéng wàn rèn shān
黄河远上白云间，一片孤城万仞山。
qiāng dí hé xū yuàn yáng liǔ　chūn fēng bú dù yù mén guān
羌笛何须怨杨柳，春风不度玉门关。

①凉州词：即为凉州歌的唱词。《乐府诗集》中载有《凉州歌》，并说明是唐玄宗开元年间西凉府都督所进。

王之涣这首《凉州词》写的是戍边征夫思乡不得还的离愁别恨，诗情起伏有致，格调苍凉而慷慨，写出了盛唐气象中诗人广阔的胸襟，可谓是“唐音”的典型代表。

诗的首句“黄河远上白云间”按照从下到上、由近到远的顺序描绘了一幅动人的画面：向远处望去，波涛汹涌、气势澎湃的黄河水浩浩荡荡，像一条绮丽的缎带轻盈地向白云之间飞去，写出了黄河一泻千里的气势。唐诗中描写黄河的好句很多，这一句的独特之处就在于，诗人选取与黄河河流相反的方向为参照，“上”字，渲染了黄河高低错落、源远流长的壮阔之美，同时也展现了凉州边塞广袤无垠的壮丽之美。

次句“一片孤城万仞山”点出了本诗的主要意象——塞上的孤城。在辽阔的画卷中，如果“黄河远上白云间”是远景、大背景的话，这一座“孤城”就是近景，是整个画卷的中心。“万仞山”在黄河白云的映衬下，静静地守护着一座孤城。这个大漠中的孤城就是塞北边关的戍守堡垒了，“孤城”意象的引入，为下面两句中刻画征夫的心理做好了准备。

第三句“羌笛何须怨杨柳”，由视觉转为听觉，羌笛之声忽然而至，使征夫们心中顿生思乡之感，心中一阵悲凉。“杨柳”是唐诗中常用的意象，因为“柳”与“留”同音，所以折柳相赠的意思是劝君暂留的意思。所以，在唐诗中“杨柳”这个意象往往与离愁别绪联系在一起。无须多问，这悠扬传来的苍凉遒劲的羌笛之声，一定会引起征夫们对家乡和亲人们的思念，更何况吹奏的还是《折杨柳》呢？此情此景，对于离家万里的征夫们来说，由于思乡心切，不用见到折杨柳，就是听到《折杨柳》的曲子也会触动心中隐隐的离恨。这一句十分巧妙，诗人不直接说“羌笛何须闻折柳”而是说“怨杨柳”，怨字，深化了诗意也点明了征夫们的心态。

最后一句“春风不度玉门关”意思是，过了玉门关，即使春天来了，杨柳树也不会变绿，也就是说边地气候寒冷异常，春天来得很晚，言外之意是在物产不丰的塞外边关，分别时刻想要折柳相赠都难以实现。思乡之情更为强烈，进一步升华为对杨柳的怨恨，使上一句的诗意到此喷薄而出，水到渠成。

在“边塞四诗人”中，虽然岑参的年纪是最小的，但他的成就与另外三人相比一点也不逊色。他与高适的关系很好，而且两人写诗的风格相近，所以世人将他们二人并称为“高岑”。下面，再为小朋友们介绍一首岑参的《走马川行奉送封大夫出师西征》。这首诗虽然有些长，但读起来朗朗上口，大家最好还是和以前一样背下来。

zǒu mǎ chuān xíng fèng sòng fēng dà fū chū shī xī zhēng
走马川①行奉送封大夫②出师西征

岑参

jūn bú jiàn zǒu mǎ chuān， xuě hǎi biān，
君不见走马川，雪海边，

píng shā mǎng mǎng huáng rù tiān。
平沙莽莽黄入天。

lún tái jiǔ yuè fēng yè hǒu　yì chuān suì shí dà rú dǒu
轮台九月风夜吼，一川碎石大如斗，
suí fēng mǎn dì shí luàn zǒu
随风满地石乱走。
xiōng nú cǎo huáng mǎ zhèng féi　jīn shān xī jiàn yān chén fēi
匈奴草黄马正肥，金山西见烟尘飞，
hàn jiā dà jiàng xī chū shī
汉家大将西出师。
jiāng jūn jīn jiǎ yè bù tuō　bàn yè jūn xíng gē xiāng bō
将军金甲夜不脱，半夜军行戈相拨，
fēng tóu rú dāo miàn rú gē
风头如刀面如割。
mǎ máo dài xuě hàn qì zhēng　wǔ huā lián qián xuán zuò bīng
马毛带雪汗气蒸，五花连钱旋作冰，
mù zhōng cǎo xí yàn shuǐ níng
幕中草檄砚水凝。
lǔ qí wén zhī yīng dǎn shè　liào zhī duǎn bīng bù gǎn jiē
虏骑闻之应胆慑，料知短兵不敢接，
chē shī　xī mén zhù xiàn jié
车师③西门伫献捷。

①走马川：即车尔成河，在今新疆境内。②封大夫：即封常清，唐朝将领。③车师：为唐北庭都护府治所庭州，今新疆乌鲁木齐东北。

岑参在任安西北庭节度使判官时，受到大唐名将节度使封常清赏识，岑参写这首诗是为封常清出兵征讨播仙壮行。

全诗内容可分为三部分。

第一部分写边塞风沙的猛烈。“君不见走马川，行雪海边，平沙莽莽黄入天。”您没见那雪域高原上的走马川吗，滚滚的黄沙都被狂风吹卷得蒙蔽了天空。诗起笔三句落笔突兀惊人，一下子展现出苍茫混沌的自然劣象，猛烈地冲击着人的情感。这处写的是日间的“风”景，虽然诗句中没有提到“风”字，但却写出了强风劲疾不可一世。若不是那风狂，怎能有那迷迷蒙蒙的苍黄上接天际，怎能有这黄沙飞卷昏天黑地。

日间的风已是这样可畏，夜间的风又怎样呢？“轮台九月风夜吼，一川碎石大如斗，随风满地石乱走。”夜间的风就如野兽般狂吼而来，一川如斗大的碎石被狂风吹刮得满地乱滚。这里，诗人运用了夸张的手法，极力描写环境的恶劣，是为了铺陈渲染战争和战场的艰难困苦，以衬托将军和战士们的无畏，达到摧心撼人的艺术效果。

第二部分写将士的勇悍。“匈奴草黄马正肥，金山西见烟尘飞，汉家大将西出师。”匈奴的首领趁着草黄马肥的时候入侵而来，已经在西方扬起了烟尘。而大将军早有准备，及时探得消息，带领大军西去准备歼敌。诗人依据边地的气候和自己军旅生活的经验，借着想象抒发了唐军不畏艰难的豪迈之情。

“将军金甲夜不脱，半夜军行戈相拨，风头如刀面如割。”将军睡眠时不能卸甲，只能和衣而卧，随时准备应对变化的军情，这是在描绘领军大将的惊警尽职。夜里行军“人衔枚，马摘铃”，但仍时有枪戈相碰，夜风吹来既疾又寒刮在脸上如刀割面，这是对出师拒敌的卓绝艰苦进行的畅意烘托。

随后，诗人再深化一步，马身上的汗水把雪融化，腾腾蒸发着水汽，再冷却结成冰碴儿挂在毛皮上，帐幕中砚台里的水已经结了冰，欲拟写文书时才发现难以蘸笔挥毫。这些极其生动的描述，不是为了渲染环境的瘆人和战争的可怕。相反，诗句反映了将士们强大的忍耐力，因为在艰难中才能练就英雄虎胆。

第三部分写出了战胜敌人的信心。“虏骑闻之应胆慑，料知短兵不敢接”，有这样忠勇强悍的军队还顾忌什么？什么样的敌人战胜不了！匈奴的骑兵如果探知我军如此强大有战斗力，一定会变得胆战心惊畏首畏尾，料想他们也只敢在远处打探消息，不敢以短兵相接对战决胜。最终“车师西门伫献捷”，敌军会闻风丧胆远远遁去，胜利会属于大唐雄师。

边塞诗人都喜欢写送别诗

边塞虽然是建功立业的地方，但毕竟是苦寒之地，没有人愿意一辈子都待在这里。铁打的营盘流水的兵，于是迎来送往成了这里的日常。因此，边塞诗人除了描写大漠风光、沙场争战，他们诗中最常见的题材还有送别。

这里，我们先来看一首岑参的《逢入京使》。

féng rù jīng shǐ
逢入京使

岑参

gù yuán dōng wàng lù màn màn　shuāng xiù lóng zhōng lèi bù gān
故园东望路漫漫，双袖龙钟泪不干。
mǎ shàng xiāng féng wú zhǐ bǐ　píng jūn chuán yǔ bào píng ān
马上相逢无纸笔，凭君传语报平安。

岑参20岁入京求仕，30岁考取进士，先后两次去边塞，度过了六年边关戎马的生涯。岑参第一次出塞是在749年，赴安西（今新疆库车）做安西节度使高仙芝的僚属，三年后，即751年回到长安，后与李白、杜甫、高适等一同游历，深受启迪。754年，岑参第二次出塞，前往安西北庭任节度使封常清的判官。

这首诗作于岑参第一次出塞期间。从诗的内容可以判断，岑参是在行程中遇到回京的使者，且对方又是故人，于是请其替自己向家人报平安。

岑参一生的志向可表作两端，一是通过边陲建功来求取功名，岑参出身于官宦世家，他的曾祖、祖父、伯父都做过宰相，父亲也做过刺史，在他的意识中，若求不得功名即是有辱家门；另一个心愿则是报效国家，他曾自言："万里奉王事，一身无所求，也知塞垣苦，岂为妻子谋。"基于此，岑参一生积极奋进，写的边塞诗也都昂扬大气。然而，这首诗却一反常态。

"故园东望路漫漫，双袖龙钟泪不干"，向东遥望那故土长安，只觉西去的路漫漫长远，泪水流下擦湿了两袖，可汩汩的泪水还是没有流完。这开头两句写得非常悲伤，诗人在西去万里的路上碰到了回返的故人，一去一返，两相对比，不由得让人黯然伤神，于是眼泪把衣袖浸湿了还在流。既然“也知塞垣苦，岂为妻子谋”，似乎就不应像此诗中“泪不干”，不过也正是如此，才显示出了诗人的至情至性。“奉王事”不等于无家事，“不为妻子谋”不等于心中不念妻子，同样，岑参因思家而落泪并不代表他勤于王事的心志不坚。

“马上相逢无纸笔，凭君传语报平安”，在马上相逢没有纸和笔写成书信，只能拜托故人传个口信回去向家人报一声平安。拳拳思家之情跃然纸上，但此时他该是“泪已干”，不再悲伤，并决定放下思乡的包袱远去戍边。三、四两句处理得简单扼要，但简洁中寄寓着一片深情，也表现了诗人开阔磊落的胸襟。

此行是岑参第一次出塞，思乡之情自然是倍加浓郁，路上遇到返京的朋友，正所谓“他乡遇故知”，所以难免会“双袖龙钟泪不干”。等他第二次出塞的时候，情形就大不相同了。不信的话，大家请看这首《白雪歌送武判官归京》。

bái xuě gē sòng wǔ pàn guān guī jīng

白雪歌送武判官①归京

岑参

běi fēng juǎn dì bái cǎo shé hú tiān bā yuè jí fēi xuě
北风卷地白草②折，胡天③八月即飞雪。
hū rú yí yè chūn fēng lái qiān shù wàn shù lí huā kāi
忽如一夜春风来，千树万树梨花开。
sàn rù zhū lián shī luó mù hú qiú bù nuǎn jǐn qīn bó
散入珠帘湿罗幕，狐裘不暖锦衾薄。
jiāng jūn jiǎo gōng bù dé kòng dū hù tiě yī lěng nán zhuó
将军角弓④不得控，都护铁衣冷难着。
hàn hǎi lán gān bǎi zhàng bīng chóu yún cǎn dàn wàn lǐ níng
瀚海阑干百丈冰，愁云惨淡万里凝。
zhōng jūn zhì jiǔ yǐn guī kè hú qín pí pá yǔ qiāng dí
中军置酒饮归客，胡琴琵琶与羌笛。
fēn fēn mù xuě xià yuánmén fēng chè hóng qí dòng bù fān
纷纷暮雪下辕门，风掣⑤红旗冻不翻。
lún tái dōng mén sòng jūn qù qù shí xuě mǎn tiān shān lù
轮台⑥东门送君去，去时雪满天山路。
shān huí lù zhuǎn bú jiàn jūn xuě shàng kōng liú mǎ xíng chù
山回路转不见君，雪上空留马行处。

①判官：唐代节度使手下协助其处理公务的幕僚。②白草：西北地区的一种牧草，秋天干枯时会变成白色。③胡天：指塞北的天空。④角弓：用兽角装饰的硬弓。⑤风掣：红旗因雪而冻结，风都吹不动了。⑥轮台：唐朝轮台在今新疆米泉境内，与汉朝轮台不是同一个地方。

754年，岑参第二次远赴边关，担任安西北庭节度使封常清的判官。武判官是岑参的前任，岑判官来了，武判官自然就可以返京了，这首诗正是岑参为武判官回京复命写的送行诗。

全诗的内容包括两部分，第一部分咏白雪写严寒，第二部分抒发与好友的别情。

第一部分内容集中在前十句，极写雪与寒。

“北风卷地白草折，胡天八月即飞雪”，诗的起笔即写出了寒冷的北风铺天盖地而来，将原野上成片的白草吹刮弯伏，肃杀之气毕现。但这还不足以表现气候的严酷，诗人紧起一笔：凛冽的寒风夹带着飘飞的浓雪，纷纷乱乱，仿佛寒冬已至，但事实上才八月。

接下来的两句写的是前一天晚上风雪骤现的情景，“忽如一夜春风来，千树万树梨花开”，第二日晨起，只见白雪铺陈大地，还挂满枝头，就如同梨花在千树万树枝头绽放。“忽如”两句使景观的出现显得神奇而突兀，又一语表现出美丽的雪景，推出了一幅万树梨花一夕竞放的烂漫盛景图。

诗人接着畅吟：“散入珠帘湿罗幕，狐裘不暖锦衾薄。将军角弓不得控，都护铁衣冷难着。瀚海阑干百丈冰，愁云惨淡万里凝。”雪被风裹着无孔不入，卷进了珠帘，润湿了罗幕，钻进了衣服，砭人肌肤，乃至于裘皮衣裳都已经不能保暖，丝锦被子当然更显得单薄难以御寒。将军的手被冻僵到连角弓都拿捏不住，都护的衣甲变得又沉又硬又凉，可是仍要穿上它借以暖身。浩瀚的边塞之地白雪连天，冰山百丈，阴云遮蔽，景象惨淡，万里长天苍凉凝滞，压人欲摧。

边塞大雪袭来后天地冰寒的凛冽景象到此被描绘得淋漓尽致。当然诗人不是简单地触景生情枉做呻吟，这样极致的渲染是为了以边塞恶劣环境衬托驻守唐军的坚毅豪迈以及融融友情。

后八句极写友情。“中军置酒饮归客，胡琴琵琶与羌笛。”在这大雪铺地天气奇寒的时候，中军帐内却摆上了热烈的酒宴，将士们频频举杯，以此表达对即将离开边塞的战友的送别之情。本是苦寒难耐，但将士们却不加理会，大杯高举，杂乐齐奏，对回京的战友表示由衷的祝贺。在西北轮台的驻军帐内，大帅居中，将士环列，觥筹交错，山呼畅饮，百乐齐鸣，真是一派喧嚣热烈的场面。

“纷纷暮雪下辕门，风掣红旗冻不翻。”此时已至晚间，暮雪被卷进辕门，红旗在疾风中被刮得猎猎作响，仍傲然挺立。这里用军旗在寒风中傲然而立暗喻战士们的坚忍不拔，写出了边塞军人的壮志豪情。

“轮台东门送君去，去时雪满天山路。山回路转不见君，雪上空留马行处。”诗的最后抒发了对战友归去的惜别之情。在此地（轮台）军营东门送别战友，他回归的路上是无边无际的皑皑白雪。待路转山弯人行无影时，雪地上只留下马匹的蹄迹蜿蜒远去。

与前面第一次出塞时写的那首《逢入京使》相比，这首诗不仅在形式上更加成熟，而且在情感上也更加饱满、充沛。诗人第一次出塞时35岁，第二次出塞时40岁，孔子曰：“四十不惑。”五年的光阴，让诗人更加老练，他已经适应了远离家乡的生活，成为一名真正为国家守边关的勇士。

学完了岑参的两首送别诗，咱们再来看一首他的老朋友高适的，大家可以比较一下，有什么差别。

bié dǒng dà èr shǒu

别董大二首（其一）

高适

qiān lǐ huáng yún bái rì xūn　běi fēng chuī yàn xuě fēn fēn

千里黄云白日曛，北风吹雁雪纷纷。

mò chóu qián lù wú zhī jǐ　tiān xià shuí rén bù shí jūn

莫愁前路无知己，天下谁人不识君？

从诗名就可以看出来，这是高适写给他的朋友董大的一首送别诗。高适写了两首，这是其中的第一首。那么，这位董大是谁呢？就是唐玄宗时期名噪一时的琴师董庭兰，因为他在家族兄弟中排行老大，所以叫董大。

747年春天，吏部尚书房琯被贬出朝，其门客董庭兰也离开长安。当年冬天，处于求仕失意时期的高适在漫游中与董庭兰相会于睢阳（故址在今河南商丘南），分别时写了这首诗。

“千里黄云白日曛，北风吹雁雪纷纷”，这两句写的是分别之际的眼前之景。曛是指黄昏的日色。夕阳西下之时，太阳渐渐向西山靠拢，极目远眺，茫茫千里黄云飘游。时值北方冬日，白雪纷纷，寒风呼啸，好像吹着大雁向南飞去。冬日暮雪，寒云归雁，这样的景象对于一个即将送别友人的漫游浪子来说该是何其凄凉悲壮！风雪长啸之中，即使没有困顿潦倒的遭遇也难免心生悲凉，何况诗人多年求仕失意，心中积郁。

有了前两句的情感积淀，诗行至后半却气势一转，“莫愁前路无知己，天下谁人不识君？”这两句气势回转磅礴，给友人前行的力量，劝慰友人不要担心漫漫前路，实际上也是诗人对自己多年失意的慰藉，更是诗人胸中有丘壑、满怀信心的情感抒发。

全诗语言质朴豪爽，抒情直白有力，情感跌宕，动人肺腑。作为一首赠别诗，高适未表依依不舍、哀伤缠绵之意，而是以真挚的情感、慷慨的意气写就了一首开阖大气、感人至深的送别诗，在同类诗作中别具风致，堪称佳作。

与高适的《别董大》相比，王昌龄《芙蓉楼送辛渐》一点也不逊色，下面咱们赶快来看看吧。

fú róng lóu sòng xīn jiàn
芙蓉楼送辛渐（其一）

王昌龄

hán yǔ lián jiāng yè rù wú　píng míng sòng kè chǔ shān gū
寒雨连江夜入吴，平明送客楚山孤。

luò yáng qīn yǒu rú xiāng wèn　　yí piàn bīng xīn zài yù hú
洛阳亲友如相问，一片冰心在玉壶。

很巧，《芙蓉楼送辛渐》也是写了两首，流传比较广的同样是其中的第一首。

王昌龄30岁进士及第，刚开始任秘书省校书郎，后来又担任了汜水尉，739年因事被贬岭南，第二年北归，年底担任江宁（今南京）县丞，仍然属于谪宦。不过，由于在江宁的这段经历，因此人们又把王昌龄称为“王江宁”。我们前面讲过，王昌龄在贬官途中经过襄阳，前去拜访孟浩然，结果孟浩然因为喝酒导致旧疾复发而死，大约就是发生在这段时间。

这首诗大概作于742年，这时王昌龄正在江宁担任县丞，好朋友辛渐打算由润州（今镇江）渡江，取道扬州，然后北上洛阳。王昌龄从江宁一直把他送到了润州，然后两人分手。在分手时，王昌龄写下了这首诗。

“寒雨连江夜入吴”，昨天夜里绵绵的秋雨造访了长江。首句从昨夜的秋雨写起，为送别设置了凄凉的气氛。三国时期的吴国在长江中下游一带，所以这里也被简称作“吴”，诗中指的是诗人和友人所在的长江镇江一段。这一句写的是送别时刻所见的实景。“连”“入”摹状秋雨连绵之势。阴沉的天空中秋雨纷纷，水天相连、烟波浩渺。诗人从视觉、听觉的角度描绘了一幅烟雨蒙蒙的长江秋雨图。

“平明送客楚山孤”，这句诗人选取了送别时刻所见到的景象。早晨诗人在此面对孤独的楚山，送朋友远行。此句中“楚”与上一句中的“吴”是互文的说法，春秋时期楚国在长江中下游一带，因此诗人称这里的山为楚山。

昨夜的秋雨使秋意更浓，天气更凉，给人萧瑟凄冷之感，为别离设置了寒意弥漫的意境。别离的愁苦想诉说却难以言表，想咽下却如鲠在喉。远望长江水天相接，看不到尽头，不知友人前方行程如何。想象着朋友乘坐的小舟即将起航，渐行渐远，最终消失在长江的尽头，诗人心中怅然若失。诗人抬头远望，江北的楚山孤独地伫立在平旷的江水之上。楚山没有生命也没有感情，它不会感到自己孤独，孤独的是为友人送行的诗人。朋友即将回到洛阳与亲朋好友相聚，自己却还要独身一人回到江宁。

想到这里，诗人将千言万语化为一句嘱托：洛阳亲友如相问，一片冰心在玉壶。这是一句千古传颂的佳句，现代作家谢婉莹的笔名冰心即取于此句。诗人以冰心玉壶来表达自己为人光明磊落、胸怀澄清。

开元初年，时任宰相的姚崇曾写过一篇《冰壶诫》告诫官吏为官要廉洁奉公、内清外润，一时间成为做官的指导性文件，被官吏和士大夫广为传阅，甚至曾作为考题出现。王维、李白、崔颢等诗人都写过以此为题材的诗歌，而王昌龄此诗所表达的也是廉洁为官、心胸澄明的意思。

据说，王昌龄为人坦荡不羁，不拘小节，也因此得罪了朝中不少人。在众口交恶的情况下，他先后几次被贬。但清者自清，王昌龄的性格显然没有改变。因此在这首诗的结尾，他并没有向家人道自己安好，敬请放心，而是托付友人转告洛阳亲友自己的心在污浊的尘世间依然玉洁冰清。

回味此诗，方才领悟诗中平旷的江天、孤伫的楚山正是诗人胸怀的写照。到这里，诗人胸怀坦荡、耿介孤傲的形象仿佛伫立在苍茫浩渺的秋雨江岸边，融入了清澈澄明、悠远深沉的意境中。

铁汉也有柔情时

在唐朝，除了山水田园诗、边塞诗，还有一个独特的诗歌门类，叫作“闺怨诗”。从字面上我们就可以理解，所谓闺怨诗，就是写少妇、少女在闺阁中忧愁和怨恨的诗。按理说，这种诗应该是女人自己写的，但事实并非如此，有很多闺怨诗是男人模拟女人的语气写的。其中，著名边塞诗人王昌龄就是一个写闺怨诗的高手。

大家是不是感到很意外，写出“黄沙百战穿金甲，不破楼兰终不还”的王昌龄，写出“但使龙城飞将在，不教胡马度阴山”的王昌龄，响当当的一个铁汉，竟然会写闺怨诗？不要意外，咱们还是先来看看下面这首诗吧，诗名就叫《闺怨》。

guī yuàn
闺怨

王昌龄

guī zhōng shào fù bù céng chóu, chūn rì níng zhuāng shàng cuì lóu
闺中少妇不曾[1]愁，春日凝妆上翠楼。
hū jiàn mò tóu yáng liǔ sè, huǐ jiào fū xù mì fēng hóu
忽见陌头杨柳色，悔教夫婿觅封侯。

①不曾：一本作“不知”。

这首诗题为《闺怨》却开头便言少妇不曾愁，那么接下来诗人要怎样演绎出闺阁之愁怨呢？诗人选取了少妇生活中的一个小片段，在短短二十八字之内，展现了少妇从“不曾愁”到“悔”之间细微的心理变化。

本诗将开头的场景设置在一个春日。“闺中少妇不曾愁，春日凝妆上翠楼”，这位空守闺阁的少妇心中尚未感到哀愁，大好春光使人心情疏朗，她精心梳洗打扮后登上翠楼欣赏春光。这两句中暗含着女主人公惬意闲适的心情，第二句正迎合了首句中的不曾愁。这位少妇在大时代背景的影响下，在社会风尚的影响下很可能和自己的丈夫一样，梦想着在战争中立功，成就一番事业，改变自己乃至全家的命运。对于丈夫的离开，她也一样踌躇满志，以为这只是短暂的分离，以为用这暂时分别作为代价换取功名是值得的。所以，她并没有陷入日日难挨的愁怨中，仍旧乘兴欣赏春景。

“忽见陌头杨柳色”，第三句写的是她在登楼后观赏到的春景。“忽见”一词暗示她在楼上应该可以观赏到很多景物，也许有鸣叫的翠鸟、盛开的鲜花……在这“忽见”之前她看到的应该是风轻云淡、鸟语花香，一幅春意盎然的画面。只是她忽然看到了路边新长出来的柳叶，这一刻画面也随着她的目光定格了。

新柳之色本是春天最常见的景象，登楼远望自然可以见到。只是为何诗人要说“忽见”呢？这一句可以说是诗情起伏的关键，也是女主人公心情发生变化的时刻。“忽见”是因为她的心灵受到了触动。之前不曾愁的女主人公，看到春天的杨柳忽然发生了变化。

在古代，送别的人往往折柳相赠，因“柳”与“留”读音相近，意谓愿君停留，以表不舍之意。诗中的女主人公，看到清新的柳色，不禁想起了当年与丈夫分别的时刻，也许那时候她也曾轻轻折下一条柳枝送给他，然后也是独倚着翠楼望着他的身影渐行渐远。

也许那时候她也有不舍也有悲伤，但想到丈夫将来立功而归，拜官封侯，心中尚存些许安慰。可是现在，同样在翠楼上登临远望，看到的只是和那时一样的柳色，却连丈夫的身影也望不见了。再想到，几年时间转瞬即逝，丈夫远征仍然未归，音信杳然，不免黯然神伤。

诗中的女主人公本来没有“怨”和“愁”，春日登楼只是兴从中来，但是柳色入目心情忽然一转。从来都是“古来征战几人回”，千万远征军中能建功立业的毕竟是少数，而能够建功并活着回到家乡的人更是少之又少，女主人公和爱人的梦想恐怕也很难实现吧！诗人抓住了女主人公心理的微妙变化，汇集万千感想于一瞬，刻画细腻、精准。

从这首《闺怨》我们可以想象得到，边塞诗人的心中也并非全都是金戈铁马，也有对生活细致入微的观察。事实上，即使是在边关，也有很多生活情趣。我们来看一看下面这首岑参的《戏问花门酒家翁》。

xì wèn huā mén jiǔ jiā wēng

戏问花门①酒家翁

岑参

lǎo rén qī shí réng gū jiǔ qiān hú bǎi wèng huā mén kǒu

老人七十仍沽②酒，千壶百瓮花门口。

dào páng yú jiá réng sì qián zhāi lái gū jiǔ jūn kěn fǒu
道傍榆荚③仍似钱，摘来沽酒君肯否？

①花门：即花门楼，凉州（今甘肃武威）馆舍名。②沽：买或卖。首句中的“沽”是卖的意思，末句的“沽”是买的意思。③榆荚：榆树的果实，春天生，形状似钱而小，色白成串，俗称榆钱。

751年3月，岑参随着安西节度使高仙芝调任河西来到了凉州城。这首小诗就是在凉州城中即景写的。诗题是《戏问花门酒家翁》，意即戏谑地问询卖酒老翁，生活情趣深蕴其中。

“老人七十仍沽酒，千壶百瓮花门口。”前两句描绘了一幅街市图景：在花门楼馆舍的门前，一名须发皆白年约七十的老翁在那里卖酒。买酒的人络绎不绝，酒一壶接一壶地往外卖，老翁忙上忙下打点着生意。

诗人首句用了一个“仍”字，人生七十古来稀，在常情下这般年纪的人不应再终日“沽酒”忙于生计了。不过诗人并不是在表达对老人当街辛劳卖酒的怜悯，下一句“千壶百瓮花门口”活灵活现地道出了老人生意兴隆忙得十分高兴。诗人所用的“仍”字是在赞叹老人偌大年纪身体仍然如此健朗，并且仍然把生意做得如此兴旺。

“道傍榆荚仍似钱，摘来沽酒君肯否？”此时已至暮春，道旁的榆荚已成熟，到处是一片盎然生机，让人可以尽情领略这融融春意。岑参在安西节度幕府两年之久，那里难得见到诱人的春色，自然想多瞧一会儿在写满春意的榆树下忙碌卖酒的老翁。生意如此好，老人的生活一定还算幸福融乐。诗人眼见树上钱串儿一样的榆荚，忽然童心大发，伸手摘下来一串递给老翁：“老人家，你看这大串榆荚多像钱币，买你一壶酒肯不肯哪？”诗人竟然与忙中有乐的老人开起了玩笑，诗意到此，令读者也不由得心醉。

读完这首《戏问花门酒家翁》，大家应该还觉得不过瘾，那么咱们就再来看一首。这首诗是边塞诗人王之涣写的，但也不是边塞诗，而是一首游历之作，诗名为《登鹳雀楼》。

dēng guàn què lóu
登鹳雀楼①

王之涣

bái rì yī shān jìn huáng hé rù hǎi liú
白日依山尽，黄河入海流。
yù qióng qiān lǐ mù gèng shàng yì céng lóu
欲穷千里目，更上一层楼。

①鹳雀楼：古楼名，因时有鹳鹊栖其上而得名，其故址在山西永济境内古蒲州城外西南的黄河岸边。

鹳雀楼曾是一个众相登临的胜地，在鹳雀楼上能够看到黄河雄伟壮丽的景观，唐代很多诗人都曾经于此登临望远，即兴赋诗。现在鹳雀楼早已经无迹可寻了，我们只能从王之涣的这首诗中想象鹳雀楼的胜景。

诗的开头是一对偶句：“白日依山尽，黄河入海流。”此为一正对，对仗工整，语言纯朴、流畅。诗人描写的景色是在日落时分，夕阳的余晖把整个天空映照得暗淡起来，所以诗人说是“白日”，夕阳“依山而尽”，这是一个短暂的过程，诗人抓住这个美妙的瞬间并在笔端描绘出来；接着写黄河，黄河犹如一条金色的缎带，飘落在巍巍山峦之间。

后面诗人一笔掉转“欲穷千里目，更上一层楼”，在即景之下，用简练的语言，道出了生活中常见的哲理。如果想要看得更远就要再上一层楼了；不仅如此，考虑问题也是一样，只有站得高才能看得更远，想得更周到。这两句，既与上面写景相接，又写得出其不意，自然紧密，同时也紧紧扣住了登楼的主题。

登上高处，或望远或怀古，这是古代文人墨客的习惯。这首诗寥寥数语，明白如话，却蕴含着深刻的人生哲理。诗人放眼宇宙，把景色写得气魄雄浑、波澜壮阔。诗人在极目远眺之余也将人生哲理说得明白易懂，别有一番滋味。

白居易

长安米贵，居大不易

千古名篇《卖炭翁》

宦海浮沉诗相伴

白居易和他的朋友们

长安米贵，居大不易

在历史的长河中，772年似乎并没什么特殊意义。这一年，“诗仙”李白去世整整十年，而“诗圣”杜甫去世才刚刚两年。然而，对于唐诗来说，772年却意义重大。就在这一年，同时诞生了两位大诗人，他们分别是“诗豪”刘禹锡与“诗魔”白居易。

这个时候，安史之乱虽然早已平息，但当年的盛世繁华却也随着这场战乱消散，大唐王朝从此走向衰退，在苟延残喘中走完它最后的100多年。日益严重的藩镇割据，使国家陷入动荡之中。在白居易出生后不久，他的家乡河南新郑便发生了叛乱。780年，白居易9岁，他的父亲白季庚从宋州司户参军升为徐州彭城县县令，一年后又因与徐州刺史李洧坚守徐州有功，升任徐州别驾。为躲避徐州战乱，白季庚把家属送往宿州符离安居，从而使白居易拥有了一个相对安定的童年时光。

我们知道，李白和杜甫占据唐朝诗人的前两名是无可争议的，而有实力对王维的第三名发起攻势的就只有白居易一人了。据说，白居易从小便聪颖过人，读书十分刻苦，读得口都生出了疮，手都磨出了茧，年纪轻轻头发就全都白了。如此刻苦，必然是想在仕途上有一番作为。因此，789年（一说787年），不足20岁的白居易便离开家乡来到都城长安，以寻求进阶之路。

在当时的科举考试中，有一个习俗叫作“行卷”。什么意思呢？就是那些主考官们除了阅读考场中的试卷，还会参考举子们平时的作品和才名来决定是否录取。而且，在政治上、文坛上有地位的人，都可以向主考官推荐人才，参与决定名单以及名次，这种行为叫作“通榜”。因此，很多应试举人为了增加及第的可能和名次，便将自己平日作的诗文加以编辑，制成卷轴，在考试前呈送给有地位的人，以求得推荐，这个就被称为“行卷”。小朋友们需要注意的是，这个“行卷”跟咱们之前说的“干谒”是不同的。“行卷”是为了影响主考官，“行卷”之后还要参加考试，而“干谒”成功就直接当官，不用参加科举考试了。

当时，“行卷”之风盛行，白居易自然也不能免俗，他到长安之后，便带上自己的诗稿去拜会文坛领袖顾况。不料，顾况看到卷首“白居易”这个名字感到有些好笑，便自言自语道：“居易，居易，长安米贵，居大不易啊！”然而，当他读到《赋得古原草送别》这首诗时，马上连声叫好，并说：“好诗！有才如此，居亦何难！”后来，顾况经常向别人谈起白居易的诗才，盛加夸赞，白居易的诗名就传开了。

那么，我们就先来学习一下这首赢得名士顾况盛赞的好诗吧。

赋得①古原草送别

fù dé gǔ yuán cǎo sòng bié

白居易

lí lí yuán shàng cǎo, yí suì yì kū róng

离离②原上草，一岁一枯荣。

yě huǒ shāo bú jìn, chūn fēng chuī yòu shēng

野火烧不尽，春风吹又生。

yuǎn fāng qīn gǔ dào, qíng cuì jiē huāng chéng

远芳侵古道，晴翠接荒城。

yòu sòng wáng sūn qù, qī qī mǎn bié qíng

又送王孙去，萋萋满别情。

①赋得：按唐代的科考规矩，凡指定、限定的诗题，题目前必须加“赋得”二字，答题方法和咏物诗类似。因为这首诗是给顾况看的“行卷诗”，所以必须得遵守科考规矩，加上“赋得”二字。②离离：形容草原的莽莽之态。

这首诗题目有“送别”二字，明显是一首送别友人的诗，而诗歌前半部分几乎没有提到友人和送别，只在最后一句点出“又送王孙去，萋萋满别情”，可见“言草”实乃为“言情”做铺垫，借景抒情，以草示人，用枯荣交替的野草暗示自己和友人之间的分分合合。

第一、二句“离离原上草，一岁一枯荣”，起笔“赋草”，紧扣题目“古原草”三字，在一片辽阔的原野上，放眼望去，是一望无际的野草，勾勒出了一幅大气而雄壮的画面。而诗人此时想到的，不仅仅是这片草原在空间上的宽广无际，更有在时间上的兴衰更替，由此揭示出了大自然的奥妙，也为诗歌“离别、人世无常”的主题做了铺垫。这两句诗看似平淡，不着修饰，却揭示了原野上草木繁荣与枯败的自然规律。

第三、四句“野火烧不尽，春风吹又生”，不管烈火如何焚烧，只要春风一吹，又是漫天碧草，野草生生不息，生命力顽强的形象跃然纸上。“烧”“吹”“生”三个动词连用，既朗朗上口，极富韵味，又把古原荒草的强大生命力描写得淋漓尽致。据说，这两句尤为顾况所赏识。

“远芳侵古道，晴翠接荒城”两句描写出春草的茂盛、古原的辽阔及春日的天朗气清。“古道”“荒城”始终不离“古原”这一意象，用人事的更换与光景的常新对比，以“侵”“接”二字刻画春草蔓延、绿野广阔的景象，既简明又传神，可见体物描写之精华。

至“又送王孙去，萋萋满别情”句，方见“送别”这一主题。借春草繁盛抒发离别之情的传统早已有之，《楚辞·招隐士》有“王孙游兮不归，春草生兮萋萋”的句子。白居易在前面极力描绘春草之繁盛，而结句“又送王孙去，萋萋满别情”，一“繁盛”，一“萋萋”，两者之间的反差强烈。将友人之间抽象的惜别之情化为触手可及的萋草形象，意象运用极其自然。

整首诗一气呵成、不事雕琢，而又情真意切、以物言情，读起来大气磅礴，催人深思。

虽然得到了顾况的赏识，但顾况本人并不是主考官，所以白居易直到29岁的时候，即800年，才考中进士。尽管如此，他还是当年17个进士及第者中年纪最小的，可见科举考试的残酷。从这里也可以看出，当年顾况所说的“长安米贵，居大不易”并非凭空而来。像白居易这样的大才子都这样难，其他人自然是“大不易”了。不过，白居易这次考试的名次还不错，第四名，虽然没有进前三，但也相当不容易了，大家想想看，那可是全国第四名啊。

进士及第后，按理说就应该等着当官了吧？不行。因为等着当官的进士太多了，如果按顺序排下去，那你得等到猴年马月。于是，唐朝政府又搞了一个“书判拔萃科”。那些进士如果着急想快点当官，就要考这个。802年，白居易参加了“书判拔萃科”的考试，他简直太给力了，又考中了。这回他终于可以当官了。那么，白居易当了个什么官呢？第二年，朝廷给白居易安排了一个校书郎的职位。在校书郎的任上干了4年，白居易觉得没什么前途，于是辞职了。考了这么多年，好不容易才考中，说辞就辞了？别着急，辞了还能接着考。

806年，白居易参加“才识兼茂明于体用科”考试，结果又考中了。不得不说，白居易可真是一个超级学霸。这次考试之后，白居易就可以当更大的官了，虽然当年朝廷只给了他县尉当，但他第二年便担任了进士考官、集贤校理，授翰林学士。

808年，白居易任左拾遗。大家应该还记得吧，杜甫曾经当过这个官。这个官虽然品级不高，但却是皇帝的近臣，职责很重要。白居易觉得自己受到了皇帝的赏识，为了报答知遇之恩，他便频繁上书言事，并写了大量反映社会现实的诗歌，甚至当面指出皇帝的错误。白居易上书言事多获接纳，然而由于他言事过于直接，也让唐宪宗感到不快而向大臣李绛抱怨：“白居易这小子，是朕拔擢致名位，而无礼于朕，朕实难奈。”

下面，我们来学一首白居易在这一时期写的作品。

qīng féi
轻肥

白居易

yì qì jiāo mǎn lù， ān mǎ guāng zhào chén。
意气骄满路，鞍马光照尘。

jiè wèn hé wéi zhě　rén chēng shì nèi chén
借问何为者，人称是内臣①。
zhū fú jiē dà fū　zǐ shòu xī jiāng jūn
朱绂皆大夫，紫绶悉将军。
kuā fù jūn zhōng yàn　zǒu mǎ qù rú yún
夸赴军中宴，走马去如云。
zūn léi yì jiǔ yùn　shuǐ lù luó bā zhēn
樽罍②溢九酝③，水陆罗八珍④。
guǒ bò dòng tíng jú　kuài qiē tiān chí lín
果擘洞庭橘，脍切天池⑤鳞。
shí bǎo xīn zì ruò　jiǔ hān qì yì zhèn
食饱心自若，酒酣气益振。
shì suì jiāng nán hàn　qú zhōu rén shí rén
是岁江南旱，衢州人食人！

①内臣：宦官。②樽罍：酒具。③九酝：美酒名。④八珍：八种珍贵稀有的食材，这里泛指美食。⑤天池：指海。

所谓“轻肥”，取“乘肥马，衣轻裘”（《论语·雍也》）之意，翻译成现代白话，就是说穿着又轻又暖的皮袍，坐在高头大马拉着的车上。这种描写着力突出的是一种奢华之气。白居易取此二字为题，也是在将诗歌的批判锋芒对准奢华的统治阶级。

这首诗可分成两个部分。第一部分，即诗的前八句，主要写“内臣”赶赴“军中宴”的排场。军，指保卫统治者的神策军，当时由宦官统领。这八句诗中的“骄”“满”“如云”等字眼，十分贴切地突出了这群赶赴宴会者的炙手可热和嚣张跋扈。

如此铺张的场面，不禁让旁观者感到疑惑，“借问何为者”，才得知他们是群操控着军权、政权的内官。内官，实际上就是后人熟知的宦官、太监，本来是身份低微、仅可伺候君主内务的小人物，现在却是“朱绂”“紫绶”加身。

“朱绂”是唐代五品以上的官员穿戴的服饰，“紫绶”则是二、三品以上大官才有资格穿戴的东西，现在它们却披挂在内官的身上。曾经的内官，或者为大夫控政权，或者为将军控军权，一副小人得志、趾高气扬的模样。在第一部分的末句，白居易巧妙设喻，把赴宴的车队人马比作天上流云，其浮华、铺张之势尽收眼底。

第二部分是诗的后八句，着重写宴会上觥筹交错、纸醉金迷的糜烂场景。宴会的餐桌上摆着各地的珍馐美酒，比如“九酝”，从每年正月初一开始酿造，储存八个月之后，才得以最终酿成；再如“洞庭橘”，是唐代极为名贵的贡品，生长于太湖洞庭山中，产量少不说，运至长安更是车马劳顿。酒水果品之外，还有来自天池的鲜鱼，烹制精细的水陆八珍。

再看宴饮之人的吃相、醉态，“食饱心自若，酒酣气益振”，吃饱之后的慵懒之态，酒足之后的意气风发，让人误以为他们生在垂拱而治的太平年代。但真实的国情远非如此。诗人在此笔锋一转，道出“是岁江南旱，衢州人食人”的惨烈事实。意境由浮夸、骄奢、迷乱走向凄惨、悲凉，骤然的突兀落差，一个极喜，一个极悲，鲜明、无情地鞭挞了不公平的社会现实。

相比于描写赴宴、宴饮的篇幅来说，写江南旱情的文字可谓是只言片语，但是仅仅“人食人”三个字就足以震撼人心，点透这首诗的深刻主题。这种先白描后点破的写作手法，是对现实主义诗歌传统的继承与发扬，相比于单一的画面描写而言，这种双重画面的对比，提升了诗歌的批判力量，也增加了诗歌语言本身的艺术魅力。

千古名篇《卖炭翁》

卖炭翁
mài tàn wēng

白居易

mài tàn wēng　fá xīn shāo tàn nán shān zhōng
卖炭翁，伐薪烧炭南山[1]中。

mǎn miàn chén huī yān huǒ sè　liǎng bìn cāng cāng shí zhǐ hēi
满面尘灰烟火色，两鬓苍苍十指黑。

mài tàn dé qián hé suǒ yíng　shēn shàng yī cháng kǒu zhōng shí
卖炭得钱何所营？身上衣裳口中食。
kě lián shēn shàng yī zhèng dān　xīn yōu tàn jiàn yuàn tiān hán
可怜身上衣正单，心忧炭贱愿天寒！
yè lái chéng wài yì chǐ xuě　xiǎo jià tàn chē niǎn bīng zhé
夜来城外一尺雪，晓驾炭车辗②冰辙。
niú kùn rén jī rì yǐ gāo　shì nán mén wài ní zhōng xiē
牛困人饥日已高，市南门外泥中歇。
piān piān liǎng qí lái shì shuí　huáng yī shǐ zhě bái shān er
翩翩两骑来是谁？黄衣使者白衫儿。
shǒu bǎ wén shū kǒu chēng chì　huí chē chì niú qiān xiàng běi
手把文书口称敕③，回车叱牛牵向北。
yì chē tàn　qiān yú jīn　gōng shǐ qū jiāng xī bù dé
一车炭，千余斤，宫使驱将惜不得。
bàn pǐ hóng shā yí zhàng líng　xì xiàng niú tóu chōng tàn zhí
半匹红纱一丈绫，系向牛头充炭直④。

①南山：即终南山，在今陕西西安以南。②辗：同“碾”，轧。③敕：皇帝的命令。④直：同“值”，价格。

这首诗的写作年代，与我们上一节所讲的《轻肥》大体相当，同样是一首反映百姓疾苦的优秀作品。因为它实在是太重要了，所以我们必须单独用一节来讲。

从唐德宗贞元末年起，皇宫中日用所需不再由官府承办，而是直接由太监从民间采购，一时间宦官专权，横行无忌。他们常常以低价向百姓强行购买，甚至分文不给，简直是强盗行径。韩愈在《顺宗实录》中说其“名为宫市，其实夺之”。《卖炭翁》所描绘的就是这种宫中官吏向百姓强购煤炭的行为。白居易开篇自注云：“苦宫市也。”诗人通过描写卖炭翁一个人的悲剧，展现出劳动人民的普遍悲哀，寄寓了诗人对统治者的控诉，对人民的同情。

“卖炭翁，伐薪烧炭南山中。”开篇直接描写卖炭翁烧炭的工序和劳动环境。“满面尘灰烟火色，两鬓苍苍十指黑。”仅仅十四个字，通过对“面”“两鬓”“十指”的具体描写，以点汇聚成面，形象地勾勒出了卖炭翁的苍老之态，衬托出烧炭的艰辛，展现了卖炭翁生活的困苦。

“卖炭得钱何所营？身上衣裳口中食。”诗人以一问一答的设问方式，揭露了卖炭翁贫苦的生活状况。“身上衣裳口中食”，这句是说卖炭翁千辛万苦所烧之炭是他全家的衣食来源，这为下文黄衣使者以“半匹红纱一丈绫”换走所有炭火埋下伏笔，更衬托出老翁的遭遇之悲惨。

“可怜身上衣正单，心忧炭贱愿天寒。”衣衫单薄的老翁，本来应该“愿天暖”，但为了让自己烧的炭能卖个好价钱，他强忍饥寒，甚至希望天气更加寒冷。一“忧”一“愿”，写出了老翁反常的心理，读来尽是“苦”味，使诗人“可怜”的深挚怜悯有了着落。

“夜来城外一尺雪，晓驾炭车辗冰辙。”这两句使诗篇叙事从烧炭过渡到卖炭，章法自然，不落痕迹。“一尺雪”意味着卖炭翁“愿天寒”的愿望终于成真，这似乎是一个理想的转变。在清晨凛冽的寒风中，衣衫单薄的老翁踏着被冰雪覆盖而光滑难行的路，将炭车拖向集市，只为卖炭活命。“晓”字揭露了饥寒交迫的卖炭翁，满怀希望不顾严寒想要“卖炭得钱”的迫不及待之情。

“牛困人饥日已高，市南门外泥中歇。”经过半天的跋涉，牛困人饥，终于来到集市。从“伐薪烧炭”到“泥中歇”，铺垫饱满，卖炭翁通过劳动换取生活之需的艰辛满纸满篇，老翁对高价“炭直”的期待也充斥在字里行间。

“翩翩两骑来是谁？黄衣使者白衫儿”，这两句中出现的人物的形象与“满面尘灰烟火色，两鬓苍苍十指黑”的卖炭翁形成强烈对比。“翩翩”既描绘出了使者养尊处优形成的悠然之态，又刻画出了其对百姓疾苦毫不理会的漠然之心。而前篇中，老翁所希望的一切，在“手把文书口称敕”的“黄衣使者白衫儿”面前，瞬间化为泡影。多日艰辛的劳动，只换得“半匹红纱一丈绫”而已，这些“炭直”，既不能御寒，也不能果腹，于老翁而言，实则毫无价值。

通过刻画特定情境下卖炭翁的特殊心理，诗人深刻揭示了主题，虽然通篇除“可怜”二字，再无一字涉及直接的情感描写，然而在对比与反衬中，将诗中人物的情感，诗外诗人的情感，与叙事交融，与心理刻画完美统一，刻画入微，含蓄有力，无斧凿之痕，却精警夺人。

宦海浮沉诗相伴

皇帝自然是不能轻易得罪的。作为封建社会的九五之尊，你要让他不高兴了，他收拾你也就是一句话的事儿。815年，宰相武元衡遇刺身亡，白居易上表主张严缉凶手，被认为是越职言事。其后，白居易又被诽谤，说他的母亲因看花而坠井去世，而他却作有“赏花”及“新井”诗，有害名教，于是被贬为江州（今江西九江）司马。据考证，白居易“赏花”及“新井”诗写在其母亲看花坠井之前，所以他的被贬，只不过是皇帝找的一个借口罢了。

810年，白居易的好朋友元稹因得罪了权贵，被贬为江陵士曹参军。在江陵期间，元稹写了五首《放言》诗，以表达自己的心情。5年之后，元稹已转官通州司马，听闻白居易的遭遇后，写下了充满深情的诗篇——《闻乐天授江州司马》。白居易在贬官途中，风吹浪激，感慨万千，写下《放言五首》以奉和。做一个诗人可真好，无论是在得意之时，还是在失意之中，都有诗来陪伴左右。在这里，我们先来学习其中的第三首。

fàng yán wǔ shǒu
放言①五首（其三）

白居易

zèng jūn yì fǎ jué hú yí，bú yòng zuān guī yǔ zhù shī
赠君一法决狐疑，不用钻龟与祝蓍②。
shì yù yào shāo sān rì mǎn，biàn cái xū dài qī nián qī
试玉要烧三日满，辨材须待七年期。
zhōu gōng kǒng jù liú yán rì，wáng mǎng qiān gōng wèi cuàn shí
周公③恐惧流言日，王莽④谦恭未篡时。
xiàng shǐ dāng chū shēn biàn sǐ，yì shēng zhēn wěi fù shuí zhī
向使⑤当初身便死，一生真伪复谁知？

①放言：言论放肆，不受拘束的意思。②钻龟、祝蓍：古人因迷信而占卜的方法，钻龟壳后看其裂纹占卜吉凶，或拿蓍草的茎占卜吉凶。这里是指求签问卜。蓍，多年生草本植物，全草可入药，茎、叶可制香料。③周公：姬旦，周武王的弟弟，成王的叔父。武王死后，有人怀疑他有篡权的野心，但历史证明他对成王是一片忠心。④王莽：汉元帝皇后侄。在汉末时，他假装谦恭，迷惑了许多人。《汉书》记载说他“爵位愈尊，节操愈谦”，后来王莽篡汉自立，他的虚假面目才被揭开。⑤向使：假如，如果，假使。

在众多的理趣诗中，白居易的这首诗言辞浅白易懂，寓理深入浅出，读来纡徐委婉。

首联以“赠”字开头，突出“决狐疑”之法的宝贵以及诗人的郑重。世人对于窍门、方法之类的东西多怀有好奇心，诗人正是利用这种人之常情。紧接一个否定句，说不是什么，却不说到底是什么，悬念起，波折生，吊足了读者的胃口。

颔联中举出“试玉”“辨材”两个例子，曲折地表达出真材实料经得起时间的考验这一道理。这里实则是把受到不公正待遇的好友元稹和自己比作了真玉、良材。

颈联和颔联的正面叙说不同，它假设不用这个方法导致的后果，从反面论证它的正确性。他引用周公全心为国，却遭人谗害，王莽为篡权假装谦卑的史实，暗示如果是非真假不经时间筛选，就会黑白颠倒、是非混乱。

尾联的一句反问。假设当事人经受不起考验，仓促就死，便与真理无缘。这是全诗的点睛之笔，在情感上增加力量感，表现诗人坚信未来的决心，在形式上，以问句收尾，留下回味无穷的哲思意味。

在形式上，第二人称“君”的应用，让整首诗有种面对面交谈的感觉，看似是诗人将自己的经验之谈，传授于好友，小中见大，言辞恳切。诗句之间衔接顺畅，论据浅显，理趣颇深。

可以说，贬谪江州是白居易一生的转折点。在此之前他以“兼济”为志，希望能做对国家人民有益的贡献；至此之后他的行事渐渐转向“独善其身”，虽仍有关怀人民的心，但表现出的行动却已无过去的火花了。白居易在江州虽然于政治上不得志，但在生活上大体仍能恬然自处，他曾在庐山香炉峰北建草堂，并与当地的僧人交游。下面这首《夜雪》，正是这种恬淡生活的写照。

yè xuě
夜雪

白居易

yǐ yà qīn zhěn lěng，fù jiàn chuāng hù míng。
已讶衾枕冷，复见窗户明。
yè shēn zhī xuě zhòng，shí wén zhé zhú shēng。
夜深知雪重，时闻折竹声。

唐诗中咏雪之作颇多，但此诗却能将雪写得新颖别致，究其原因，应从此诗不俗的立意说起。自古咏雪，总是从雪的颜色、形状、姿态入手进行一番描绘。这也不难理解，因为雪是无声无味之物，如果不从上述三方面入手描写，就很难把握其精髓。然而，白居易此诗大胆以夜雪入诗，既没有色彩的刻画，也没有情状的描摹，是以人的感觉起诗，说“已讶衾枕冷”，一个“衾枕冷”，不仅写出此时乃寒冷冬夜，外有落雪之态，更暗示雪势之大。“讶”更是把人起初浑然不觉，待寒冷袭来才忽然醒悟的情态描写得生动传神。

细想之下，雪已经落得很厚，人却不知不觉，正好从反面表现出雪落地无声的特点。入夜已深，雪已悄然积了厚厚的一层，这就于“寒”之外写出雪的又一特点“静”，这种侧面烘托的手法，让人拍案叫绝。

人感觉到下雪了，必会有进一步观雪的举动，这就是“复见窗户明”传达给读者的信息。从视觉角度进一步描写夜雪之态，正因为雪下得很大，积得很厚，所以积雪的强烈反光给暗夜带来了亮光。一个细致的侧面描写，看似句句写人之感、人之见，实际上却在生动地烘托一幅声势浩大、静谧冷寂的大雪袭夜景象。

“夜深知雪重，时闻折竹声”，两句更是把这种侧面描写发挥得淋漓尽致，只不过是从视觉转换为听觉而已。诗人取“折竹”这个细节，让读者更加切身地体会到“雪重”之势，不但体现出了雪势有增无减，越下越大的场景，更烘托出了诗人夜深难寐，侧耳听雪的那种孤寂之感。联系诗人作此诗时谪居江州的背景，更加不难理解这种寂寥冷清之感，诗人的真情实感，使这首诗更具观感。

本诗初看毫不起眼，但用心体会后却可以读出别样的味道。作为诗中主角的雪，以其洁白晶莹的天赋丽质，装点山峦的神奇本领，赢得古往今来无数诗人的赞美。诗人以其不假雕琢的所感、所观、所听从侧面的独特视角写雪，诗境平易，浑成熨帖，将得天独厚的夜雪描摹得自然凝重，清新淡雅，正符合白居易诗歌的一贯特征。

白居易在江州一待就是4年。819年春天，他离开江州前往忠州任刺史。第二年正月，唐宪宗因服金丹暴卒，传为宦官陈弘志所毒杀。夏天，白居易被刚继位不久的唐穆宗李恒召回长安，任尚书司门员外郎。此后两年，白居易的官运一直不错，先是转任主客郎中、知制诰，接着又加朝散大夫，然后转上柱国，又转中书舍人。然而，由于宦官把持朝政，导致朋党倾轧，让白居易感到很失望。

822年，已到天命之年的中书舍人白居易请求外放，结果他被任命为杭州刺史。在赴任途中，白居易写下了一首《暮江吟》。

mù jiāng yín
暮江吟

白居易

yí dào cán yáng pū shuǐ zhōng, bàn jiāng sè sè bàn jiāng hóng.
一道残阳铺水中，半江瑟瑟半江红。
kě lián jiǔ yuè chū sān yè, lù sì zhēn zhū yuè sì gōng.
可怜九月初三夜，露似真珠月似弓。

作为一首杂律诗，此诗看上去并不工整，但朴实而生动的语言却极具画面感。

“一道残阳铺水中”，首句用一个“铺”字描绘夕阳的余晖洒在江面的景象，这个动词用得恰如其分，写出了阳光倾泻而下、由近及远的动感。“半江瑟瑟半江红”，这一句中不仅有半江碧水、半江斜阳，还有半江清冷和半江明媚，更有半江忧伤与半江惊喜！残阳总给人落魄之感，可当这阳光铺满江面，却像铺开了通往未来的光明而宽敞的坦途，诗人内心的欣慰和放松由此得以展露。这句诗除了给人颇具层次感的视觉享受，其音阶分布也能带给读者音乐美感。前半句的“瑟瑟”是前口腔发音，声音短促逼仄，节奏局促；而后半句的“红”是后口腔发音，声音高亢洪亮，有一种豁然开朗的画面感，与前半句截然不同。前后对比，顿觉天长水阔，胸中再多的愤懑和不平也都一扫而空。

第三句“可怜九月初三夜”中的“可怜”并无惋惜之意，而是言可爱之态，可爱的不仅是“九月初三”的秋夜，还包括当天的傍晚。傍晚的美景已经得以展现，入夜后的景色也美不胜收。从“露似真珠月似弓”的描述可知，在这个晴朗的夜晚，天空中挂着一弯新月，空气清冷澄澈，诗人趁着傍晚的余兴一直游玩到草叶挂上露珠的清晨。沉浸在广阔天地给出的无限美好之中，诗人眼里的一切都是美丽的、活泼的，一切景物都有了情感。

后两句诗集中体现了诗人自然随性的性格，他引“九月初三”入诗，把露水比作珍珠，把月牙说成弯弓，都是再合适不过的比喻，擅改一字都会破坏原本的意境。整首诗清新晓畅，格调明丽，绘形绘色地写出了暮江之美、秋夜之美，表达了诗人对自然景物的喜爱之情，以及旷达疏放的心境。

白居易来到杭州之后，见有六口古井年久失修，便主持疏浚，以解决杭州人饮水问题。他又见西湖淤塞农田干旱，便修堤蓄积湖水，以利灌溉，舒缓旱灾造成的危害，并作《钱塘湖石记》，将治理湖水的政策、方式与注意事项全都刻在石上，以供后人知晓，这对杭州后来治理湖水有极大的影响。在离任之前，白居易还将一笔官俸留在州库中作为基金，以供后来治理杭州的官员进行公务上的周转，事后再补回原数。据说，这笔基金一直运作到黄巢之乱时，在黄巢抵达杭州后，文书多焚烧散失，这笔基金才不知去向。

可以说，白居易在杭州任上颇有政绩，因而深受人们爱戴，以至于人们把不是他做的事情也加到了他身上。西湖有白堤，两岸栽种有杨柳，后世误传这即是白居易所修筑的堤，而称之为白公堤。事实上，白居易确实曾在旧日钱塘门外的石涵桥附近修筑了一道堤，但那道堤如今已经无迹可寻了。而现在人们所说的这道“白堤”，在白居易来到杭州之前就已经存在了，当时称为“白沙堤”，在白居易写的《钱塘湖春行》中便有提到。

钱塘湖①春行
qián táng hú chūn xíng

白居易

gū shān sì běi jiǎ tíng xī shuǐ miàn chū píng yún jiǎo dī
孤山寺②北贾亭③西，水面初平云脚低。
jǐ chù zǎo yīng zhēng nuǎn shù shuí jiā xīn yàn zhuó chūn ní
几处早莺争暖树，谁家新燕啄春泥。
luàn huā jiàn yù mí rén yǎn qiǎn cǎo cái néng mò mǎ tí
乱花渐欲迷人眼，浅草才能没马蹄。
zuì ài hú dōng xíng bù zú lǜ yáng yīn lǐ bái shā dī
最爱湖东行不足，绿杨阴④里白沙堤。

①钱塘湖：即杭州西湖。②孤山寺：南朝陈文帝初年建，名承福，宋时改名广化。孤山，在西湖的里、外湖之间，因与其他山不相连，所以称孤山。上有孤山亭，可俯瞰西湖全景。③贾亭：又叫贾公亭。西湖名胜之一，唐朝贾全所筑。④阴：同“荫”，指树荫。

西湖，一个可以和天堂媲美的地方，也是各代风流墨客的留恋之地。苏轼说“欲把西湖比西子，淡妆浓抹总相宜”，杨万里说它“接天莲叶无穷碧，映日荷花别样红”，其美不胜收的景致在诗人的笔下，美丽而不浓烈，淡然却又让人不忍离开。

如果说他们笔下的西湖是一幅色彩缤纷的油画，那么白居易笔下的这幅西湖早春图恰似东方画家笔下的水墨写意，有景有人，有静有动，有远有近，层次分明，淡雅清新。

首联写西湖远景。“孤山寺北贾亭西”一句交代西湖的地理位置，“水面初平云脚低”一句勾勒出西湖早春的轮廓。冬去春来，湖水新涨，“平”字暗示水面如镜，从反面说出无风的晴朗天气。然后用“云脚低”反衬湖面涨水的高，如此一来，远山环水，水面开阔，天水相接，营造出了一种辽远的视觉效果。

颔联“几处早莺争暖树，谁家新燕啄春泥”，动静结合，抓住细节，处处点露微微春意。作为对气候变化的敏锐感知者，莺是“早莺”，燕是“新燕”，它们一个“争暖树”，一个“啄春泥”，“争”字的巧用，赋予早莺活泼可爱的动感，“啄”字的巧用，使燕子轻轻掠过地面的形象鲜活而出。用心的作者见到此番盎然的春意，心情自然是舒爽的，但是在选词上，他没有用“处处”“家家”这样的字眼放大心中的快感，而是十分谨慎地用了“几处”“谁家”，准确地呼应了全诗的早春主题。

颈联把赏春人的视线拉近，由远景改写近景。唐人有骑马游春的习俗，这一句恰是诗人骑马赏游过程中，俯视草地的眼前景色。“乱花”句，一方面暗示了春花未能开竟的疏落，另一方面也有一种动态美感，想必不是花使人眼花缭乱，而是因为诗人骑马太急，才致使自己见花昏眩。“浅草才能没马蹄”这个细节描写，以小见大，折射春意未能完全舒展时的那种羞涩、淡然之态。

尾联“最爱湖东行不足，绿杨阴里白沙堤”，前一句言说诗人的游览范围，“行不足”字面意义是说自己脚力不够，实则是在表达自己的爱慕情态。后一句，“绿杨”和“白沙堤”色彩明丽，它们共同组构的湖东图景，画面感强，又不至于太突兀，静谧得仿佛一张悬挂在白色墙壁上的精巧风景画。

在这幅风景画里，美的不仅是春意，更多的是诗人赏春的欣喜。如果缺少了后者的渲染和熏陶，再美的春景也难免沦为死物。这首诗中虽然没有大手笔的穷形尽相，但是别致景物、细节的突出，也不失精雕细琢的功力。最重要的是，诗人用心、用意即景抒情，却不显丝毫刻意、做作，骀荡春意和喜春之情完美融合，景致跃然纸上，情感含而不露。

白居易和他的朋友们

白居易一生中有很多朋友，其中最重要的有两位，一个是元稹，另一个就是刘禹锡。白居易与元稹共同倡导新乐府运动，世称“元白”；同时，世人也常常将白居易和刘禹锡放在一起，并称为“刘白”。

虽然与刘禹锡同年出生，但白居易认识元稹要比认识刘禹锡早得多。元稹出生于779年，比白居易小7岁。802年，31岁的白居易和24岁的元稹一同参加了“书判拔萃科”的考试，两人全都考中了，从此就开始了他们一生的友谊。

白居易和元稹一生有很多唱和之作，前面我们已经学过一首《放言》，下面再学一首《江楼月》。

jiāng lóu yuè
江楼月

白居易

jiā líng jiāng qū qū jiāng chí míng yuè suī tóng rén bié lí
嘉陵江曲曲江池，明月虽同人别离。
yì xiāo guāng jǐng qián xiāng yì liǎng dì yīn qíng yuǎn bù zhī
一宵光景潜相忆，两地阴晴远不知。
shuí liào jiāng biān huái wǒ yè zhèng dàng chí pàn wàng jūn shí
谁料江边怀我夜，正当池畔望君时。
jīn zhāo gòng yǔ fāng tóng huǐ bú jiě duō qíng xiān jì shī
今朝共语方同悔，不解多情先寄诗。

809年春，元稹以监察御史身份出使东川，不得不离开京城，离别正在长安任翰林的挚友白居易。他独自在嘉陵江岸驿楼中，见月圆明亮，波光荡漾，遂浮想联翩，作七律《江楼月》寄白居易，表达深切的思念之情。而这首同名诗则是白居易收到诗后写的一首赠答诗，以回应元稹。

这个时候，诗人和友人分隔两地，一个在嘉陵江，一个在曲江池，相隔千里。诗人被圆月皎洁的光辉吸引，勾起他对朋友的思念。一时之间，千头万绪，竟然不知不觉感慨了一夜，此时再望向天空，他不禁想道：我们相隔遥远，不知道两地的月亮是不是都是这样明亮圆润呢？

在诗的一、二联中，诗人的情感经过了一个有趣的变化。首联中，他还确信人虽相隔两地，但能共赏圆月，颔联中却在怀疑两地的景致是否相同。这种细微的转变将诗人情感的起伏不定展现给读者，其心中的波澜起伏可想而知。

颈联中，作者自然地回忆起他和朋友亲密相处的时光，两人在江边推心置腹，彻夜畅谈，他不禁悔恨没有尽早向朋友表达思念之情，所以现在只能对着月亮嗟叹。尾联当中以“共语”“同悔”表达两人心中同样的思念，而“今朝”“方”的运用将这种情感描写得沉重深厚，感动人心。诗人以往昔情景对比今朝的分离，将这种情绪有力地传达出来，使读者深深地体会到两人之间深厚的友情和难舍的离别之情。

这首诗名义上是应和元稹的诗作，表达对元稹的思念，但是在行为中展现的都是双方的思念，独具匠心，引人回味。

在写这首《江楼月》前不久，白居易还曾写过一首《同李十一醉忆元九》。当时，诗人和他的弟弟白行简到曲江、慈恩寺春游，后来又到朋友李杓直家饮酒。酒酣耳热之际，白居易忽然想起奉旨前往东川的好友元稹，不禁心生惆怅，有感而发，于是在席上作下此诗。

同李十一醉忆元九

tóng lǐ shí yī zuì yì yuán jiǔ

白居易

huā shí tóng zuì pò chūn chóu　zuì zhé huā zhī zuò jiǔ chóu
花时同醉破春愁，醉折花枝作酒筹①。
hū yì gù rén tiān jì qù　jì chéng jīn rì dào liáng zhōu
忽忆故人天际去，计程今日到梁州②。

①酒筹：饮酒时用以记数或行令的筹子。②梁州：地名，在今陕西汉中一带。

这首七绝可以分为两层，前两句写三人宴席饮酒的场面，后两句则写诗人触景生情，突起怀人之意。全诗转承自然，情感真挚，毫无矫揉造作之感。诗题中的“李十一”及“元九”，分别指白居易的两位朋友李杓直和元稹，因两人分别排行第十一和第九，唐人喜欢以兄弟排行相称，故而作此题目。

“花时同醉破春愁”，白行简《三梦记》中将其记为“春来无计破春愁”，应当是修改定稿前的原句。这一句写的是诗人在花开之日与朋友相约大醉，以解春愁。“花时”于开篇点明时序，说明此时正是百花开放的时候，也是最易惹动文人愁思的季节，因此诗人才会感觉到“春愁”萦绕；“破”字用得极为有力，使得缥缈无形的愁绪被赋予了具体可感的形象，而诗人似乎手执利斧想要劈开这千头万缕、无可名状的愁绪，这一情态更加显现出思虑的深重。

“醉折花枝作酒筹”，写三人均有醉态，却仍不断推杯换盏。觥筹交错之间，连园中的花枝都被折下来做了酒筹。“醉折花枝”四字极为有趣，一方面与首句中“花时同醉”相映成趣，构成重叠反复的效果；一方面又极为生动地写出了宴饮之人的醉态：若非酒酣耳热，诗人们又怎会把原本用来观赏的美丽花枝折了做酒筹？

“忽忆故人天际去，计程今日到梁州”，诗人不知道被什么触动了情怀，突然想起了宦游天际的朋友，按照路程来算，他今天大概已经到梁州了。“计程”一词，可见诗人对朋友情谊的深厚：自从两人分别之后，诗人常常情不自禁地计算对方究竟到了何处，是仍然滞留途中，还是已经平安到达了计划之所。正是因为有如此深厚真挚的感情隐藏其中，诗人信笔写下的这一场景才给人以真实亲切之感。

此诗语言浅显，明白如话，结构上也并无十分曲折复杂之处，显示了诗人一贯的追求与宗旨。可以说，此诗最大的特点就在于，它是诗人触景生情之作。诗人任凭感情自然流露，不加雕琢，不事打磨，笔随情至，却自有打动人心的力量。

关于此诗，还有一件十分有趣的逸事。诗人写作此诗时，元稹正如诗人估计的那样到了梁州，并且作了一首《梁州梦》：“梦君同绕曲江头，也向慈恩院院游。亭吏呼人排去马，忽惊身在古梁州。”据元稹自己说，写作此诗是因为“是夜宿汉川驿，梦与杓直、乐天同游曲江，兼入慈恩寺诸院，倏然而寤，则递乘及阶，邮吏已传呼报晓矣”。元稹的梦境与白居易的梦境如此吻合不是偶然，也没有什么所谓的神秘色彩，这恰恰反映了两人交情之深、情谊之笃。慈恩院塔即大雁塔，是长安著名的景点，曾经是皇帝赐宴新科进士的地方。元、白两人作为知己好友，过去常常一同来此处游玩宴饮，当宦游在外的元稹思念长安时，必然也会时时忆起昔日与好友结伴出游的场景。

白居易与刘禹锡第一次见面是在826年，此时两人都已经是55岁的老人。在这一年的10月，白居易因病辞去了苏州刺史的职务，刘禹锡也离任和州，两人在扬州相遇。虽是初次见面，但两人彼此神交已久，故而一见之下亲热无比，悲喜交加。这一事件，我们会在后面讲刘禹锡的时候细说。因为元稹在831年就去世了，所以白居易晚年交往最多的朋友是刘禹锡，两人也有很多唱和之作，这里我们给大家介绍一首《与梦得沽酒闲饮且约后期》。

yǔ mèng dé gū jiǔ xián yǐn qiě yuē hòu qī
与梦得①沽酒闲饮且约后期

白居易

shào shí yóu bù yōu shēng jì, lǎo hòu shuí néng xī jiǔ qián
少时犹不忧生计，老后谁能惜酒钱？
gòng bǎ shí qiān gū yī dǒu, xiāng kàn qī shí qiàn sān nián
共把十千②沽一斗，相看七十欠三年③。
xián zhēng yǎ lìng qióng jīng shǐ, zuì tīng qīng yín shèng guǎn xián
闲征④雅令⑤穷经史，醉听清吟胜管弦。
gèng dài jú huáng jiā niàng shú, gòng jūn yī zuì yī táo rán
更待菊黄家酿熟，共君一醉一陶然⑥。

①梦得：刘禹锡的字。②十千：十千钱，言酒价之高以示尽情豪饮。③七十欠三年：写此诗时两人都67岁。④征：征引，指行酒令的动作。⑤雅令：高雅的酒令，自唐以来盛行于士大夫间的一种饮酒游戏。⑥陶然：形容闲适欢乐的样子。

写作这首诗时，白居易和刘禹锡都已是年过花甲的老人。他们饱经宦海沉浮，心有千沟万壑，虽然依旧在政坛，但时任的官位都是闲职。对于他们这样的实干家来说，空有政治雄心，在现实生活中共遭冷遇，心中免不了有些牢骚、愤懑。因此这首诗虽然起笔豪迈，但其背后实则是一颗故作旷达的哀痛之心。

首联回顾诗人自己的生平，前一句写自己年轻时的豪气，后一句写自己暮年时的爽快。虽然同样是一种不吝惜钱财的放达，但前者是因为少不更事，初生牛犊不惧虎，后者是因为看透人情世故，不再执着。所以，年轻时的豪气中带有几分稚气，暮年的爽快中带有几分无奈。同是买酒，心态却不同，诗人将两者对比，暮年悲凉和“早岁那知世事艰”的感慨便经不住豪迈的遮掩，隐然显露。

颔联是两位老友争相买酒的情景再现。“共把”“相看”两个细微动作把他们之间的默契和惺惺相惜表现得极为传神。“十千沽一斗”是作者用的夸张手法，也是表现二人老来豪迈的精心之笔，

“七十欠三年”是说他们已经67岁了，“相看”彼此皆是白发苍苍、皱纹满面的衰老之态，和前句相比，这一句虽然有相视一笑的戏剧效果，但其中亦有同病相怜的无可奈何。作为多年的好友，对于自己和朋友的遭遇自然是心知肚明的，但是诗中只字未提，一种欲言还休的悲戚反而更让人动容。

买酒后开始闲饮，颈联描写两人把酒吟诗、乐行酒令、醉听弦乐的闲情逸致，呼应题目，意旨鲜明。但是联系此诗的创作背景和诗人的政治遭遇，这些怡情养性的欢愉是假，以此麻醉痛苦和失落是真。诗中越是极言闲逸，越是想表达心中苦楚的无处排解，这是同病相怜的好友之间共同的心声和默契。

尾联呼应题目中的“约后期”，延长诗歌的时间界限，扩大诗歌的表现意境，说明二人此次相会到了分别的时候，但实未尽兴，所以要再约日期，来年重阳节时再会，显足挚友情谊的深厚。但是最后一句“共君一醉一陶然”中又暗含诗人和友人借酒浇愁的愁苦，在现实生活中不能得到解脱，就要靠美酒来让自己对痛苦失去知觉。

综合起来，这首诗句句写诗人的爽快、友人相会饮酒的闲逸，但句句藏匿二人心中共同的哀伤。“闲饮”诗从人生写起，又以饮酒之酣畅影射生活、仕途之受阻，一显一隐，一喜一悲，表面上言简语淡，内涵上富于深情。

由于刘禹锡的关系，白居易和他的堂兄刘禹铜也成了好朋友，下面这首《问刘十九》就是写给他的。

wèn liú shí jiǔ
问刘十九①

白居易

lǜ yǐ xīn pēi jiǔ, hóng ní xiǎo huǒ lú
绿蚁新醅酒，红泥小火炉。
wǎn lái tiān yù xuě, néng yǐn yì bēi wú
晚来天欲雪②，能饮一杯无③？

①刘十九：刘禹锡堂兄刘禹铜，家族兄弟中排行十九。②雪：下雪，这里作动词用。③无：么，吗。

古人酿酒不如今人精密，古人新酿制的酒，没有经过过滤之前，酒面上会浮起一层酒渣，泛着微微的绿色，细密如同蝼蚁，故有“绿蚁”之称。而天寒地冻，喝冷酒会伤及五脏，所以要准备火炉来烫酒。刚刚酿好的酒就急不可待地拿去加热，一切都是因为朋友即将到来。

酒香浓郁，炉火盎然，等待的人何时来，诗人不说透，读者自然无从得知。不过，凭这殷殷的期待，还有桌上醉人的佳酿，任凭是谁，都会欣然赴约。

整首诗给人以浓浓的暖意，且色彩明丽，淡绿色的酒，配上红彤彤的炉火，让人想到就觉得心情愉快。酒上浮出的泡沫，即使粗糙，也带着原始的热忱和质朴的思念。而诗人将红泥做成的小火炉置于桌上，更是增添了温暖的情调，将周围的空气也一同烘烤得暖起来。只有一只小火炉，明显表达出，酒无须一次烫很多，因为没有那么多的人要招待，只是两个知心好友对坐小酌，一只小小的火炉，足矣，更显温馨细致。

屋外寒风阵阵，似乎将要下雪，暮色凝重，天色更加暗沉。可是，这本让人看了徒增愁绪的天气，诗人却并没有因它而消沉，因为他有要等的人——刘十九，他的朋友，他向朋友发出邀请：“这样寒冷的天气，不如到我这里来喝上一杯温酒，解解疲乏，驱驱寒意，顺便聊聊心事，度过这漫漫长夜。”

这是一首简短的小诗，但更像是一封请柬，给人以无尽的感动。

刘禹锡

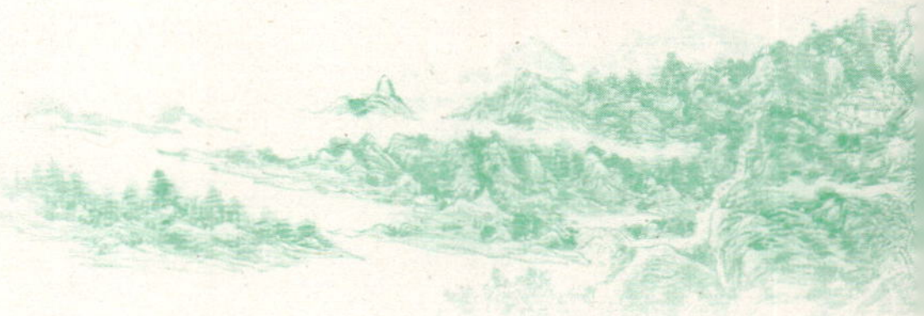

二十三年弃置身

《金陵五题》

因一首诗而遭贬逐

二十三年弃置身

826年，白居易和刘禹锡终于在扬州碰面了，这两位大诗人的相见，其意义堪比744年那次李白与杜甫的洛阳相会。

事实上，这次相遇不是偶然，而是一场多年的约定。早在20多年前，永贞革新失败，刘禹锡被贬出京城，白居易便曾寄诗百首给刘禹锡，刘禹锡因而作了一首《翰林白二十二学士见寄诗一百篇，因以答贶（读作kuàng，当赠、赐讲）》。从那时起，两人一直有诗文交往。后来，白居易在杭州和苏州刺史任上，刘禹锡在和州刺史任上，两人的诗文交往更加频繁了。白居易对刘禹锡的才华极为推崇，刘禹锡“诗豪”的名号事实上就是白居易给取的，白居易曾在一首诗的序言中写道：“彭城刘梦得，诗豪者也。其锋森然，少敢当者。”这种惺惺相惜、互相倾慕的情谊，终于引出了826年的这次会面。

这虽然是两人的第一次见面，但他们彼此早已不是陌生人。在宴会上，白居易亲自用筷子敲着盘子作乐，慷慨悲歌《醉赠刘二十八使君》：“为我引杯添酒饮，与君把箸击盘歌。诗称国手徒为尔，命压人头不奈何。举眼风光长寂寞，满朝官职独蹉跎。亦知合被才名折，二十三年折太多。”白居易在此诗中为刘禹锡遭受的不平待遇深表同情，并对他的才气给予了高度的赞扬，最后一句“亦知合被才名折，二十三年折太多”意为：你理应遭受不幸啊，谁让你的才气太过出众，名望太过显赫呢，可是二十三年的贬谪也实在太久了。刘禹锡听了白居易所吟之诗非常感动，随即回赠了他一首，这便是著名的《酬乐天扬州初逢席上见赠》。下面，我们就来学这首诗。

chóu lè tiān yáng zhōu chū féng xí shàng jiàn zèng
酬乐天①扬州初逢席上见赠

刘禹锡

bā shān chǔ shuǐ qī liáng dì, èr shí sān nián qì zhì shēn
巴山楚水②凄凉地，二十三年弃置③身。

huái jiù kōng yín wén dí fù　dào xiāng fān sì làn kē rén
怀旧空吟闻笛赋，到乡翻似烂柯人。
chén zhōu cè pàn qiān fān guò　bìng shù qián tóu wàn mù chūn
沉舟侧畔千帆过，病树前头万木春。
jīn rì tīng jūn gē yì qǔ　zàn píng bēi jiǔ zhǎng jīng shén
今日听君歌一曲，暂凭杯酒长精神。

①乐天：白居易的字。②巴山楚水：古时四川东部属巴国，湖南北部和湖北等地属楚国。此处用来指代诗人贬谪暂居之地。③弃置：抛弃，搁置。

这首即兴写就的七言律诗，既是刘禹锡豁达心胸、乐观态度的证明，也是刘白二人深厚友情的诠释。全诗语言洗练，意境高远，不负刘禹锡“诗豪”之名。

首联“巴山楚水凄凉地，二十三年弃置身”是承接白居易的“二十三年折太多”而来，此联直接点明了诗人的经历，诗人在这凄凉的巴蜀之地谪居了二十三年之久。随后，“怀旧空吟闻笛赋，到乡翻似烂柯人”，今日将重返洛阳，但早已物是人非了，很多老友都已逝去，自己现在就只能“空吟闻笛赋”来怀念他们了。后面这句，诗人化用了“王质烂柯”的典故，暗示自己在巴蜀耽搁得太久，以至现在回来时，早已恍如隔世了。

诗人在首联和颔联中都在感慨自己不幸的遭遇，白居易也以“举眼风光长寂寞，满朝官职独蹉跎”来为友人的命运鸣不平，当诗境尽显悲伤的气氛时，诗人却宕开笔墨，以“沉舟侧畔千帆过，病树前头万木春”来释放情怀，即刻意境大开：沉舟侧畔，仍有千帆过尽；病树前头，依旧是枯木逢春。诗人以“沉舟”和“病树”自比，寓意自己之前虽历经坎坷，可是仍会有柳暗花明的时候，一片暗沉之色中涂抹一丝亮颜，积极乐观。诗人豁达的心胸不能不让人为之赞叹。而此联也因此成了千古名句，激励人们坚守信念，风雨之后自会有天晴之时。

哀情转激情，沉郁变明朗，颈联使诗歌的情调急转，于是诗人承续而来，写出了“今日听君歌一曲，暂凭杯酒长精神”的尾联：今天听了你的一首诗歌让我感触颇多，暂时就让我借酒来振奋精神吧。这里的“君”自然是指白居易，诗人在这最后一联中表示与友人把酒言欢，可以忘记过往的痛苦，只盼明日重新出发的期望，自有一股豪迈大气、坚忍不拔的精神隐含其间。

在白居易和刘禹锡这两首诗中，都提到了23年。那么，刘禹锡这23年的贬谪生涯是从什么时候开始到什么时候结束的呢？它又是什么原因导致的呢？这就涉及了两个重要的历史事件，即“永贞革新”和“八司马事件”。

事实上，在最初的时候，刘禹锡的政治生涯比白居易要顺利得多，而“永贞革新”的失败则使他的人生发生了彻底的改变。

和白居易一样，刘禹锡也出身于小官僚世家，他的父亲刘绪曾在江南为官，因而刘禹锡在那里度过了青少年时期。他很小就开始学习儒家经典和吟诗作赋，既聪明又勤奋，在作诗方面，曾得当时著名诗僧皎然、灵澈的熏陶指点。

790年，19岁的刘禹锡游学洛阳、长安，在士林中获得很高声誉，可谓少年得志。3年后，刘禹锡便与柳宗元等人同榜进士及第，比白居易早了7年。同年，刘禹锡登博学鸿词科。2年后，刘禹锡再登吏部取士科，释褐为太子校书，不久丁忧居家。800年，刘禹锡被淮南节度使兼任徐泗濠节度杜佑辟为掌书记。802年，刘禹锡调任京兆府渭南县主簿，不久迁监察御史。当时，韩愈、柳宗元均在御史台任职，三人结为好友，过从甚密。

如果照这个剧本走下去，刘禹锡定然在政治上大有一番作为。然而，世事难料。805年正月，唐德宗卒，唐顺宗即位。顺宗在做太子时的侍读王叔文、王伾向来有改革弊政的志向，而刘禹锡与王叔文素来交好，这时便被委任屯田员外郎、判度支盐铁案，参与对国家财政的管理。在这期间，刘禹锡的政治热情极为高涨，他和柳宗元一道成为王叔文革新集团的核心人物，从而形成了“二王刘柳”集团。在短短的执政期间，他们采取了不少具有进步意义的措施，这便是我们前面提到的“永贞革新”。

但由于改革触动了许多保守势力的利益，导致他们联合反扑，使得改革宣告失败。结果，顺宗被迫让位于太子李纯，王叔文被赐死，王丕被贬后病亡，而刘禹锡与柳宗元等八人先被贬为偏远地区的刺史，随即又进一步被贬为司马，这就是历史上著名的“八司马事件”。这一年是805年，到826年写这首诗时，两头占着共有22年，但因为诗人第二年才能回到京城，所以说是“二十三年弃置身”。

当然，这23年刘禹锡也并非一直在偏远地区当小官。815年，他也曾和柳宗元等人一起奉召回京，但很快又被贬了出去，其中的原因我们在后面会讲。

不过，正所谓“文章憎命达”。贬谪生涯对于政治家刘禹锡来说是坏事，但对于诗人刘禹锡来说却未尝不是一件好事。821年冬，刘禹锡被任为夔州（今四川奉节）刺史。在任夔州刺史期间，刘禹锡接触到大量巴蜀地区的民歌，于是他依曲调而填词，仿照民歌创作了十几首诗，其中有两首《竹枝词》很出名。这里，先给大家介绍第一首。

zhú zhī cí èr shǒu
竹枝词二首（其一）

刘禹锡

yáng liǔ qīng qīng jiāng shuǐ píng, wén láng jiāng shàng tà gē shēng
杨柳青青江水平，闻郎江上踏歌声。
dōng biān rì chū xī biān yǔ, dào shì wú qíng què yǒu qíng
东边日出西边雨，道是无晴却有晴。

在这首七言绝句中，诗人以女性口吻写了一段朦胧暧昧的男女之情，展现了一位深陷爱恋中的女孩子忐忑期待的心情。诗歌首句以景开篇，“杨柳青青江水平”，青翠的杨柳随风轻摆，平静的江面明亮如镜，在如此安宁的环境中，远方传来了隐隐约约的歌声，“闻郎江上踏歌声”，女孩子一听，就知道这歌声是由自己的心上人唱出的。

首句和二句是真实情景的再现，是对实景的描摹，一见一闻，描画了一幅宁静唯美的画面，画面中有山有水、有人有声。三四两句，诗人由景生情，描写了女孩子在听见心上人的歌声后的心理活动，“东边日出西边雨，道是无晴却有晴”，在这里，诗人巧妙地运用了谐声双关的手法，以“晴”喻“情”，将暧昧的情感与多变的天气交融在一起，化无形为有形，准确地传递出了爱情的朦胧和善变之状。

《金陵五题》

对于诗人刘禹锡来说，826年是幸福的一年。22年前，永贞革新的失败，成为他人生重要的拐点。而这一年，对刘禹锡来说同样是一个重大转折，不过这次是向好的方向转变。

事实上，刘禹锡在前往扬州与白居易会面之前，还在古都金陵逗留过一段时间，并且写下了著名的《金陵五题》。显然，此时刘禹锡的心情极为复杂。22年的蹉跎人生，不可能没有留下痕迹，但想到这种生涯终于要结束了，他沉重的心情也不由得稍稍疏解。而所有这些复杂情绪，最终化作了一声叹息，《金陵五题》便是对这声叹息最好的注解。

金陵，也就是现在的南京，229年东吴孙权在此建都，此后东晋，南朝的宋、齐、梁、陈相继在此建都，故南京有“六朝古都”之称。这个江东繁华之地，到刘禹锡的时代，已不是政治、经济和文化中心了，它已荒落得差不多成了一个“空城”。刘禹锡有感于这个废弃了的故都，作了这组诗。

《金陵五题》由《石头城》《乌衣巷》《台城》《生公讲堂》《江令宅》五首七绝组成，这组诗用大自然的永恒和人事的沧桑之变作比，抒发怀古伤今的感慨。全诗形象地表明，随着历史的演变，六朝王宫贵族的富贵荣华已成为陈迹，对于图谋权势的帝王将相的沦亡既有悲悯之情，又暗含讽喻之意。诗作借古喻今，情、景、事、理融为一体，场景阔远，寓意深邃，堪称唐诗中的艺术珍品。

下面，我们就来学习五首中流传最广的两首——《石头城》和《乌衣巷》。

shí tóu chéng
石头城①

刘禹锡

shān wéi gù guó zhōu zāo zài　cháo dǎ kōng chéng jì mò huí
山围故国②周遭在，潮打空城寂寞回。
huái shuǐ dōng biān jiù shí yuè　yè shēn hái guò nǚ qiáng lái
淮水东边旧时月，夜深还过女墙③来。

①石头城：在今南京西清凉山上，三国时的吴国曾在此戍守，就石壁而筑城，故称“石头城”。②故国：旧都。③女墙：指石头城上的矮墙。

“山围故国周遭在，潮打空城寂寞回。”昔日围绕石头城的青山依旧固守原地，潮水击打着这空城，并没有得到丝毫的回应，只能寂寞地回去。这两句为整首诗奠定了苍凉沉重的基调。环绕“故国”的青山此时也和潮水一样是寂寞的，这种寂寞本身就是一种吊唁，诉说着六朝往日的繁华。它们像被遗弃的旧情人一般，孤独地守候着一座再也没有灵魂的空城，此时，它们也化作诗人的代言人，将这种悲凉展现得淋漓尽致。

石头城周围的青山和潮水是对“故国”的吊唁，而“淮水东边旧时月”则是对石头城繁华的见证。秦淮河畔，曾经繁华至极，但是，昔日六朝王公贵族的纸醉金迷之地现在已是破败不堪，只有当年“淮水东边”的明月，如今仍旧一如往昔地“还过女墙来”，照见这残破的古城，“今月曾经照古人”（李白《把酒问月》）该是此意境的最佳注解。月亮不动声色地见证了一座古城的兴衰，这固然是诗人的别具匠心，但是夜晚“月”经常是抒发感情的载体，此月被诗人赋予了人的感情，深深的惋惜隐含其间。至此，诗人的吊古情怀被推向了高潮。

白居易曾赞誉此诗："我知后之诗人无复措词矣。"北宋周邦彦的《西河·金陵怀古》词中也有"山围故国""怒涛寂寞打孤城""夜深月过女墙来，伤心东望淮水"等句，化用了《石头城》中的诸多意境，以至"石头城"成了一个慨叹岁月的标记，成了一段欲说还休的传说。

wū yī xiàng
乌衣巷

刘禹锡

zhū què qiáo biān yě cǎo huā，wū yī xiàng kǒu xī yáng xié
朱雀桥边野草花，乌衣巷口夕阳斜。
jiù shí wáng xiè táng qián yàn，fēi rù xún cháng bǎi xìng jiā
旧时王谢堂前燕，飞入寻常百姓家。

"朱雀桥边野草花，乌衣巷口夕阳斜"两句中，点出了两个地点：朱雀桥和乌衣巷。乌衣巷，是晋朝王、谢两大家族的居住地，因其弟子都穿乌衣，故此得名。而朱雀桥则是指秦淮河上的那条车马喧闹之地，它是乌衣巷去往南京市区的必经之地。此两地都是繁华之地、热闹之区，乌衣巷里群聚高士，朱雀桥上往来行旅。诗人在此没有正面描写两地的繁荣之象，而是轻描淡写地写出了"朱雀桥边"的"野草花"和"乌衣巷口"西斜的夕阳。昔日喧闹的朱雀桥边已遍生野草，荒凉的气息缓缓流淌出来，大有桥前冷落、车马稀少之感。

"旧时王谢堂前燕，飞入寻常百姓家"两句家喻户晓，乃千古绝唱。"旧"在这里不仅起到强调的作用，还具有双重指向义，不仅指曾经的王谢所居之地即乌衣巷，也指乌衣巷中的"堂前燕"。诗人的用心可谓良苦，望见燕子，即是对乌衣巷往昔的追随，一个"旧"字表达了悠悠惆怅之意。但是"旧时王谢堂前燕"早已是寻常百姓之家的堂前客，这里也有今与昔的对比，往日的乌衣巷已繁华落尽，此时居住的正是寻常的百姓。

一只燕子从繁华而来，至寻常而终，历经诸多变化，眼见世事流转，今昔之间徒增一丝况味，浸染着一抹婉转之美，简洁洗练的语词一语道破人生之味、生命之叹，平凡的辞藻在这四句诗中锻造出含蓄而隽永的况味。白居易称“掉头苦吟，叹赏良久”，是对此诗读后感想的最佳诠释。

因一首诗而遭贬逐

我们在前面曾经讲到，在23年的贬谪生涯中，刘禹锡也曾被召回京城。这件事发生在815年，也就是第一次被贬10年之后，朝廷有人想起用刘禹锡以及和他同时被贬的柳宗元等人，于是将他从朗州召回京。然而，没过多久，刘禹锡却又再次被贬，这究竟是什么原因呢？告诉大家吧，就是因为一首诗。那么，这又是一首什么样的诗，竟有如此的杀伤力，让诗人一贬又是十几年呢？我们下面就来学这首诗。

yuán hé shí nián zì lǎng zhōu zhì jīng xì zèng kàn huā zhū jūn zǐ

元和①十年自朗州至京，戏赠看花诸君子

刘禹锡

zǐ mò hóng chén fú miàn lái wú rén bú dào kàn huā huí

紫陌②红尘拂面来，无人不道看花回。

xuán dū guàn lǐ táo qiān shù jìn shì liú láng qù hòu zāi

玄都观③里桃千树，尽是刘郎④去后栽。

①元和：唐宪宗年号，806～820年。②紫陌：指京城长安的道路。③玄都观：道教庙宇名，在长安城中。④刘郎：作者自指。

大家能够看明白吗？这首小小的七言绝句当中究竟有什么玄机，怎么就那么招当权者的愤恨呢？其实啊，这是一首讽刺诗，诗人通过描写去观中欣赏桃花来讽刺朝廷权贵。

“紫陌红尘拂面来，无人不道看花回”，前两句正面描写了人们

到玄都观欣赏桃花的情景。“紫陌”是草木之喻，“红尘”代指尘土，“紫陌红尘拂面来”写的是沿途中草木葱郁、尘土扑面而来，场面十分繁华，人之多，人之杂自是不言而喻。紧承而来的“无人不道看花回”一句更为奇巧，这句是说没有人不赞叹花之美，以“回”字作结，使诗句结构倒置，从观者回程情景入笔，颇有心满意足之味。诗人在这第一、二句中，通过侧面烘托的手法，将桃花之胜景和观者之喜悦表现得十分传神。

“玄都观里桃千树”，上千株桃树在玄都观内争奇斗艳、郁郁葱葱，而这些树却“尽是刘郎去后栽”。这里的“刘郎”是指诗人自己，这句诗说的是“桃千树”都是在刘禹锡离开后的十年间栽种的。刘禹锡贬离长安十年之久，此期间风云变幻，这“桃千树”的壮丽景象反让诗人有片刻的呆滞，顿生茫然无措之感。

由物及人，关及自身。表面看来全诗写的是观花胜景，实则是暗讽当朝以权相武元衡为核心的新贵势力大涨。以“桃”喻人的用法在诗歌中早已司空见惯，在这里诗人就以“桃千树”来代指那些数量庞大的新贵们，而在“紫陌红尘”之中不辞辛苦前来观花之人，则是指那些攀附新贵的无耻小人。诗人离都十年，早已今非昔比，物是人非，“花非花，人非人”，一丝寂寥苦闷之感在诗人心头隐隐生发出来。

“天下熙熙皆为利来，天下攘攘皆为利往。”诗人看透了那些为权贵而高攀奔走的人们，认为他们的思想不足以和自己的政治抱负相提并论，所以采用这种表面温和、内里辛辣的写作风格来表达内心的烦扰和无法排遣的苦闷。

大家以为事情就这样结束了吗？并没有。828年，刘禹锡再次回到了长安，又写了一首《再游玄都观》，可以看作《元和十年自朗州至京，戏赠看花诸君子》的续篇。这时，距上次写诗被贬已经过去了14年。在这14年中，皇帝从宪宗、穆宗、敬宗到文宗，换了四个，人事变迁很大，但政治斗争仍在继续。这时，武元衡已死了很多年。作者写这首《再游玄都观》，无疑是对武元衡等人的一种嘲笑和鞭挞。

zài yóu xuán dū guàn
再游玄都观

刘禹锡

bǎi mǔ tíng zhōng bàn shì tái táo huā jìng jìn cài huā kāi
百亩庭中半是苔，桃花净尽菜花开。
zhòng táo dào shi guī hé chù qián dù liú láng jīn yòu lái
种桃道士归何处？前度刘郎今又来。

“百亩庭中半是苔，桃花净尽菜花开”，这两句描写的是玄都观中现在的景象。玄都观百亩庭院中早已青苔滋生，之前“桃千树”的景象也已不复存在，而是“菜花”满布，荒凉一片。其中“苔”的意象选择值得玩味，一方面这是实景的再现，玄都观中确实长满青苔，另一方面，青苔何来？只有无人问津之地方才有青苔蔓延，此处“半是苔”可见繁华不再，凄清冷寂之状。而“净”和“尽”的连用则将昔日艳丽的桃花之景抹除得干干净净，不留痕迹，代之而来的却是“菜花”这一农作物，装饰物除，农作物生，其间的轮回转换不言而喻。

“种桃道士归何处？前度刘郎今又来”，后两句意思十分明确：那些种植桃花的道士如今去了何处呢，上次因为桃花诗而被贬的刘某人现在又回来了。这里诗人以“种桃道士”一以括之，既指种桃树的道士，也暗指之前不辞辛苦，“无人不道看花回”中的看客。昔日我刘某人因为诗而遭贬，远离此地，可是今日我再归故里，旧人却已不知所踪了，其间的风云变幻可谓始料未及。

“桃花净尽菜花开”与《元和十年自朗州至京，戏赠看花诸君子》中“玄都观里桃千树”，形成鲜明的对照，诗人由桃花之尽联想到自己官宦生涯的起起伏伏，悲凉之情暗生。比拟手法的继续沿用则将“桃花净尽菜花开”的破败景象描摹得入木三分，“何处”与“重来”的对照，让世事的变幻莫测来得更为机巧，更为玄妙。

“桃花”喻新贵，不起眼的菜花代替了绚丽的桃花，遭贬的诗人代替了虚伪的新贵，浩大的声势不复存在，趋炎附势的小人荡然无存，徒留嗟叹一片。诗人两度游观，虽然相距14年，可心态却无显著变化，对权贵的嘲讽，对不平之事的轻蔑，共同塑造出诗人耿直乐观的形象。诗人不屈不挠的精神屹立于此，展现出了他绝不向权势低头、顽强面对未来的精神。

杜牧

宰相之孙“杜十三”

赢得青楼薄倖名

白云生处有人家

山水之中忧家国

写古代美人的两首诗

写古代英雄的两首诗

宰相之孙“杜十三”

在盛唐，两个最著名的诗人，一个姓李，一个姓杜，即李白和杜甫；在晚唐，两个最著名的诗人也同样是一个姓李，一个姓杜，他们分别是李商隐和杜牧。为了区分他们，我们把李白和杜甫称为“大李杜”，而把李商隐和杜牧称为“小李杜”。从这个逻辑来讲，如果单独称杜牧，那自然就是“小杜”了。

除了“小杜”，杜牧还有两个比较常用的名号，一个叫“杜十三”，另一个叫“杜樊川”。前面这个很好理解，因为杜牧在家族中排行十三，根据唐人的习惯，直接在姓后面加上排行，所以称为“杜十三”。而之所以叫“杜樊川”，是因为杜牧晚年居住在长安南的樊川别墅。

相比于咱们前面讲过的其他诗人，杜牧可以说是起点最高的了，因为他的爷爷杜佑曾经做过宰相。杜佑这个人，我们讲刘禹锡的时候提到过，那时他还是淮南节度使兼任徐泗濠节度使，而刘禹锡是他的掌书记。换句话说，是杜佑是刘禹锡的老领导。虽然有这样一个厉害的爷爷，但杜牧的仕途却并未因此而比别人顺利。这是因为，杜佑是在803年拜相的，这一年刚好杜牧出生，而等到812年杜佑去世的时候，小杜牧才10岁。

杜牧虽是官二代，但却并非纨绔子弟，他不仅诗写得好，而且政治军事才华出众。在杜牧十几岁时，正值唐宪宗讨伐藩镇，振作国事。因此，他在读书之余格外关心军事，甚至专门研究过《孙子》，写过十三篇《孙子》注解，还写过许多策论咨文。特别是有一次他献计平虏，被当时的宰相李德裕采用，结果大获成功。

828年，26岁的杜牧进士及第。在这一年，他又考中了“贤良方正直言极谏科”，被授予弘文馆校书郎、试左武卫兵曹参军，从此开始他的宦海生涯。这时的杜牧，已经写出了《阿房宫赋》《感怀诗》

等广为流传的作品，名气变得相当大。

举凡少年得志的人，难免会养成张扬的个性，杜牧也不例外。从下面这首《兵部尚书席上作》中，我们可以看出杜牧率直洒脱、不拘小节的性格。

bīng bù shàng shū xí shàng zuò

兵部尚书席上作

杜牧

huá táng jīn rì qǐ yán kāi, shuí huàn fēn sī yù shǐ lái?
华堂今日绮筵开，谁唤分司御史来？
hū fā kuáng yán jīng mǎn zuò, liǎng háng hóng fěn yì shí huí.
忽发狂言惊满坐，两行红粉一时回。

这首诗作于835年，杜牧33岁。当时，他被朝廷征为长安监察御史，分司东都洛阳。监察御史相当于现在的最高检察院检察员，是一个监督官员的职务，虽然品级不高，但是权力很大。这年的8月份，杜牧在洛阳上任。

当时，兵部尚书李司徒在家“罢镇闲居”，他的家中养着大量的歌姬，那些洛阳名士们大都想一睹为快。于是，李司徒便在家中大摆筵席，招待这些名士们，这便有了“华堂今日绮筵开”。

由于当时的杜牧担任的官职特殊，李司徒不敢随意邀请他参加这种私宴。杜牧得知此事后，便派人向李司徒请托，表示自己希望参加。李司徒不得已，才向杜牧发了请帖。“谁唤”二字，问的自然是主人李司徒：“到底是谁把我这个分司东都的监察御史叫来的啊？”直接就这样当面问了出来，这让主人感到好不尴尬，同时也透着诗人的得意，其轻狂可见一斑。

杜牧受邀，席间趁着酒意的时候便问李司徒：“闻有紫云者，孰是？”李司徒把紫云指给他看，他又感叹道：“名不虚传，宜以见惠。”这便是诗中第三句的“忽发狂言”。如此直率赤裸的要求让李司徒忍俊不禁，而身为监察御史竟在大庭广众之下向官员讨要歌姬，自然会“惊满坐”。此时，连正在歌舞的成群歌姬们也忍不住回过头来“破颜”而笑，这便是“两行红粉一时回”。

短短一首绝句，记述了一段风流逸事，诗人从心而出，随意挥发，率口而成，毫无雕饰，把一个风流才俊的轻狂展现无余，却又可见他率直得天真可爱。

当然，生性洒脱的杜牧，也并非不识人间疾苦。当他冷静下来的时候，立时就会变得非常深刻。下面，我们再来看一首他的《秋夕》。

qiū xī
秋 夕①

杜牧

yín zhú qiū guāng lěng huà píng，qīng luó xiǎo shàn pū liú yíng。
银烛秋光冷画屏，轻罗小扇扑流萤②。
tiān jiē yè sè liáng rú shuǐ，zuò kàn qiān niú zhī nǚ xīng。
天阶③夜色凉如水，坐看牵牛织女星。

①秋夕：秋天的夜晚。②流萤：飞动的萤火虫。③天阶：宫殿的台阶。

这首被传唱千古的七言绝句，描绘了一幅深宫怨女夜坐图。语言朴实，流丽清新，用词小巧奇绝，神韵悠远。

在第一句中，诗人就接连着交代了时间、地点、环境。“银烛”表明时间已经入夜，女主人公点亮了蜡烛；“秋光”指时节已到秋季；“冷画屏”则写出了周围环境的清冷孤寂。其中的“冷”字，为整首诗奠定了凄凉的基调。

第二句，诗人的视线从室内转向了室外。一个宫女正拿着一把轻巧的扇子一蹦一跳地扑打着飞舞的萤火虫。“扇子”是夏天用于送凉之物，此时时间已至秋季，宫女拿扇子扑萤彰显了宫女深宫生活的寂寞无聊。此处的“流萤”也别有深意。古语有“草木腐，化为萤”。传说，萤火虫是荒凉之地的草木腐朽以后所变。宫女所居之地的萤火虫，从侧面反映了深宫里的荒凉孤寂。此时“流”动的不仅仅是萤火虫，还有那宫女不绝如缕、绵绵而来的愁思。

“天阶”意为皇宫里的台阶。“凉”包含了台阶阴凉，夜色的荒凉，宫女心境的凄凉，有视觉感也有温度感，可谓一字千金，意蕴无穷。“天阶”与“凉”，将皇宫的繁华与宫女此时荒凉凄冷的环境置于一处，突显了当下的凄清。

最后一句写到累了的宫女在夜色中坐了下来，望着遥远的牵牛织女星。天上的牛郎织女一年一度尚可以团圆，而宫女却只能独自一人度过凄冷长夜，其孤寂之感便溢出纸面。“坐”为动词，它的使用让整个画面活了起来。“看”为静态，一动一静，写出了宫女夜深无聊的全部活动。

诗中两次写景叙事，虽然没直接抒情，饱含的感情却满溢其中。诗人用词小而绝，如“冷”“凉”“轻”“小”在避免了重复的同时，丰富了诗的层次感，构成了一幅凄凉的深宫画面。这画面中饱含了宫女的怨，诗人对宫女的同情，同时寄托着诗人怀才不遇、无人赏识的失意心绪。

赢得青楼薄倖名

遣怀
qiǎn huái

杜牧

luò pò jiāng hú zài jiǔ xíng　chǔ yāo xiān xì zhǎng zhōng qīng
落魄江湖载酒行，楚腰纤细掌中轻。
shí nián yí jiào yáng zhōu mèng　yíng dé qīng lóu bó xìng míng
十年一觉扬州梦，赢得青楼薄倖名。

杜牧的这首《遣怀》非常有名，尤其是后两句“十年一觉扬州梦，赢得青楼薄倖名”，常常被后人拿来形容风流浪子。那么，杜牧的扬州梦到底是一场什么样的梦呢？我们还得从头说起。

杜牧自进士及第，先后在洪州（今江西南昌）、宣州（今安徽宣城）等地任职。832年，杜牧30岁，以监察御史之职受命前往扬州，出访淮南节度使牛僧孺。从此，诗人便与扬州结下了不解之缘。第二年，杜牧又被牛僧孺授予推官一职，后转为掌书记，负责节度使府的公文往来。这段时间，他一直居住在扬州。此时的扬州城，既有商贾繁华、笙箫彻夜，又有小桥流水、西湖歌舞，所谓“烟花三月下扬州”，正是文人墨客向往的天堂。

才子总与风流相伴，在扬州这个烟花繁盛之都，杜牧自然很快就坠入了温柔乡，在闲暇之余，他便四处宴游享乐。牛僧孺十分担心杜牧的安危，便暗中派人保护他，杜牧不自知，还自以为得计。过了一段时间，牛僧孺才教诲杜牧说：“以侍御史气概远驭，固当自极夷涂，然常虑风情不节，或至尊体乖和。”意思是说，以阁下的气概才学，本来应该是前途无量的，但我常常为你的名节担心，同时还担心你的身体健康。杜牧自然是不承认，辩解道：“我自己向来很检点，不至于使您为我担忧。”牛僧孺笑而不语，只是拿出了一个本子让杜牧看，上面记录的全是他去过的柳巷的时间地点，这让杜牧羞愧不已。

这首《遣怀》大约作于844年，当时诗人被外放为黄州刺史，距他离开扬州已经过去了10年。诗人回顾自己过去的浪荡生涯，心中颇有感触，不得不发。

开篇“落魄”作漂泊解，同时指诗人生活的潦倒失意。他政治失意，便寄情青楼酒肆，放浪形骸。“载酒行”说明诗人日日与酒为伴，看似潇洒实为失意人借酒浇愁。

“楚腰纤细掌中轻”含两个典故：一为楚王喜欢细腰女子。《韩非子·二柄》中记载：“楚灵王好细腰，而国中多饿人。”二为美女赵飞燕身轻如燕。《飞燕外传》记载汉成帝皇后赵飞燕“体轻，能为掌上舞”。此处用典，写出了楚地的女子貌美且擅歌舞。诗人与她们整日相伴，沉迷酒色，暂借温柔乡来忘掉身外事。

诗人想借这种生活方式安慰失意的自己，但是从首句中的“落魄”二字可知，他并没有从失意中解脱。诗人回想当初的生活，有往事如梦的不真实感。“十年一觉扬州梦”那样的生活已经远去，但又像一觉那么短暂。用“十年”对“一觉”，道出了时间流逝而今如梦初醒。“一觉”亦可见其醒悟。诗人把这段日子称为梦，可见已有悔恨意。他开始对那段放浪生活进行反省。

尾句中的“薄倖名”，指诗人在青楼中留下了响亮的名声，几乎众人皆知，也证实了“楚腰纤细掌中轻”所言不虚。“赢得”二字可见诗人欢喜中的落寞，青楼得意与仕途失意对比，英雄无用武之地，只能在青楼中消遣度日，无可奈何的心境昭然可见。

此诗既有对往昔放荡生活的悔恨，也有浮生若梦的感叹，还显出了杜牧不拘小节，能够坦然面对自己往日放浪生活的豪气。

实际上，杜牧真正在扬州待的时间并不长，只有短短的两年。835年，朝廷的任命下来了，杜牧要离开扬州，回长安任监察御史。虽然这正是诗人所期望的，但两年的扬州生活，也让他产生了颇多的不舍，其中不舍的便有一位在扬州结识的美丽歌姬。于是，在临行前，他写了两首诗送给她。

zèng bié èr shǒu

赠别二首（其一）

杜牧

pīng pīng niǎo niǎo shí sān yú dòu kòu shāo tóu èr yuè chū
娉娉袅袅十三余，豆蔻梢头二月初。
chūn fēng shí lǐ yáng zhōu lù juǎn shàng zhū lián zǒng bù rú
春风十里扬州路，卷上珠帘总不如。

咱们先来看第一首。首句“娉娉袅袅十三余”说的是歌姬娇俏秀美的身姿，和十三四岁的少女年华。第二句“豆蔻梢头二月初”紧接着以花喻人，描述这位十三四岁的少女，就如同豆蔻含苞待放，这样的比喻生动贴切，成为流传后世的经典之句。豆蔻年华，因此成为后世对少女青春年华的代称。

第三、四句“春风十里扬州路，卷上珠帘总不如”意为，虽然扬州美人如云，但是都不及她，以众星拱月的手法，来烘托这位少女的独特和美丽。

短短四句，语言简练，情感真挚，仿佛让读者看到了一个处于豆蔻年华的美丽少女，看到了作者对这位美丽少女的依依不舍，以及情真意切的赞美。

zèng bié èr shǒu
赠别二首（其二）

杜牧

duō qíng què sì zǒng wú qíng　wéi jué zūn qián xiào bù chéng
多情却似总无情，唯觉樽前笑不成。
là zhú yǒu xīn hái xī bié　tì rén chuí lèi dào tiān míng
蜡烛有心还惜别，替人垂泪到天明。

与第一首相比，这第二首诗重在表离情。杜牧在这首诗中用了极婉转缠绵的笔调，读来令人黯然销魂。

“多情却似总无情”，意为当人的情感到了深处却像是没有情感的人。诗人和歌女之间已经有了很深的感情，这是“多情”。但诗人又写“总无情”，这并非指没有感情，而是指在送别的宴席上，两人本来应该互诉衷肠，互慰离殇。但是，两人却像是没有感情的陌生人一样，漠然相对。因为人在多情的时候往往表现出毫不在意的冷漠，甚至要装出如陌路人般不曾相识。诗人对这种情感深有体会，所以，他用一个“总”字，语气强烈地道尽了天下有情人离别的苦楚。但这种“无情”只是表面，所以，杜牧用了“却似”二字，道尽内心的百转千回。杜牧在诗歌开篇即将多情与无情的矛盾铺展于读者眼前，全诗张力于开始便至顶端，实为绝妙开篇。

第二句中的“唯觉樽前笑不成”，将情人离别时万般无奈的感情表达得淋漓尽致。在别离的宴席上，杜牧原想把酒言欢，用欢笑疏解二人的离愁，可是他最终却“笑不成”。想笑却又笑不出来的矛盾冲突，实是情至深处的体现，它强烈而准确地表现了两人之间刻骨铭心的情感。

第三、四句采用了拟人的手法，把蜡烛比喻成人，寄情于物。诗人在此宕开一笔，不再去继续写离别时两人的表现，而是转到桌上的蜡烛。“蜡烛有心还惜别，替人垂泪到天明。”诗句中的“心”喻蜡芯；“惜别”为舍不得离别；“垂泪”则是把蜡烛燃烧时滴落的蜡水比喻成人的眼泪；“天明”写出了离别前时间缓慢流逝的过程，也表现出天亮了，离别在即，情人间不舍离别的感情又增了一分。蜡烛就像是有情感的人，舍不得离别，代替即将离别的情人一直流泪到天亮。

杜牧把自己的情感赋予在一支短短的蜡烛上，仿佛蜡烛也成了具有真情实感的人。这时候，物我两融，早已分不清哪个是物，哪个是人。行笔至此，蜡烛恣意流泪与人因爱到深处反而“无情”的情感体验构成了一对鲜明的情感表达意象。杜牧在这两处意象的描绘中，不着一“悲”字却能让人深刻体会离别的心酸痛苦，体会何为“黯然销魂者，惟别而已矣”。

诗人用坦率真诚的语言，将离别时的真实感情娓娓道来，不扭捏不做作。一向以清丽豪爽见长的杜牧，其赠别诗又多了情致婉约、悱恻缠绵的一面，但这种蕴藉中又不乏深沉情感，让人可以窥探到他丰富的内心世界。

两年的扬州生活对杜牧来说，是一段难忘的岁月。他一生写过许多首与扬州有关的诗作，下面这首《寄扬州韩绰判官》也是其中之一。

jì yáng zhōu hán chuò pàn guān

寄扬州韩绰判官

杜牧

qīng shān yǐn yǐn shuǐ tiáo tiáo， qiū jìn jiāng nán cǎo wèi diāo
青山隐隐水迢迢，秋尽江南草未凋。

èr shí sì qiáo míng yuè yè， yù rén hé chù jiāo chuī xiāo
二十四桥明月夜，玉人何处教吹箫？

离开扬州后，杜牧因怀念在扬州结识的友人韩绰，因而写了这首七言绝句寄给他。

诗人遥想扬州“青山隐隐水迢迢，秋尽江南草未凋”的景色。扬州虽地处长江北部，景色却与江南无异。此时虽已深秋，但扬州依然是一片生机盎然的绿色，草木都还未凋谢。“隐隐”道出了山影的重重叠叠，“迢迢”形容水源源不断的绵长。这两个叠词，写出了扬州的山水柔媚，风情宛然。

诗人想到昔日在扬州结识的好友韩绰，不禁问道：“二十四桥明月夜，玉人何处教吹箫？”意为：“身在扬州的你，面对如此良辰美景，会在何处与歌姬们吹箫游乐，嬉戏风流呢？”如此亲昵的口吻，可见两人情感的深厚，其调侃的语气中隐含着一丝羡慕之意。“二十四桥”是扬州胜景，“桥”与“月”的简单搭配，虽用词简净，却风韵富美。“玉人”喻指韩绰，为诗人对友人的美称，满含风流俊朗之意，回应了题目中的“寄”。

这首诗表达了诗人杜牧对扬州绮丽美景的眷恋，寄托了对好友的深深思念。在那遥想的美景背后，还隐含着一声诗人的沉重叹息，透露出他如今孤独寂寞的处境。

白云生处有人家

大家是不是有些纳闷，杜牧的诗里怎么总是“青楼”“歌女”，这种格调的诗人，怎么能跟家国天下的杜甫相提并论呢？请先不要着急。每个伟大的诗人都有自己的风格，杜牧自然不是第二个杜甫，但世人之所以把他抬到今天这样高的位置，定然也是有其道理的。

事实上，杜牧的文学创作有多方面的成就，诗、赋、古文都堪称名家。以诗而论，他对古体诗和近体诗都很擅长，其中古体诗受杜甫、韩愈的影响，题材广阔，笔力峭健；近体诗则以文辞清丽、情韵跌宕见长。有学者指出，杜牧的诗大体可分为两类：一是豪迈的，一是香艳的，前者“或为遣愁，或为吊古，或为感怀之作，多是用一种拗峭的笔调写成，立意奇特”；后者“大半是用一种清新的笔调来轻描淡写的，所以便不至满纸都脂粉气了”。

在这本书里，诗人各种类型的诗，我们都会为大家选一些代表作进行介绍。下面，我们就先来看两首杜牧远离都市尘嚣、清新自然的小诗。

shān xíng
山行

杜牧

yuǎn shàng hán shān shí jìng xié bái yún shēng chù yǒu rén jiā
远上寒山①石径斜②，白云生处有人家。
tíng chē zuò ài fēng lín wǎn shuāng yè hóng yú èr yuè huā
停车坐③爱枫林晚，霜叶红于二月花。

①寒山：指深秋时候的山。②斜：倾斜。③坐：因为。

这首诗描绘了一幅深秋山林的美丽风光。第一句诗人通过三个形容词再现了山貌："远上"的"远"写出了山路的曲折蜿蜒；"寒"点明了此时是深秋时节，也显示出了山体硬、冷的特点："斜"指山的陡峭、险峻，表明诗人心生畏意，与第二句诗人突然在一片荒凉的景色中看到人间烟火的惊喜形成鲜明对比。

白云缭绕的远处诗人望到一些人家。"白云生处"句有版本作"白云深处"，二者各有其妙，但"生"字更具情景感，它表现出了山的高峻，白云层层叠叠缭绕弥漫，仿佛是流动的画面，充满了动态感。"有人家"三个字淡淡拈出，既自然又贴切，让人联想到远处深山里飘出的袅袅炊烟与鸡鸣狗吠声。同时照应了前文的"石径"二字。那些弯弯曲曲的小路原来就是深山人家日常行经之路，于是，深山便不再荒凉。

第三句"停车坐爱"表明诗人并没有因为路远而着急赶路。"停"字写出了旅途中走走停停的乐趣，与诗题《山行》中的"行"字相映成趣。"坐"意为"因为"。诗人停下了匆忙的脚步，只是因为傍晚时分的枫叶林在晚霞的照映下流光飞舞，秋山夕照的美景让人流连忘返。

这时诗人仿佛已经不是一个过客，而是一个归人，完全沉醉于美景之中。其中的“晚”蕴意无穷。它点明时间现在已经是傍晚，同时展现了时间从白天到晚上慢慢消逝的过程。同时这还表明了诗人对枫林美景依依不舍、不忍离去的流连之情，也为引出末句的“霜叶红”做了铺垫。

末句“霜叶红于二月花”是全诗主旨。“红于”指明经霜的枫叶比二月的花还艳丽。在一系清冷意象的铺陈后，诗人在这里用浓重的笔墨写出了枫叶之绚丽。行笔至此，前文所有的景物都虚化成背景，成了枫叶的陪衬。这种表现手法，将枫林的美丽衬托得更加鲜明。

“霜叶红于二月花”是客观描写，也是诗人的内心感受。“一切景语皆情语”，末句一反古代诗文中在描写秋天时的萧瑟冷清，用火红的枫叶让读者感受到一个充满了热烈生机的秋天，同时也体现出诗人豪迈爽健、积极乐观的感情。其构思新颖，具有启发的意义。

qīng míng
清 明

杜牧

qīng míng shí jié yǔ fēn fēn， lù shàng xíng rén yù duàn hún
清明时节雨纷纷，路上行人欲断魂。
jiè wèn jiǔ jiā hé chù yǒu， mù tóng yáo zhǐ xìng huā cūn
借问酒家何处有，牧童遥指杏花村。

这是一首脍炙人口的七绝，在晚唐绮靡的时代风气下，这样以白描手法呈现出来的流丽清新的小诗已属不多见。

本诗开篇以时间切入，点明为“清明时节”，清明是中国传统节日，或扫墓祭拜，或踏青寻幽，或合家欢聚，演变至今已经成为一个扫墓祭拜先人的节日。时序变化，又恰逢这样一个节日，诗人难免心生感慨。况且此时诗人离家千里，远在江南，既不能和自己的家人团聚，也不能祭拜先祖，因此心中抑郁。

时间之后紧接着是渲染“雨纷纷”，天空在清明时节下起了纷纷扬扬的小雨，这小雨似乎是早春清明应有之天气，但却又为孤苦他乡之人不应遇之天气，主客观碰撞出来的矛盾使诗人的愁苦不言而喻，失意人恰逢失意天，可谓恨事连连，诗人的心情该是如何呢？他用极愁苦凄凉的笔触点出是“欲断魂”，欲者将要也，断魂即指心神分离，魂魄似乎将要离开自己的身体飘然而去。上句描写客观之景，下句抒发主观之情，“纷纷”二字可谓是连接上下句之精魂，“纷纷”既是客观的春雨霏霏，寓情于物，也表现出诗人此时心情的惆怅，游子难归，无人为伴，感情于景，愁思如细雨绵绵难绝。

如果说第一、二句里诗人还在凄苦的环境中感时伤怀的话，那么第三、四句里的诗人已经决定要为这种心情寻找一个出路——酒。或许借酒消愁愁会更愁，但诗人笔下的酒，却是诗人现在急切想归去的温柔乡。第三、四句中，通过一问一答的对话，诗歌的语气都显得俏皮起来，其实诗人是问，牧童却是“指”而不答，在高潮之处戛然而止，留白无限。

牧童的“指”而不答，犹如一种笑而不语，充满了禅的意境。诗人的问是音乐的流动，牧童的指是画面的静止，动静相和，音画相宜。你可以想象随着牧童的“指”，诗人看见了忽近忽远之处，被树荫隐匿了一大半扬起的“杏花村”的酒帘子。

有人认为杜牧太啰唆，把诗改为：“清明雨纷纷，行人欲断魂。酒家何处有，遥指杏花村。”岂不知如此一改，失掉了多少哀婉跌宕的意境：少了“时节”二字，“清明”的音节就显得单薄而不饱满；不点出“路上”，即少了行人正在赶路的动态感；“借问”二字表达出了游子孤苦之感，同时也是普通人之间情谊连接的桥梁，不可少；“牧童”二字若被抹掉，那明丽轻快之感恐怕也荡然无存了。此诗可谓不可多得一字，亦不可少缺一字，繁则繁，止则止，绿肥红瘦正相宜矣。

山水之中忧家国

在杜牧生活的晚唐时代，昔日的辉煌盛世早已不在，整个王朝已呈大厦将倾之势，藩镇割据、宦官专权、牛李党争……一点点侵蚀着这个巨人的身体。

唐宪宗当政之后，醉心于自己的一点点成就，飘飘然做起了长生不老的美梦，一心事佛，韩愈上《谏迎佛骨表》险些丢了性命。宪宗死后，后继的穆宗、敬宗、文宗也照例提倡佛教，僧尼之数继续上升，寺院经济持续发展，大大削弱了政府的实力，加重了国家负担。

这一年杜牧来到江南（江苏江阴），不禁想起当年南朝，尤其是梁朝事佛的虔诚，到头来却是一场空，不仅没有求得长生，反而误国害民。于是，他写下了一首《江南春》，借古喻今，以劝诫当朝执政者。

jiāng nán chūn
江南春

杜牧

qiān lǐ yīng tí lù yìng hóng shuǐ cūn shān guō jiǔ qí fēng
千里莺啼绿映红，水村山郭①酒旗风。
nán cháo sì bǎi bā shí sì duō shǎo lóu tái yān yǔ zhōng
南朝②四百八十寺，多少楼台烟雨中。

①山郭：靠山的外城。②南朝：东晋之后在建康（今南京）建都的宋、齐、梁、陈四朝合称南朝。

四百八十寺：南朝皇帝和大官僚好佛，因此当时佛寺大兴。据《南史·循吏·郭祖深传》："都下佛寺五百余所。"此处为虚指。

在这首诗中，诗人杜牧用短短28字描绘了一幅风光无限、绚烂多姿的江南的春天。虽然用语简洁，意象精致，但塑造了一个大江南。

首句中用"千里"这一概括性数字，道出了江南地域广大开阔，把整个江南全都囊括在其中。"莺啼"二字有先声夺人的效果，诗中春景未现，读者就听见了春天的声音。诗人正是用莺啼，把"犹抱琵琶半遮面"的春天唤了出来：在广袤的江南大地上，春天来临，四处是抽了嫩芽的绿树和刚刚舒展开的花朵，有鸣叫的鸟儿穿梭于绿柳红花之中，好一派姹紫嫣红的热闹景象。

第二句当中有“水”，有“山”，有“酒旗”，有“风”，还有“人家”。句中的“酒”字让整首诗瞬间充满了生活的气息，这里没有写酒馆、酒栈，而是选择了一个更小的意象——“酒旗”，以小见大，让人想见依水的村庄、临山的城郭不时有酒旗闯入眼帘。这里的“风”也只是单独罗列，并没有写风吹动或者拂动酒旗，留与读者想象酒旗如何迎风招展。

三、四句中，诗人的视角从自然景观转到人文景观，既有空间的延伸，也有时间的历史的追溯，忽而从明丽的景物转向了朦胧迷离的春的世界里，丰富了江南春天的色彩感和层次感，向读者传达江南的春是多姿多彩的。

杜牧在诗中，通过“南朝”二字引出了南朝统治者因大兴佛教，劳民伤财而最终加速其灭亡的历史旧事。诗人透过“南朝四百八十寺”的“烟雨”，吊古的同时亦在伤今。最后两句为诗篇加入了历史兴亡之思，让诗境从单纯的写景中超脱，全诗的主旨由此得到了升华。

从这首诗中，我们可以看出，杜牧并非一个整天沉浸在温柔乡中的风流浪子，他的家国情怀不亚于唐朝任何一个诗人。只不过，他所表现的形式与别人不同罢了。下面这首《泊秦淮》，虽然又写到了歌女，但也同样表达了他对国家命运的无比关怀和深切忧虑，小朋友们可以与上面那首《江南春》对比学习。

bó qín huái

泊秦淮[1]

杜牧

yān lóng hán shuǐ yuè lǒng shā　yè bó qín huái jìn jiǔ jiā

烟笼寒水月笼沙，夜泊秦淮近酒家。

shāng nǚ　bù zhī wáng guó hèn　gé jiāng yóu chàng

商女[2]不知亡国恨，隔江犹唱

hòu tíng huā

《后庭花》[3]。

①秦淮：即秦淮河，发源于江苏句容大茅山与溧水东庐山两山间，经南京流入长江。相传为秦始皇南巡会稽时开凿的，用来疏通淮水，故称秦淮河。历代均为繁华的游赏之地。②商女：以卖唱为生的歌女。③《后庭花》：即南朝陈后主所作《玉树后庭花》的简称。陈后主耽于声色，终致亡国。故后将《玉树后庭花》视为亡国之音。

秦淮河是六朝以来商旅的集散地，耸立着许多秦楼楚馆，热闹繁华。杜牧在夜晚途经此地，听到歌姬的唱词，感时伤世，悲从中来，写下了这首传唱千古的名作。不少学者认为，此诗为唐人七绝的压卷之作。

第一句描绘烟水朦胧、凄凉迷离的景象，通过两个“笼”字把“烟”“水”“月”“沙”四者巧妙地联系起来。此句运用了互文见义的表现手法。诗意为：烟和月色笼罩着秦淮河的水和岸边的沙。在这里，诗人借景物描写，暗示唐王朝危机四伏，使后文诗人听到隔江的歌声有感有了一个环境烘托。这里没有直接交代事件，而是先写了诗人周边的环境，给读者增添了无限想象的空间。

第二句承接了第一句，写景之后紧接着交代了时间、地点。时间是“夜”，地点是“秦淮”，并且印证了诗题。“近酒家”三字开启了后文。正因为诗人离秦楼楚馆近了，才能听清歌姬演唱的《后庭花》。“近”在不远不近之间，暗含热闹是他们的，自己却凄凉孤独之意。

“商女”是指以唱曲来谋生的女子，也被称为歌姬。第三句明写商女不知亡国恨，其实暗指统治者和大多数国民仍沉迷于歌舞声色之中，不谙国事，没有“亡国”的意识。暗讽的表现手法突出了诗人的痛心和无奈。

末句中的“后庭花”为用典。传说，南朝陈后主作歌曲《玉树后庭花》给歌女演唱，当时隋兵已经在江北布阵，而陈后主竟然沉迷声色不理国事，最终导致了南朝小朝廷的灭亡。此句中的“隔江”二字，则将历史与现实串联在一处，既是对当时局势的暗示，也是对当权者的讽刺。

本句中的“犹”字用得尤其绝妙。“犹”即“还”，这一字意味深长。它将南朝的旧事与现实情景对比，吊古的同时讽今，警示统治者如果继续沉迷声色，那么南朝亡国的悲剧将会重演，同时流露出诗人无限的隐忧和沉重的悲痛。

整首诗将写景、叙事、抒情融为一体，寓情于景，情景交融，委婉浑然，意蕴无穷，表达了诗人对于山河落魄却声色依然的深切哀思。

写古代美人的两首诗

作为一名风流才子，杜牧笔下自然有许多对女人的描述。在前面，我们给大家介绍了几首杜牧对当时歌姬的描写，那么他又是怎样写古代美女的呢？小朋友们，跟我一起来看一看吧。

guò huá qīng gōng jué jù sān shǒu

过华清宫绝句三首（其一）

杜牧

cháng ān huí wàng xiù chéng duī shān dǐng qiān mén cì dì kāi
长安回望绣成堆，山顶千门次第开。
yí qí hóng chén fēi zǐ xiào wú rén zhī shì lì zhī lái
一骑红尘妃子笑，无人知是荔枝来。

《过华清宫绝句》是杜牧咏史诗中最著名的一组，共有三首，本诗为第一首，乃是杜牧游历经过华清宫时触景生情、有感而发，诗人截取了唐明皇为满足杨贵妃嗜吃荔枝这一历史故事，直接抨击唐玄宗的昏庸无道，也借史喻今，写出了诗人对晚唐政治黑暗的无奈和伤感。后代也有很多诗人写过以华清宫为主题的咏史诗，而杜牧的这首绝句尤为精妙绝伦，脍炙人口。

起句“长安回望绣成堆”，既是实写景物，用重笔叙写诗人在长安回首南望华清宫时所见到的骊山不同于他处的景色，写景之余又有启下的效果。“绣成堆”用远景的手法写出诗人在京城眺望骊山看到一片佳木葱茏、花繁叶茂之景，无数叠嶂有致、富丽堂皇的建筑遮掩其间，宛如一堆锦绣。这三个字，表面上看是指骊山两旁的东绣岭、西绣岭，但诗人在此却是巧妙地运用双关语暗示坐落于骊山优美环境之中雄壮奢华的华清宫的亭台楼阁。此情此景，让常怀天下、有感时事的诗人想到当时晚唐帝王的奢靡淫乱，不禁发出了无限的历史感慨。

“山顶千门次第开”三句，紧承上句，回顾历史。骊山“山顶千门”洞开写出了唐玄宗、杨贵妃当年生活的奢华。“山顶千门次第开”是以近景描写华清宫，这一句既向世人展示了山顶那座行宫的雄伟壮观，也是在告诉读者，华清宫平日严密关闭着的层层宫门早早全部打开只是为了不延误荔枝运送的时间。“千门”巧用夸张的手法写出宫门之多、宫殿之大，以及戒备的森严。“次第开”则写出门逐个打开要让骑马送荔枝的人畅通无阻。虽然只是一句场景描写，却为下文唐玄宗为了满足杨贵妃的口腹之欲而不惜劳民伤财的描写埋下了伏笔。读完此句，不禁使读者疑惑：“山顶千门”为何要“次第”大开？末两句“一骑红尘妃子笑，无人知是荔枝来”即是答案。

不是因为传送紧急公文，不是为了生民社稷，仅仅是君王为博红颜一笑。清代吴乔《围炉诗话》说：“诗贵有含蓄不尽之意，尤以不著意见声色故事议论者为最上。”杜牧的这首诗恰恰就巧妙地体现了“含蓄”的艺术魅力，诗并未直说唐玄宗的荒淫好色，杨贵妃的恃宠而骄，而是将“一骑红尘”与“妃子笑”对比，妃子的轻松一笑背后却是多少人担着性命之忧的劳累奔波，这就有了比直抒己见更强烈的艺术效果。

前三句接连给读者以悬念，末句本应该给出解释，但诗人匠心独运，出人意料地用了一个否定句：“无人知是荔枝来。”确实，风卷尘埃，人困马乏，千门次开，谁会想到竟是不为天下为红颜呢？“无人知”三字画龙点睛，蕴含深广，把全诗的思想境界提升到了惊人的高度。诗的结句作为全诗的点睛之笔，真正揭示出了“安史之乱”的祸根。其实，诗人写“无人知”，并非真正着意在无人知晓，而是强调出乎所有人的料想，如此耗费人力物力的行为竟不是为了军国大事，只是为了美人一笑，盛唐由盛转衰也就在所难免了。

全诗不用难字，不使典故，不事辞藻，前两句用朴素自然的语言由远及近地渲染华清宫的富丽奢华，后两句则寓意精深，含蓄有力地写出了君王不事天下事美人的荒唐，是唐人咏史绝句中的佳作，后人同题材作品也难有能出其右者。

tí táo huā fū rén miào
题桃花夫人庙

杜牧

xì yāo gōng lǐ lù táo xīn，mò mò wú yán jǐ dù chūn。
细腰宫里露桃新，脉脉无言几度春。
zhì jìng xī wáng yuán dǐ shì？kě lián jīn gǔ zhuì lóu rén！
至竟息亡缘底事？可怜金谷坠楼人！

在王维那一章，我们提到过“桃花夫人”，她就是息妫，即息夫人。大家学这首诗时，可以将王维的《息夫人》拿过来进行对比。后人因息夫人的高贵品格而修庙以祭祀，这个庙就叫作“桃花夫人庙”。诗人路过桃花夫人庙，在庙中题了这首诗。

首句“细腰宫”即楚宫，引自“楚王好细腰，宫中多饿死”。此句意在指责楚王荒淫无道。“露桃新”点明时间是春季，《宋书·乐志》中有“桃生露井上”语。杜牧的“露桃新”语带双关，一来指明桃花夫人被劫掠到楚王的宫殿，二来暗喻貌似桃花的息夫人面带着泪痕。“脉脉无言几度春”中“无言”本意是指前文中的“桃李无言”，深层含义为息夫人整日和桃花相对无言，伤心唯有桃花知。

一、二句以物喻人，物与人合而为一，蕴含隽永。第三句诗人的语气一转，问道：息国为什么灭亡呢？发问后，诗人并没做正面回答，却讲到西晋石崇的宠妾绿珠。石崇曾经修建了一座金谷园，每次宴客都让绿珠歌舞助酒。后来，权贵孙秀向石崇索要绿珠，石崇不从，于是孙秀就矫诏逮捕石崇。此后绿珠“愿效死于君前”，跳楼而死。

此处以息夫人比绿珠，绿珠的死是因其貌美，息国被灭国也是因为息夫人的美貌，以此答来回彼问，把两个相异却又相似的事物无痕地连接在一起，丰富了诗歌的内容，言有尽而意无穷。

古时候，女子的命运难以掌握在自己的手上，往往貌美的女子都会以悲剧收场，诗人感叹息夫人身世的同时，对楚王的荒淫无耻进行了无声的控诉。

写古代英雄的两首诗

从前面的两首写古代美女的诗中，我们可以看出杜牧并未像写歌姬那样，直接描写女人的美貌，而是采用借古喻今的方式，通过古代美人的故事，来表明对现实的批判。那么，杜牧又是如何描写古代英雄的呢？咱们接着往下看。

chì bì
赤壁

杜牧

zhé jǐ chén shā tiě wèi xiāo zì jiāng mó xǐ rèn qián cháo
折戟沉沙铁未销，自将磨洗认前朝。
dōng fēng bù yǔ zhōu láng biàn tóng què chūn shēn suǒ èr qiáo
东风不与周郎便，铜雀春深锁二乔。

杜牧写过很多咏史诗，《赤壁》是其中最优秀的篇章之一。诗人在出任黄州刺史时，曾游览赤壁，对三国的历史有感，于是写下了这首怀古咏史诗。诗中写到的战争即是三国时期著名的战役赤壁之战。它扭转了当时的政治格局，也改变了历史的走向，奠定了魏、蜀、吴三国鼎立的局面。

当年，势力范围不断扩大的曹操率兵南下试图攻吴，曹操虽然满腹韬略，但是从小在北方长大的他对水战一窍不通。因为北方士卒不习惯坐船，所以曹操下令将战船首尾连接起来以防晃动，这给了吴蜀可乘之机。当时正刮东南季风，孙权和刘备联手采取火攻的办法击败了曹操。而这场战争的火攻计策的决策者便是诗中提到的“周郎”，即周瑜。

第一句中的“折戟”即被折断的兵器铁戟。诗人路过古战场时，在泥沙中发现了一支被折断的戟。但是历时久远，铁戟生锈。诗人亲手把它洗净，发现它是三国遗物。拿着这支前朝战争的遗物，诗人顿生感慨，这为后面诗人的抒情奠定了基础。“认”字起到了承前启后的作用，以一支小小的“折戟”开篇，发怀古之幽思，以小见大，层层深入，充满了层次感和纵深感。

三、四句，诗人用了在咏史诗中少见的假设手法。杜牧认为，如果当时没有东风的帮助，这场战役将会是另一种结局，历史也将会被改写。有学者提出，杜牧把赤壁战争的胜利完全归功于客观因素“东风”并不妥当，因为战争胜利的因素“天时、地利、人和”缺一不可；也有学者赞赏地认为，这是诗人看到了历史是偶然性和必然性的结合。事实上，杜牧突出东风在战争中的作用，另有用意。

“东风”事实上指“机遇”“时机”，再结合杜牧的际遇，他深知用兵之法，却怀才不遇，即可看出“东风不与周郎便，铜雀春深锁二乔”实际上是杜牧借周瑜得遇良机赢得战争胜利的旧事，以抒发自己生不逢时、壮志难酬的感慨。

诗篇尾句中的“春深”二字既是指时间上的春深，也指在铜雀台上把二乔深深锁住。二乔的身份有其独特的象征意味。杜牧将历史兴亡的感叹落脚于美人锁深宫的意象中，在气势磅礴、沉郁悲怆的咏史诗中注入了一丝风情。杜牧的这种创作构思晚唐诗人少有能及者。

在《赤壁》中，杜牧写的是三国时期的英雄周瑜，而下面这首《题乌江亭》，写的自然是于乌江自刎的项羽了，咱们接着往下看。

tí wū jiāng tíng
题乌江亭

杜牧

shèng bài bīng jiā shì bù qī，bāo xiū rěn chǐ shì nán ér。
胜败兵家事不期，包羞忍耻是男儿。

jiāng dōng zǐ dì duō cái jùn，juǎn tǔ chóng lái wèi kě zhī
江东子弟多才俊，卷土重来未可知。

乌江亭在今安徽省和县东北的乌江浦，楚汉相争时，西楚霸王项羽在此兵败自尽，此诗当为诗人路过乌江亭时想起历史上项羽兵败自刎之事而作。

“胜败兵家事不期”指胜败乃兵家常事，却又难以预料。杜牧深知用兵之事，所以有此感叹。杜牧对待胜败的态度是：“包羞忍耻是男儿。”男儿的胸怀应该如海纳百川能容一切不能容之事，正所谓忍者无敌。历史上也不乏这样的大丈夫，如忍胯下之辱的韩愈、卧薪尝胆的勾践等。杜牧在摆出自己观点的同时，否定了项羽因兵败自刎的做法。

在司马迁的《史记·项羽本纪》中记载，当项羽兵败逃到乌江边时，乌江亭长劝慰项王曰：“江东虽小，地方千里，众数十万人，亦足王也。愿大王急渡。今独臣有船，汉军至，无以渡。”而项羽却说“天之亡我”，不愿渡江，并说“且籍与江东子弟八千人渡江而西，今无一人还”，即使江东父老仍拥立他为大王，他也愧对他们以及那死去的八千子弟。

从第三句可见，诗人的立场与乌江亭长一致。他认为江东一带有许多身怀才能的人，如果当初项羽没有在乌江边自刎而死，那么说不定可以再聚江东子弟重建一番事业。“卷土”一句气势盎然，让人联想到浩浩荡荡的百万大军压境的景况，其中“未可知”充满了诗人对项羽自刎的惋惜与批判。

历史都是偶然性和必然性的结合。项羽的失败是必然性远远大于其偶然性。他骄横自大的性格决定了他的命运，即便他怀着侥幸之心活下去，也难以再卷土重来。即便如此，诗人从反面着笔，看到了绝处逢生积极的一面，鼓励人们要勇于面对困难，永不言败，体现了政治失意的杜牧少有的积极情绪。

李商隐

佣书贩春的少年

牛李党争夹缝中生存

情圣李商隐的爱情

小李为啥爱写无题诗

美景中的淡淡哀愁

佣书贩舂的少年

对比一下“大李杜”和“小李杜”的出生时间，你会发现一件有趣的事情。

李白出身于701年，杜牧出生于803年；杜甫出生于712年，李商隐出生于813年。也就是说，李白出生102年后，杜牧出生；杜甫出生101年后，李商隐出生。两对组合，彼此年纪大约相差一个世纪。这背后当然没有什么必然的关联，只不过是觉得好玩，写出来跟大家分享，也便于大家记忆。

下面，我们回到主题，来说本书要介绍的最后一位大诗人——李商隐。

与出身于名门望族的杜牧相比，李商隐的人生起点可以说要低得太多了。他的父亲李嗣曾做过获嘉县令，后辞官到浙西去做幕僚，李商隐自幼跟随在父亲身边。821年，李商隐刚9岁，他父亲便去世了，他随母亲回到郑州老家，开始了清贫而艰苦的生活。

李商隐是家中长子，因此便背负了撑持门户的责任。在古时候，父母去世子女要守丧三年，基本上不能出来工作。父亲做官时家里也还有些积蓄，但沿途运送灵柩回来，再加上守孝三年，用得已经差不多了。因此，待守孝期满后，他便急急忙忙脱去丧服，开始了谋生之路。

那时的李商隐，只不过是12岁的孩子，他能做什么工作呢？就是咱们题目上说的“佣书贩舂”，即为人家做抄写、舂米的工作。在唐朝，印刷还不流行，书都是靠手抄的。给人家抄书赚的钱还不足以养家，于是小李商隐又找了另一份兼职，那就是给人家舂米。

虽然沉重的生活压在双肩上，但李商隐一点也没放松自己的学业。回乡后，他曾跟随一位精通五经和小学的堂叔受经习文，到16岁时他便因擅长古文闻名乡里。此外，他还写得一手秀丽的工楷与一手好文章。

829年，17岁的李商隐把家搬到了洛阳。这一举动可以说非常明智，使他的人生因此迎来了转机。在洛阳，李商隐结识了白居易、令狐楚等前辈，他们对李商隐的才学都非常赏识。当时，令狐楚为检校兵部尚书、东都留守、东畿汝州都防御使，对李商隐十分器重，让他和自己的儿子令狐绹等交游，并且亲自授以今体（骈俪）章奏之学，并“岁给资装，令随计上都”。后来，令狐老先生又给了李商隐一份工作，让他入幕为巡官，先后随往郓州、太原等地。在这几年当中，李商隐一边努力学文，一面积极应试，只可惜一直没能考中。

李商隐科考失利，并非他的学识不足，而是当时的权贵们相互提携，大量录取上流社会关系网中的考生。像李商隐这样缺乏权势背景的考生，通常在考试之前都会刻意结交关系，或者想出种种办法引起考官及名流的注意。虽然李商隐有令狐楚这位贵人，但生性高傲的他很难开口去求人，尤其是在科举考试这方面。结果，各方面都不如李商隐的令狐绹在830年便考中了进士，而李商隐却直到837年才考中。不过，李商隐已经很厉害了，因为这一年他才25岁。

苦出身的李商隐，对贵族中的纨绔子弟自然是深恶痛绝，因而他写了一首诗来讽刺他们，这首诗就叫作《富平少侯》。

富平少侯①
fù píng shào hóu

李商隐

qī guó sān biān wèi dào yōu, shí sān shēn xí fù píng hóu.
七国②三边③未到忧，十三身袭富平侯。

bù shōu jīn dàn pāo lín wài, què xī yín chuáng zài jǐng tóu.
不收金弹抛林外，却惜银床在井头。

cǎi shù zhuǎn dēng zhū cuò luò, xiù tán huí zhěn yù diāo sōu.
彩树转灯珠错落，绣檀回枕玉雕锼④。

dāng guān bú bào qīn chén kè, xīn dé jiā rén zì mò chóu.
当关不报侵晨客，新得佳人字莫愁。

①富平少侯：西汉景帝时张安世被封为富平侯，他的孙子张放年少时即继承爵位，史称“富平少侯”。汉成帝刘骜（ào）与富平侯张放交好，骄奢享乐，荒废政事，自称“富平侯家人”。②七国：汉景帝时，所分封的七个诸侯国发生叛乱。此处喻指藩镇叛乱。③三边：指汉代幽州、并州和凉州。这里借指边疆不稳定。④雕镂：镂刻。

这是李商隐早年创作的一首政治讽喻诗，诗中对贵族中的纨绔子弟放浪形骸、荒诞淫逸的行为加以揭露，并将矛头直指统治阶级的最高权威——皇帝。

首联介绍了主人公的身世地位。“七国三边未到忧，十三身袭富平侯。”藩镇叛乱、边疆告急，身居高位的侯爵却不知道为国家感到忧愁，原来他只是一个13岁就承袭侯爵的无能之人。次句着重强调，这些身份显赫的权贵只是一群少不更事的纨绔子弟，并不知道要报效国家。作者着意作势，突出了承袭爵禄的宦门子弟只知享乐，却不知为国家分忧的意旨。

颔联“不收金弹抛林外，却惜银床在井头”意在描写少侯的骄奢淫逸。承接首联，是对少年侯爵行为上的叙写。上句写少侯为了逞一时之兴，连贵重的金弹也不知道珍惜，随意地抛弃到树林外，足见其奢侈。“不收金弹”用韩嫣典故，据《西京杂记》载，韩嫣喜爱玩弹子游戏，便用黄金做弹，每天丢失金弹十余枚。下句则写他对井上看似银做成的辘轳架却有几分爱惜。上下两句构成鲜明的对比，传神地写出了贵公子的无知与憨态，诗人蕴讽刺于幽默的笔调中，揶揄之意耐人寻味。

诗人在颈联对主人公的室内陈设进行了描述，从物质角度刻画其奢侈。少侯家中华丽的灯柱由层层灯烛环绕，就如同夜晚的明珠，交相辉映，错落有致。而他那用纹理精美的檀香木做的枕头上，雕刻着镂空的花纹，回环精美，仿佛是用上好的美玉做成的。这两句虽然只是纯粹客观的景物描写，却通过对“灯”“枕”这两件微不足道的小物件的细致刻画，写出了少侯家的极度奢靡。同时也通过“灯”和

“枕”不落痕迹地引出尾联的描写。

尾联写少侯家守门的人不为清晨到来的客人进行通报，是因少侯刚得到了一位名叫莫愁的丽人。这里看似直白地叙述了主人公沉湎美色的行径，实则是以“莫愁”二字呼应首联的“未到忧”，在讽刺少侯骄奢荒淫的同时，暗喻今日的不知愁，必定给将来带来更大的祸患。以“莫愁”暗喻“深愁”，表现了诗人对国家的深深忧虑。

此诗虽讽刺的是“富平少侯”，但另具寓托。据载，唐敬宗本为少年天子，但他每天都沉醉在声色犬马中，不问政事，不知忧心。可见，本诗是借对少年子弟的批判，来讽刺唐敬宗。作为帝王，在其位却不以国事为重，这正是李商隐所担心的，因此诗人将矛头指向了唐敬宗。

作为咏史诗，本诗虽以史讽今，但所引用的典故庞杂，题目也与内容联系得并不紧密。所托之“古”只与所讽之“今”大体相似，是诗人早期的作品。下面要介绍的这首《隋宫》，同样是一首咏史诗，但相对成熟许多，大家可以对比着学习。

隋宫①二首（其二）

suí gōng èr shǒu

李商隐

zǐ quán gōng diàn suǒ yān xiá, yù qǔ wú chéng zuò dì jiā
紫泉②宫殿锁烟霞，欲取芜城作帝家。

yù xǐ bù yuán guī rì jiǎo, jǐn fān yīng shì dào tiān yá
玉玺不缘归日角③，锦帆应是到天涯。

yú jīn fǔ cǎo wú yíng huǒ, zhōng gǔ chuí yáng yǒu mù yā
于今腐草无萤火，终古垂杨有暮鸦。

dì xià ruò féng chén hòu zhǔ, qǐ yí chóng wèn hòu tíng huā
地下若逢陈后主，岂宜重问《后庭花》。

①隋宫：指隋炀帝杨广在江都（今江苏扬州）所建的行宫。②紫泉：即紫渊，长安河名，因唐高祖名李渊，为避讳而改。③日角：额角突出，古人以为此乃帝王之相，此处指唐高祖李渊。

这首诗约作于857年，此时诗人45岁，在游历江淮时，诗人目睹南朝和隋宫故址，有感而发，遂作《隋宫二首》，这是其中的第二首。在这首诗中，作者讽刺隋炀帝奢靡无度，为了出游享乐，大肆开凿运河，修建行宫，劳民伤财，使得隋朝走上了灭亡之路，成为与陈后主一样的亡国之君。作者讽古是为了喻今，将隋炀帝作为反面教材，来告诫晚唐的统治者，腐败荒淫终将使得唐朝和隋朝一样走上覆亡之路。

首联“紫泉宫殿锁烟霞，欲取芜城作帝家”，作者以紫泉代喻长安，以芜城代喻扬州。隋炀帝在大运河凿通后，带领大批宫女侍卫，从长安南下直达扬州游赏作乐，将长安的宫殿丢在脑后，好像是要久住扬州，重新定都似的。

颔联“玉玺不缘归日角，锦帆应是到天涯”，意思是如果政权没有落到李渊手中，隋炀帝的游船恐怕不只会开到扬州，而是会开到更远的地方，进一步表达了隋炀帝的荒淫无度。

颈联“于今腐草无萤火，终古垂杨有暮鸦”，是描述隋朝灭亡之后，隋宫呈现出的荒凉景象：隋炀帝喜欢夜游，曾命人捕捉大量萤火虫，在夜晚放出，照亮整个山谷，在扬州时，隋炀帝也曾这样夜游过。但是现在扬州的隋宫已经废弃，废墟上只有腐草，而没有萤火。隋炀帝游扬州时，鼓乐震天，灯火辉煌，乌鸦自然不敢在江边的杨树上栖息。而隋朝灭亡后，乌鸦便飞回了树上。

尾联“地下若逢陈后主，岂宜重问《后庭花》”，作者进一步讽刺隋炀帝，如果隋炀帝死后在阴曹地府遇到陈后主，会不会仍旧继续自己的荒唐，和同样荒淫无度的陈后主讨论那曲陈后主喜欢的《后庭花》。陈后主是南北朝陈国著名的昏庸国主，作者将其引入文中，更具有讽刺意味。

整首诗笔调犀利，掷地有声，句句都是鞭挞，极具讽刺之能事。作者对隋炀帝进行无情的批判，是希望借用文字唤醒当朝的统治者，如果统治者继续和隋炀帝一样昏庸无道，那么唐朝灭亡也就指日可待了。

牛李党争夹缝中生存

晚唐时期有一个重要的政治事件，叫作“牛李党争”。整个朝廷的官员分成了两派，一派以牛僧孺、李宗闵等为首，称为“牛党”；另一派以李德裕、郑覃等为首，称为“李党”。两派之间你争我夺、相互倾轧，把朝廷搞得乌烟瘴气。这场斗争从唐宪宗时期开始，到唐宣宗时期才结束，持续将近40年时间，几乎将所有官员都卷了进去，李商隐自然也不例外。

837年，也就是李商隐考中进士这一年的年底，一向欣赏提携他的令狐楚病逝了。在病危之际，令狐楚将李商隐叫到身边，要他代为撰写遗表。这可不是普通的遗书，而是要上呈给皇帝的政治遗言。令狐楚本人就是这种文体的高手，但他让李商隐帮助他完成自己一生的总结，可见他对李商隐的厚爱。第二年，李商隐在悲痛中参与料理了令狐楚的丧事，之后不久便应泾原节度使王茂元的聘请，去泾州（今甘肃泾川北）做了王茂元的幕僚。

王茂元对李商隐的才华非常欣赏，后来还将自己的女儿王晏媄嫁给了他。领导转眼变成了岳父，照理说应该是好运当头。然而，李商隐却没有意识到，这桩婚姻已经将他拖入了牛李党争的政治旋涡。王茂元与李德裕素来交好，因此被视为“李党”成员；而令狐楚父子则是“牛党”的核心成员。因此，李商隐的行为很自然就被解读为对刚刚去世的老师和恩主的背叛，他很快就为此付出了代价。

在唐代，文人考中进士后通常不会立即被授予官职，还需要再通过由吏部举办的考试才被授予官职。838年春天，李商隐参加授官考试，不料却在复审中被除了名，这使他获得正式官职的时间推迟了一年。虽然第二年他顺利通过了授官考试，并且得到了秘书省校书郎的职位，但在牛李党争的夹缝中生存，他很难在政治上有所作为，因此终其一生他都在低阶官职中挣扎。

作为一名诗人，这种政治上的不得意，很自然地就会反映在作品中，下面我们就来学习其中的两篇。

jiǎ shēng
贾 生

李商隐

xuān shì qiú xián fǎng zhú chén　jiǎ shēng cái diào gèng wú lún
宣室求贤访逐臣，贾生才调更无伦。
kě lián yè bàn xū qián xí　bú wèn cāng shēng wèn guǐ shén
可怜夜半虚前席，不问苍生问鬼神。

这是一首咏史诗，李商隐借当年汉孝文帝召见贾生之事，托古讽今，寄寓诗人自身的遭遇。在这首诗中，诗人自叹身世飘零，怀才不遇，感慨深沉。

诗的前两句从正面下笔，描写汉文帝夜访贤臣，召贾谊入宫的场景。据《史记·屈贾列传》记载，贾谊素负才名，是著名的政论家，有着高明的政治主张，却一生抑郁不得志，最终被贬长沙。首句，诗人对汉文帝大加赞扬，为国访贤臣，甚至将那些曾被贬谪的臣子也召了回来，其态度虔诚谦恭，求贤若渴之心跃然纸上。由“访”至“逐臣”，赞其要使野无遗贤的决心。次句极力推崇贾谊，“更无伦”写其盖世奇才，无可比拟。诗歌情绪层层递进，富有节奏感，咏叹意味流露无遗。此时，明主贤臣，相得益彰，如无三、四句，则会认为诗人所作为颂扬的篇章，然而诗人的奇妙构思正在此处彰显出来。

第三句是承接前两句文意，记叙君臣夜谈的场景。同时由极度的颂扬变为真相的揭露，诗旨全变。“夜半虚前席”，承接上文的“宣室求贤”，诗人用工笔描绘文帝虚心请教、聆听垂询的场景，入木三分地刻画出了当时文帝的情状，将文帝虚怀若谷、迫切渴求贤才的心理传达了出来。就在这时，诗人却笔锋陡转，制造了戏剧高潮，这一幅夜半垂询的图景本应博得后人的赞叹，而诗人却说“可怜”。这一句情感跌宕错落，承接与转折融为一体，转折之处不留痕迹，举重若轻，同时极大地引起读者的好奇，可以说是全诗的枢纽。

有了前三句的铺垫，诗人终于揭开了这次夜谈的神秘面纱，以平静的语调道出了夜谈的内容。君王此次访贤，既没有询问国家大事，也不关心百姓苍生，他要问的是“鬼神”这虚无缥缈之事。求贤心切、虚心求教，甚至秉烛夜话，却问了这样一个毫无现实意义的问题，这对贤臣来讲，是悲哀，更是比贬谪更让人难以承受的侮辱。诗人论而不断，也不点破自己的立场，但是“问”与“不问”的对比，已经写尽了诗人的愤怒与嘲讽。

诗人咏史的同时，也慨叹自己一生的遭遇。生逢衰世，沉沦下僚，诗人自比贾生，而当时的唐王与文帝是不能比的。此诗既是诗人对统治者的辛辣嘲讽，更是对自身的悲叹。寓慨、讽于一体，自伤身世之意不言而喻。

蝉（chán）

李商隐

běn yǐ gāo nán bǎo，tú láo hèn fèi shēng。
本以高难饱，徒劳恨费声。
wǔ gēng shū yù duàn，yí shù bì wú qíng。
五更疏欲断，一树碧无情。
bó huàn gěng yóu fàn，gù yuán wú yǐ píng。
薄宦梗犹泛，故园芜已平。
fán jūn zuì xiāng jǐng，wǒ yì jǔ jiā qīng。
烦君最相警，我亦举家清。

这首诗是李商隐借咏蝉来自喻，以示自己的心志高洁。全诗前半部分咏物起兴，后半部分直抒胸臆，诗人抓住蝉的特点，结合自身的情思层层深入，抒发对自己身世坎坷的感叹。

诗题为《蝉》，全诗即以闻蝉鸣起兴，“本以高难饱，徒劳恨费声”。“高”暗示诗人高傲孤绝，如同蝉在高树上风餐露宿而“难饱”。蝉“难饱”而发出“声”来，但是这叫声却徒劳无用，不能使它摆脱“难饱”的困窘。开篇两句表面是在写蝉，暗中却是指诗人自身为人清高，生活拮据，无奈向他人陈情求助，却最终落得徒劳“费声”。

颔联写蝉的鸣声待到五更天亮时分，已趋于断绝，稀疏难闻，即“五更疏欲断”，但蝉鸣的“疏欲断”没有引来同情，这一树的叶子依旧那么碧绿，全然不为所动。诗人将全无关联的蝉鸣和树叶联系起来，责怪树叶充耳不闻、冷漠无情，是用这种反衬的方式进一步抒发自己不得志的心情以及控诉人们的无动于衷。这正是诗人借物咏志的高超功力所在。

颈联中，“薄宦梗犹泛”从蝉说回自身。诗人认为自己官职卑微，经常流转于各地，如同在大河中四处漂流的梗枝。这浮萍般的游荡生活令诗人倍觉思乡，但是“故园芜已平”，家乡的田园已布满杂草，因此诗人更加迫切地想要回到家乡打点田园。颔联的这一转折使诗人在上文咏蝉时抒发的情感更为明确。

尾联再次聚焦咏蝉，用拟人的方法来写蝉。“烦君最相警，我亦举家清”，诗人将蝉与自身联系起来，与开头呼应。蝉的“难饱”与诗人的“举家清”是如此相像，蝉鸣声声提醒诗人作为一介“薄宦”，与蝉身世相通，更加激起诗人的思乡之情。

在这首诗中，诗人将人、蝉对比，借蝉鸣之声来警示自己梗枝漂流、故园难归的悲惨境地，表明了对自身壮志难酬、身世凄迷的哀虑。

情圣李商隐的爱情

虽然在政治上不得志，但李商隐却娶了一个好妻子。这位王氏夫人虽出身于富贵家庭，却一点没有大小姐的娇气，她多年来一直尽心照料家庭，支持丈夫。从李商隐的诗文中可以看出，他与王氏的感情非常好，但由于自己多年在外为官，夫妻在很长一段时间内聚少离多。因此，李商隐对妻子感到很是愧疚。

有一年，李商隐滞留在巴蜀，妻子从远方家中寄信来问他什么回家，他便写了一首《夜雨寄北》来作为回答。

yè yǔ jì běi
夜雨寄北

李商隐

jūn wèn guī qī wèi yǒu qī，bā shān yè yǔ zhǎng qiū chí
君问归期未有期，巴山夜雨涨秋池。
hé dāng gòng jiǎn xī chuāng zhú，què huà bā shān yè yǔ shí
何当共剪西窗烛，却话巴山夜雨时。

这首诗朴素平实，是一首信手拈来的即兴之作。没有起兴，也没有李商隐惯用典故的手法，但是读起来清新隽永，情真意切，绝对是一首不可多得的佳作。

全诗起笔“君问归期未有期”，一问一答，将妻子信中所问问题与作者的回答一句概括，即妻子盼望诗人早日归家，写信询问归期，但是作者出于种种原因，无法确定归期，短短七个字既在叙事，又流露出作者归家心切，对妻子的思念之情。

第二句“巴山夜雨涨秋池”道明了归期无定的原因。巴山正下着倾盆大雨，池水涨满，这样的天气，诗人自然无法断定，自己什么时候才能起程。除了说明受大雨阻碍，不能回家，这一句“巴山夜雨”，也是对诗人身处环境的描述，烘托出一种凄凉寂寞的气氛，形单影只的诗人只能独自品尝着思念之苦。

在这样风雨交加的寂寞夜晚，诗人看着远方寄来的信，心中早已溢满对妻子的思念，想起往日在家中时和妻子情意浓浓的情形，一时感慨万千，于是就有了“何当共剪西窗烛”。这是诗人想象与妻子重逢后，在西屋的窗下情意绵绵，彻夜长谈，以至于窗户边的蜡烛结出了蕊花，两人携手剪掉蕊花后，仍旧有诉不完的情愫。

最后一句，仍旧是诗人的想象。诗人想象和妻子重逢后，两人诉说着在巴山夜雨时，诗人对于妻子的思念。两句相连，诗人巧妙地运用了时空转换，现在想象着未来，然后想象在未来时对现在的回忆。这里第二次提到“巴山夜雨”，与前文不同的是，这里是虚写，是想象，所以毫无雷同突兀之感，也让“巴山夜雨”这种自然景色平添了一份梦幻色彩。

俗话说，恩爱夫妻不到头。851年春夏间，李商隐的妻子王氏病逝。这一年，李商隐39岁，两人结婚还不到12年。李商隐自幼丧父，30岁那年他母亲也撒手人寰。可以说，妻子王氏已是世上唯一理解、无条件支持李商隐的人了，如今连她也离去，李商隐心中的悲痛可想而知。妻子王氏撒手人寰，由此李商隐陷入了更深的痛苦之中，多次赋诗悼念亡妻。然而，痛楚未定，李商隐却又要离家远行，这年冬天他从军赶赴东川（治所在梓州，今四川三台）。在赴任途中，他写下了《悼伤后赴东蜀辟至散关遇雪》。

dào shāng hòu fù dōng shǔ bì zhì sàn guān yù xuě

悼伤后赴东蜀辟至散关遇雪

李商隐

jiàn wài cóng jūn yuǎn wú jiā yǔ jì yī
剑外①从军远，无家与寄衣。
sàn guān sān chǐ xuě huí mèng jiù yuān jī
散关②三尺雪，回梦旧鸳机③。

①剑外：剑门关之南。②散关：在陕西宝鸡南。③鸳机：织布机。

在这首诗中，李商隐用简练的语句表达了对爱妻的悼念。全诗朴素精练，却又饱含深情。

全诗分为四个层次，层层加深。诗人从“从军”写起，点明远行的原因。句中的“远”字，一则表明路程艰难遥远，二则表明诗人孤身上路的凄冷苦寒。此句正是全诗第一层，即诗人惮于从军，畏途思家之情。从军之艰，饥寒交加时，谁来体慰？

第二句“无家与寄衣”是全诗情感的第二层。诗人用“寄寒衣”这一具体生活细节表达对亡妻的思念。将抽象的情感寄于具象的细节中，意象虽小但却将诗人心底的苦痛无限扩大。

第三句“散关三尺雪”是对诗题中“遇雪”的承接，此句表达了全诗的第三层，途中遇雪，滞留于寒雪中，苦不堪言。与寒雪相反，诗人转入下文“回梦旧鸳机”。诗人在散关驿舍中滞留，恍惚间看见妻子在旧时的鸳机上为自己赶制棉衣。如此温馨幸福的梦境，反衬了冰冷凄惨的现实。此乃全诗第四层，展现了诗人的愁苦离情。

诗人用短短二十字表达了对亡妻的悼念之情，无家而作有家之想，血泪写成，令人不忍卒读。

同时，该诗也抒发了诗人对从军艰难、路途受阻、仕途坎坷、身世迷离的深重感叹。李商隐用高超凝练的语言艺术，传达了复杂丰富的愁绪离殇。六年之后，即857年正月，李商隐终于回到了洛阳家中，因思念亡妻，于是写下一首《正月崇让宅》，以示悼念。

zhēng yuè chóng ràng zhái
正月崇让宅①

李商隐

mì suǒ chóng guān yǎn lǜ tái　láng shēn gé jiǒng cǐ pái huái
密锁重关掩绿苔，廊深阁迥此徘徊。
xiān zhī fēng qǐ yuè hán yùn　shàng zì lù hán huā wèi kāi
先知风起月含晕，尚自露寒花未开。
biān fú lián jīng zhōng zhǎn zhuǎn　shǔ fān chuāng wǎng xiǎo jīng cāi
蝙拂帘旌②终展转，鼠翻窗网小惊猜。
bèi dēng dú gòng yú xiāng yǔ　bù jué yóu gē qǐ yè lái
背灯独共余香语，不觉犹歌《起夜来》③。

①崇让宅：李商隐岳父王茂元的宅邸，后为李商隐夫妻居住之地。②帘旌：即布门帘，因为像旌旗，故称。③《起夜来》：古曲名。

王氏去世之后，李商隐多次赋诗悼念亡妻，这首是诗人回到洛阳旧宅，因触景生情，哀思泉涌而作的。

诗歌前半部分写诗人重温故地所见情景。首联紧扣崇让宅的主题，描写旧宅残败景象，勾起诗人心中情伤，以哀景渲染哀情，恸楚直出无以复加。诗人回到崇让宅，看到昔日夫妻居住的旧宅已经空无一人，这种物已不是人已非的痛苦最难承受。

当年不论多么落魄寂寥，回到宅中总还有对他真心实意的妻子，为他解开羁旅中的一切烦恼。但是这次归来，只有满目的悲凉，重门深锁，青苔满布。宅中蜿蜒回曲的走廊亭阁久遭冷落。佳人已逝，芳魂不再，诗人只能独自徘徊彷徨。

颔联则借月抒情。诗人在黯然神伤之间，夜幕已降临，一层光晕罩在皎洁清冷的明月上。如今就连明月也蒙上了一层阴影，向世人诉说无限的哀愁。月既含晕，寒风必起。夜露凄寒、春寒料峭的时候，春花也不会开，不见一点生气。

第三句中的“先”字，点出妻子将逝之前，李商隐已经看到了征兆，却无力回天；同时也兼具诗人看到自己命运的征兆之意。第四句则是诗人对妻子的愧疚之词，念及自己一生穷困，挣扎之间不能让妻子过上无忧无虑的日子，伤悼之中充满懊悔之意。

首联和颔联以景起、以情结，断壁颓垣的凄惨景象暗喻诗人过去的情事。

在诗歌的后四句中，诗人的目光由室外转向室内。颈联写诗人走入当年的卧室，看到房间床边的布幔上满布灰尘，昔日的纱窗也破旧不堪，陷入了沉思之中。忽然一阵窸窣之声打破了暗夜的死寂，让诗人不由得一惊，还以为是爱妻的魂魄感受到了自己的思念，回旧宅来看望自己了，结果只是老鼠翻过窗网的声音，让诗人空欢喜一场。这一句描写诗人的心理活动，遣词极佳。“小”字形容诗人心中微微一怔的情态，十分贴切。接着连用“惊”“猜”两个动词，刻画出诗人心理微妙的变化。“小惊猜”还写出诗人得知声音的来源并非亡妻魂魄后的失望落寞。这两句以动写静，以“蝙拂帘旌”“鼠翻窗网”这些细微的声音，衬托夜的沉寂，转而以夜的沉寂，衬托人的孤独。

尾联写诗人由于幻想着亡妻归来，因此翻身起床，四下寻找。可是他并没有见到心心念念的妻子，只是恍惚之间仿佛听到亡妻为自己唱起了《起夜来》。

《起夜来》是妻子思念丈夫之词，据《乐府题解》：“《起夜来》，其辞意犹念畴昔思君之来也。”诗人以己度人，不说自己对妻子深深的忆念，却写亡妻因对自己的思念而唱悲歌。这样的笔法，更加重了凄楚意味。

全诗情感层层递进，情感深挚，充分表现了李商隐与王氏的伉俪情深，惹人垂泪。

小李为啥爱写无题诗

李商隐之所以被称为“诗中情圣”，主要还是由于他的无题诗。

李商隐的无题诗包括两种，一种是诗人写作时即以《无题》命名，这种共有15首；另一种是以句首二字为题，而题目并不具有实际意义，这种被称为“准无题”，共有大约30首。可以说，无题诗是李商隐独具一格的创造，大多以男女爱情为题材，意境精妙，情思婉转，辞藻精丽，声调和美且能疏密相间，读来令人回肠荡气。由于这些无题诗表现出一种扑朔迷离而又精致婉转的感情，容易被人视为丰富的爱情体验的表达，故而李商隐被冠以“诗中情圣”的名号。

据后人分析，李商隐的诗异常含蓄朦胧，如果加上题目，效果会大打折扣。“无题”之“无”，正是用一个“无”字来包含所有。就如同高明的画家，总会在自己的作品中巧妙地留白，给观赏者留下想象的空间。同样，不同的读者，总是可以从这些无题诗中，读出自己的心声。下面，我们来就学习几首李商隐的无题诗。

wú tí
无题

李商隐

zuó yè xīng chén zuó yè fēng，huà lóu xī pàn guì táng dōng。
昨夜星辰昨夜风，画楼西畔桂堂东。
shēn wú cǎi fèng shuāng fēi yì，xīn yǒu líng xī yì diǎn tōng。
身无彩凤双飞翼，心有灵犀一点通。

gé zuò sòng gōu chūn jiǔ nuǎn　　fēn cáo shè fù là dēng hóng
隔座送钩春酒暖，分曹射覆蜡灯红。
jiē yú tīng gǔ yīng guān qù　　zǒu mǎ lán tái lèi zhuǎn péng
嗟余听鼓应官去，走马兰台类转蓬。

这首诗约作于838年，写追忆前夜在宴席上见到的意中人，分离的惆怅哀伤流露在诗中。当时诗人在京城任秘书省校书郎，是一个九品小官。而这位意中人，就是诗人后来的妻子王晏媄。

首联借景抒情，今宵宴会席上的种种情节，触发了诗人的回忆。他绕开了直叙昨夜相遇一见钟情的情景的普通笔法，通过渲染铺垫，自然而然地引出对昨夜相逢的回忆。

宴会上一片祥和景象，浩瀚的夜空中，闪烁着点点繁星，伴随着和煦的春风，令人沉醉的花香在空气中渐次弥漫，布满天地之间，这简直就是昨夜景象的重现。然而，回首之间，诗人却蓦然想起昨夜在酒席之上，花楼之畔、桂堂东边与意中人相逢的一幕。晚风、星辰、画楼、桂堂等意象的出现，烘托出了昨夜静谧柔和的旖旎氛围。措辞华丽，流转于唱叹之间，将回忆描写得温馨而深情。

颔联接续首联的文意，顺水推舟刻画出自己意中人的思念。在诗人看来，就算没有凤凰那一双美丽的翅膀，更不能飞越万般阻碍到意中人面前，也是不足以悲伤的。因为他相信两人彼此顾念眷恋的心情相同，就像灵异的犀角一样相通。这两句的比喻不仅恰当熨帖，而且极为新奇，充满浪漫色彩。“身无”与“心有”二词构成一组巧妙的对比，一进一退间互相照应，使诗歌的节奏变得跌宕起伏，同时体现了诗人既喜悦又怅惘的心绪。用以己度人的写法，表现了诗人对这段缘分的珍视和自信，体现了李商隐对微妙心理变化的把握与掌控。

颈联从思念之情写到了对当时宴会情形的回忆。诗人将思情与回忆穿插起来描写，是为了更进一步推进感情。这一联的场景描写，反衬了他孤寂忧郁的情怀。昨夜席间，欢声笑语一派欢乐景象，觥筹之间，好不热闹。赴宴的人们玩着藏钩射覆的游戏。环境的铺叙，为下文无奈各自分散的凄凉做好了铺垫，以乐景写哀情，反衬诗人的无望、无奈。

尾联继续颈联的描写，摹写宴会散后诗人只能离开意中人的落寞与悲哀，是对离散赴任的慨叹。昨夜宴乐欢愉，持续通宵。桂堂内的宫商之音还未落下，楼外的钟鼓之声就已经响起，催促诗人去秘书省应差。诗人认为自己只是一丛蓬草，随风摆布身不由己。想到自己这一走，与意中人后会无期，因此他的心中满布愁绪，相思之情溢于言表。结尾两句在绮丽流动的风格中有着沉郁悲慨的自伤意味。

本诗情感缠绵真切，以流动华丽的语句，抒写诗人内心的思念之情。同时交汇诗人自己沉沦的身世、功业未成的叹息，意韵耐人寻味。该诗的主旨历来带有多义性和歧义性，但是也给读者留下了宽广的解读空间，余味无穷。

wú tí
无题

李商隐

xiāng jiàn shí nán bié yì nán dōng fēng wú lì bǎi huā cán
相见时难别亦难，东风无力百花残。
chūn cán dào sǐ sī fāng jìn là jù chéng huī lèi shǐ gān
春蚕到死丝方尽，蜡炬成灰泪始干。
xiǎo jìng dàn chóu yún bìn gǎi yè yín yīng jué yuè guāng hán
晓镜但愁云鬓改，夜吟应觉月光寒。
péng lái cǐ qù wú duō lù qīng niǎo yīn qín wèi tàn kàn
蓬莱此去无多路，青鸟殷勤为探看。

这首诗大约和上一首作于同一时期。沉浸在恋爱当中的诗人，以一个多情恋人的口吻婉转道出遇见而不能，令人相思欲绝，极尽绵延曲折的情感。首句两个“难”字连用，缠绵缱绻之态清晰可见。它道出了极度渴望与情人相见的心态，也表现出相见无期的内心的痛苦让人难以自持，情重意深，极细极真。

写完主人公的心境，第二句转为窗外的景色，只见“东风无力百花残”。“无力”二字既是写春风，也是情人之间对于分离的无能为力，可见这是被迫分离，双方都无可奈何。“残”既是春花的凋落，也是情人自伤，暗指情人因为深深的思念而在时间里逐渐萎谢。诗人寄情于物，以物来表现主人公内心的情感，使物皆着我之色彩，达到物我交融。

颔联化用古诗，却不是简单模仿。李商隐在继承借鉴的基础上有创新，变原本朴素的描写为精细曲折的推敲，以表达更复杂丰富的情感。这里选取了“春蚕”“蜡炬”两个平常的意象，以其喻人。春天的蚕至死才把丝吐尽，“丝”与“思”谐音，表明自己对恋人的思念至死方休。哪怕是一支蜡烛也要一直燃烧掉最后一滴蜡油，把蜡油比作眼泪，逼真贴切。此句可见其无穷尽的痛苦，对爱情执着的追求。无望地固守，哪怕最终只是没有任何出路的绝望，主人公至死不渝的高尚情感令人唏嘘。

颈联从恋人缠绵的内心转为其外在活动。她清晨起床梳妆，只见镜中的自己满面愁容，“改”指云鬓的乱，也指意外地发现青丝变成了白发。乱，是因为无心打理，女为悦己者容，那个悦己的情人不在身边当然是了无心绪；青丝变成了白发是因相思之愁，“白发三千丈，缘愁似个长”。面容的变化体现了主人公内心深层的哀痛，无心睡眠使她憔悴，而憔悴又令自己更加难过，青春流逝年华不在，担心远方的恋人是不是还依然爱着自己。

“夜吟应觉月光寒”为主人公揣想远方恋人心思的心理活动。“应”有应该恐怕之意，那身在远方的恋人恐怕此时同样愁深难遣，只能在寒冷的月光下通过吟诵来排遣一点哀痛之意。此处的“寒”，既是知觉也是视觉，既是主人公的感受又是其料想远方恋人的感受，语简意丰。本句状千里之外如在目前。主人公能如此料想远方情人的近况，足见其情感之深切。

人间既然不能相见，唯有把愿望寄托在蓬莱仙山以待重逢。但是蓬莱路途遥远渺茫，因此相见无期。尾联的“青鸟”出自《山海经》，为有三足的神鸟，是传说中西王母的使者，又被称为信使。“无多路”道出了恋人栖身两地的悲痛。情深无可寄才最可悲，为了让远方的恋人了解到自己的心意，末尾两句中，主人公将绵绵不断的思念寄托在了能传信的青鸟身上，同时也寄托着诗人对天下有情人的美好祝愿。

锦瑟

jǐn sè

李商隐

jǐn sè wú duān wǔ shí xián　yì xián yí zhù sī huá nián
锦瑟无端五十弦，一弦一柱思华年。
zhuāng shēng xiǎo mèng mí hú dié　wàng dì chūn xīn tuō dù juān
庄生晓梦迷蝴蝶，望帝[1]春心托杜鹃。
cāng hǎi yuè míng zhū yǒu lèi　lán tián rì nuǎn yù shēng yān
沧海月明珠有泪[2]，蓝田日暖玉生烟。
cǐ qíng kě dài chéng zhuī yì　zhǐ shì dàng shí yǐ wǎng rán
此情可待成追忆，只是当时已惘然。

①望帝：相传，古蜀国开国君主杜宇，号称望帝，死后其魂化为子规，即杜鹃鸟。②珠有泪：传说南海外有鲛人，其滴落的眼泪能变成珍珠。

这首千古绝唱《锦瑟》是李商隐诸多诗篇中的代表作，极负盛名，同时也最为难解。此诗历来为人乐道，揣测纷纷，有人认为这也是李商隐纪念亡妻的作品，是以琴弦断裂比喻妻子去世。

全诗以“锦瑟无端五十弦，一弦一柱思华年”作为总起。《汉书·郊祀志》记载：“泰帝使素女鼓五十弦瑟，悲，帝禁不止，故破其瑟为二十五弦。”不曾想“五十弦”之“锦瑟”比之琴、筝，更附着深情悲切的情绪。诗人更是用“无端”一词将锦瑟拟人化，似是在嗔怪锦瑟为何如此多弦。“一弦一柱思华年”，似乎每一弦、每一柱都会引起诗人对往事的追忆。“华年”二字与前面的“锦瑟”相应，听着锦瑟的琴音，不禁怅然往昔“华年”已逝，唯有思忆不可言说。

《庄子》中有一典故：说庄周忘却自身，在梦中幻化为蝴蝶翩然飞舞；倏忽梦醒，庄周仍是庄周，却不知是庄周梦蝶，还是蝶梦庄周。颔联上句“庄生晓梦迷蝴蝶”就是引用此典故。诗人借此似是言说锦瑟一曲繁富惊醒梦境，而那蝴蝶如同过往华年已然离逝。下句“望帝春心托杜鹃”则是借由望帝之典故——望帝死后化作杜鹃，生生把嗓子啼出鲜血以抒发心中困苦疑惑。对于李商隐来说，往事难以回首，少年意气风发，却不幸涉入晚唐的政党斡旋中举步维艰。有才情志气却无处使用竟致终生潦倒抱憾，且挚爱的妻子也早逝于当年。此句寄情于物，将“晓梦”“春心”之情借“蝴蝶”“杜鹃”之物来表现，抒发了诗人在孤独凄凉中对往事的追忆。

“沧海月明珠有泪，蓝田日暖玉生烟”是颈联。沧海中的珍珠只有在月明疏朗之夜，才会流下晶莹涕泪；蓝田里的美玉只有在旭日回暖之时，才会飘生出如梦烟霞。神话中亦有这样的说法：月满之日即是珍珠珠圆的时候，然而茫茫沧海中的珍珠即使月圆也珠珠带泪；蓝田产玉，但美玉却处在烟霭袅袅中无人赏识。物犹如此，人当如是。“沧海月明”与“蓝田日暖”优美意境的创设，不仅仅是诗人精妙绝伦艺术素养的表现和挥洒，更是诗人回答人生价值的标准和尺度。这两句，诗人以物比人，升华了全诗主题。

“此情可待成追忆，只是当时已惘然”句中，“此情”与首联的“年华”呼应，收拢全篇。追忆过去，尽管自己以一颗浸满血泪的真诚之心，付出巨大的努力，去追求美好的人生理想，可“五十弦”如玉的岁月、如珠的年华，值得珍惜之时却等闲而过；面对现实：爱妻逝去、盛年已逝、抱负难展、功业未建，醒悟之日已风光不再。寥寥数语，含情婉曲，表达出了诗人内心的愁苦失落。

这首诗作于诗人晚年，他一生经历坎坷，潦草郁结。诗人在诗中略去生平细事，以缘情造物的手法，从侧面多个角度感叹了年华流逝、际遇坎坷的深切悲凉。

美景中的淡淡哀愁

由于身处牛李党争的夹缝中，因此李商隐虽才华横溢，却一生都不得志。据说，李商隐在穷困潦倒时，曾写信给故友令狐绹（当时令狐绹已进入权力核心）请求帮助，但遭到了拒绝，结果他只能通过考试获得一个小小的县尉。

除了咏史诗和无题诗，李商隐的咏物诗也很棒，但可能是由于仕途不顺，使他的心情郁郁寡欢，因此他的咏物诗中总是带有一种淡淡的哀愁。下面，我们先来学习一首《乐游原》。

lè yóu yuán
乐游原

李商隐

xiàng wǎn yì bú shì　qū chē dēng gǔ yuán
向晚意不适，驱车登古原。
xī yáng wú xiàn hǎo　zhǐ shì jìn huáng hūn
夕阳无限好，只是近黄昏。

乐游原位于长安西南，源于西汉汉宣帝为其故世皇后所造的“乐游苑”，因为谐音，后渐渐被传为“乐游原”。乐游原是唐代长安城内地势最高的地方，也是当时长安人游玩的好去处。文人墨客在此留下过许多墨迹，李商隐的这首便是其中翘楚。全诗短短四句，言简意赅，诗人借景抒情，将他人生的不如意表达得十分贴切。

全诗起笔“向晚意不适”，交代了诗人前往乐游原的原因，是因为临近傍晚的时候，觉得心情不好，所以才会“驱车登古原”。第三句，则是写诗人到了乐游原，看到傍晚时的景色是“夕阳无限好”。但是诗人并没有继续描述景色如何美妙，而是话锋一转，感叹“只是近黄昏”，意思是虽然夕阳很美，但是黄昏将至，这美好的景色和时光很快就会消失了。

表面上诗人是在表达他对美景的赞美和留恋，但通过这诗中淡淡的愁绪，可以看出，诗人并非只是在感叹景色，也是在感叹时局和人生。诗人所处的年代，正是晚唐时期，昔日繁盛的大唐已不复存在，而诗人一腔抱负，还未来得及施展，就陷入了朋党之争，仕途失意。

这首诗一开始就隐约透露了这种心境。为了摆脱这种情绪，他选择来到高处的游乐原。登高望远，自然会让人生出感慨。诗人看到美丽的夕阳，郁卒的心情应该有所好转，但是因为长久积下的忧思，诗人并没有因为美景而舒展愁眉，反倒是让他联想到美景将逝的无奈。

将逝的不仅是美景，还有诗人的年华。大唐王朝又何尝不是，虽然繁盛一时，也终于未能幸免，走上了衰落的道路。

同样是写黄昏，下面的这首《晚晴》却又有了不同的韵味。

wǎn qíng
晚晴

李商隐

shēn jū fǔ jiā chéng　chūn qù xià yóu qīng
深居俯夹城，春去夏犹清。
tiān yì lián yōu cǎo　rén jiān zhòng wǎn qíng
天意怜幽草，人间重晚晴。
bìng tiān gāo gé jiǒng　wēi zhù xiǎo chuāng míng
并添高阁迥，微注小窗明。
yuè niǎo cháo gān hòu　guī fēi tǐ gèng qīng
越鸟巢干后，归飞体更轻。

这首诗作于诗人因牛李党争被排挤，离开长安赴桂林担任幕僚之时。由于诗人远离京城，没有了钩心斗角，生活相对安定，因此这首诗相比前一首要来得清新自然一些。

诗题《晚晴》交代了诗歌创作的时间、天气。“晚”指天色已是傍晚时分；“晴”指刚下过雨，云消雨霁，让人为之神清气爽。首联描写了雨过天晴之时，诗人看到的清新景象。诗人独自登上城楼的最高处，俯瞰城门外的夹城。虽然春天已经过去，但是正值初夏，天气清和爽朗，又是雨过天气新的傍晚，自然让人怡然自得。

颔联写诗人此时的心境，运笔独到。诗句并未直抒胸臆，而是通过“幽草”起兴。那些生长在幽暗偏僻之地的小草最怕阴雨绵绵的浸淹，而此时雨霁云开，天气新晴，真是上天有垂怜之意，这些幽草又恢复了盎然生机，夹城一派欣欣向荣的景象。

诗人以幽草自比，以小草的欣喜，写内心的欢愉，“天意怜幽草”的奇思妙想，不仅将小草人格化，还暗暗道出自己的身世，正因为自己也同无人问津的小草一样，遭受过他人的排挤，才会有感而发。但此时对诗人来讲，一切都已烟消云散，独见晴空万里，内心释然。正因为有着那样的遭遇，面对此情此景，诗人才会生发出“人间重晚晴”的人生感叹。傍晚天气晴朗，被雨洗刷后的天空没有一丝尘埃，景色清新怡然，到处充满着生命的活力，虽然这样的美景只能短暂地呈现在世人面前，但也正因如此，人们才格外珍视这些难得的美景。

正是因为诗人经历过官场上的沉浮争斗，才会对人生有如此深刻精妙的体悟。同时诗人劝诫人们以积极的心态，珍惜身边美好而短暂的事物。颔联两句与其说是触景生情，不如说是诗人多年来在官场夹缝中生存，颠沛流离，看破人间百态后所积累的人生智慧。

有了这样豁达的人生感悟，此间景色在诗人眼中愈发可爱，在颈联诗人对晚晴景色做了更进一步的描写，宛如工笔画，细致入微，明丽脱俗。诗人的思绪由人生哲理又回到了眼前的景色中。独自站在高高的城楼之上，远望初晴的天空，诗人的目光触及更为遥远的景象，旷远的蓝天之下，城楼显得更为高耸。虽然此时天地之间只有诗人自己，但他并不感到寂寞，他心中只有静谧与安详，仿佛刚刚的雨在洗刷了空气中浮尘的同时，也洗清了官场中的污浊，一切都是这样的清新安然。夕阳的余晖，温柔恬静，静静地洒在小窗之上，也注入一线光明与希望。“微注”二字，传神地写出了夕阳斜晖的柔美温馨，充满喜悦与安慰。

颈联细致入微的描写，描写的不仅是明朗欢愉的景色，更是超脱明朗的心境，是将颔联中的“重”字具体化、形象化。

尾联仍着眼于景物，继续描写诗人登高远眺所见之物。在夕阳的余晖中，鸟儿扇动翅膀，在天空中轻盈飞舞，返回到自己的巢穴。羁旅中的人，漂泊不定，通常看到这种宿鸟归巢的情景，会勾起他们的思乡之情。然而在颔联中已经有了“人间重晚晴”的人生感悟，参透人生真谛的李商隐，此时面对这种飞鸟还巢的景象，只会更加热爱眼前的一切。因此这一句中没有愁苦的牢骚，而是极力渲染晚晴时分的美好景色，表现了他此时豁达明净的心情。

李商隐的晚年是在平淡中度过的。妻子去世之后，他追随西川节度使柳仲郢前往四川梓州，成为柳仲郢的参军。四年的梓州幕府生活，是李商隐宦游生涯中最平淡稳定的时期，此时的他再也无心去追求仕途的成功。他一度曾对佛教发生了很大的兴趣，不仅和当地僧人交往，还捐钱刊印佛经，甚至还差一点当了和尚。

855年，柳仲郢被调回京城。出于对李商隐的照顾，柳仲郢给他安排了一个盐铁推官的职务，官阶虽然不高，但待遇却比较丰厚。在这个职位上李商隐待了两三年，然后便罢官回家了。858年，李商隐在老家郑州病故，享年46岁。